日本国召喚外伝
新世界異譚 Ⅱ 孤独の戦士たち

原作・みのろう／著・高松良次

ぽにきゃん
BOOKS

INDEX

プロローグ

極北の地

話は1万年を超える時を遡る。

4人の勇者たちと別れを告げ、グラメウス大陸という過酷な環境に耐えきれず踵（きびす）を返した者たち。彼らは帰るべき方向を誤り、フィルアデス大陸にほど近い山中へと身を寄せた。

運か天か、何者かが彼らに味方したのか。そこには肥沃な土地と豊富な水源があり、およそ生きるのに必要な環境が揃（そろ）っていた。不幸にも故郷に帰ることができなくなった彼らは、その地に根ざす覚悟を決めた。

幾多の魔物、魔獣、魔族の侵攻を受けつつ、かろうじて勝利を収め続け、山を切り拓（ひら）き、ごくわずかに、ゆるやかな発展を遂げていった。

果たされなかった盟約は口伝の一節だけに語られ、獣皮紙（魔獣の皮を使った紙）が発明されてからは神話となった。

そしてこの国の神話は、時を超えて動き出す。

国の名は、エスペラント王国——

■　中央暦1640年6月14日　日本　東京　国立極地研究所

「『トーパ王国以北に、観測不能地域がある』？」

ことの発端は、数枚の衛星写真だった。

2月にJAXAが打ち上げた人工衛星は、この惑星の地表約65％を数日かけて撮影し、その情報を各研究機関へ迅速に共有した。100％ではないのは、打ち上げ基数が少なすぎて撮影できない部分があるからだ。だが理由はそれだけではない。

「はい……ここは通称『グラメウス大陸』と呼ばれている地域らしいのですが、その奥地が何故か黒いもやがかかったように暗くなっていまして……」

ＪＡＸＡの職員が写真を指し示しながら、首を傾げる。

確かに、トーパ王国東側を入り口として、その北から北極圏へ向かうにつれ徐々に暗く、漆黒に染まっている。

「光の当たらない地域なら、海も同じように暗くなるはずだが……海よりも光の吸収率が高い。こんなこと、ありえるんです？」

「普通はないから問題になってるわけです」

「ですよね」

この星に転移して、まだわずか1年半ほどしか経っていない。未知の部分が多いのは当然だが、旧世界の物理法則に則していない現象が確認されるのは『魔法』に続いて2例目となる。

「ただ、ここを見てください」

ＪＡＸＡの職員が指さした写真は、夜の衛星写真である。夜よりも濃く黒に染まった不気味な大陸が写っていた。その指の先に――

「灯り……？」

「人工的な灯りです。非常に弱々しいものですが、どうやら文明が存在するようです」

「国家があるのか？　この写真では判別しづらいな……もしそうなら外務省への報告も必要になってくる」

「いずれにせよ、これが気象変化によるものなのか、この世界独自の現象なのか、調査する必要があります。まずは政府に報告しましょう」

「この黒いもやがもし日本でも発生する可能性があるなら、早急に対策が必要だしな」

国立極地研究所とＪＡＸＡの簡易合同調査報告書が文部科学省の研究開発局に送られ、後日政府内で現地調査の検討会が開催されることになった。

■ 中央暦１６４０年７月７日　首相官邸

この日の閣僚会議では、アルタラス王国のムー空港基地化改修工事の進捗報告があった。対パーパルディア戦という戦後初の大規模武力衝突が進行中なので、ここ最近の会議にはほぼ全閣僚がなるべく出席している。

進捗報告のあと、先日文科省に送られた簡易合同調査報告書から、北極圏グラメウス大陸への観測所設置を視野に入れた、事前調査のための陸上自衛隊派遣案の議論が開始される。

文部科学省研究開発局局長が口火を切った。

「お手元の資料にある通り、トーパ以北におきまして、衛星写真では現地詳細を把握できない地域が存在することが明らかになりました。この黒いもやが何なのか、地表はどうなっているのかを調査したいと考えています」

外務大臣が続ける。

「その地域の境界線辺りに人工的な灯りを発見したと報告があり、国家が存在する可能性があるそうです。ただ、トーパ大使の話では、新世界独自の生物群である魔獣が多数生息する地域であるという話で、しかもグラメウス大陸には国家は存在しないと考えられているらしく……」

「自然発生した火ではないのか？」

首相の疑問に、局長が拡大した写真を3枚ほど提示した。その隅には異なる日付が入っている。

「時間を空けて撮影した写真でも、同じ位置に灯りが確認できました」

「調査するのはいいが……後回しにできないのか？　今はパーパルディアとの戦争で手一杯だぞ」

「幸い、フィルアデス大陸北部にパーパルディアの影響力はありません。フィルアデス大陸の担当である研究者たちを遊ばせるわけにもいきませんし、派遣を検討してもよいのではないでしょうか」

「新世界での自然災害に対し、あらゆる事態に備えるという目的もあります。国交省としても賛成ですな」

官房長官と国土交通大臣が賛成に回り、首相はしぶしぶ了承する。

国土交通省は外局として気象庁を有している。その立場から、この世界のあらゆる気象データを欲しているのだ。

だが文部科学大臣が重々しく口を開く。

「しかし、この件に関して有識者会議を行ったところ、『ただでさえ貴重な研究者、科学者、学生を危険な地域に派遣することは無謀であり、安全が確保されない限り調査に人材を送ることは賛成しかねる』という意見が相次ぎました。地理的にもトーパ王国から少々離れていることもあり、現地での長期的な活動を視野に入れると、どうしても拠点が必要になります」

「外交官を派遣しようにも、本当に文明・国家があるかどうかを確認する必要がありますからね。まずは現地調査をお願いできればと思います」

防衛大臣と防衛省幹部がこっそりため息をついた。確かに研究者の育成には時間がかかるので貴重な人材と言えるだろうが、自衛隊員も同じく育成に時間がかかる。もちろんそんなつもりはないだろうが、その命が等価でないように言われているようで、あまりいい気はしなかった。

「だが海自、空自はほとんど出払っている。本土防衛を考えると、動かせる戦力はないぞ」

「総理、輸送機で先遣小隊を派遣し、周辺調査を行ったうえで簡易拠点を設営するのはいかがでしょうか。当該地域周辺であれば、新型輸送機『C‐2』なら往復できます。先日納品された量産初号機に、不整地離着陸対応改修キットを組み込み、運用試験も兼ねれば一石二鳥かと」

『C‐2』に対する不整地離着陸能力の付与は、旧世界で輸出を秘密裏に検討していた頃から開発が進められていた。転移後、特にクワ・トイネ公国、クイラ王国との関係を築いた頃には「両国を死守するためにも必須」と各所から言及があり、『C‐2』本体と同時に納品するよう急がれた。

防衛大臣の提案に、首相もようやく首を縦に振る。

「よし。グラメウス大陸先遣調査隊を組織し、簡易拠点の設置を目標に現地へ派遣せよ。生存を最優先に考え、弾薬と食料、燃料を多めに積載しておくように」

こうしてグラメウス大陸への調査隊の派遣が決まった。

■中央暦1640年7月9日　防衛省　防衛政策局　運用政策課

対パーパルディア戦の段取りが大詰めを迎える中、防衛省では日夜作戦立案と拠点改修工事の進捗報告会、日程調整、資材調達と補給線の確保と、地獄のような忙しさが続いていた。

そんな中で決まったグラメウス大陸への調査派遣任務。担当に充てられた職員たちは恨み節が止まらない。

「何だってこんなときに、自衛隊の戦力を割くようなことするかなぁ」

「仕方ない。近代国家の存在が確定している以上、僻地への調査はどこよりも先駆けて行わないと。目を付けられたら誰も待っちゃくれないからな」

たった1部隊を動かすために、膨大な資料と見積もり、申請書が必要で、さらに多くの会議を重ねなくてはならない。国民の血税と、隊員という何よりも重い人命がかかっているからだ。

「通信はどうするんだ？　3千km以上もの距離を通信する手段なんてないぞ」

「衛星通信技術を応用すれば、文字くらいは送れるだろ」

「たった3週間で通信員に移動式基地局の取り扱いと組み立て、保管方法を教育するのか？　できるわけない」

「そもそも緯度考えろよ。ただでさえ光の密度が低いんだから、太陽光発電システム持って行ってもバッテリーの充電が追いつかなくて、1週間に1回通信するのが関の山だ」

「1ヶ月に1回、定時連絡が入れば十分だ。不測の事態が起きたら、そこからでも対応できるさ。食料と武器弾薬は2ヶ月分あるんだ」

最大の問題は通信手段の貧弱さであった。

今月と来年1月に打ち上げ予定だったXバンド防衛通信衛星「きらめき1号」「同2号」につい

ては、異世界転移においてその仕様の大幅変更を余儀なくされ、10基に増数して打ち上げ予定である。それも翌年以降から順次、だ。今からでは到底間に合わない。

なお、通信衛星の仕様変更には今回のグラメウス大陸における調査もかかわってくるため、いずれにせよ早急に任務を遂行しなければならない。新世界の極地において、旧世界と電波の伝わり方に何かしら変化が現れる可能性もあるからだ。大気中に魔素などという新元素が満ちているのだから、何もかも同じと考えられないのは当然の発想である。

今後、北極や南極の調査にも乗り出すことを考えれば、その入り口であるグラメウス大陸へ人員・機材を搬入し、実験を開始することは急務である。

ただ、頭でわかっていても、どうしたって愚痴は出るものだ。

「俺たちの業務時間はどうなるんだ。こんなに残業続きだと死にたくなるよ」

「その代わり給料も5割増しになったんだ、文句言わずに働け」

「金はいらないから人手を増やしてくれぇ」

この嘆きは徐々に解消されていくことになるのだが、当面は増えた新人の育成でさらに業務が圧迫されて、地獄の様相に拍車がかかるのであった。

■　中央暦１６４０年７月29日　岐阜県　航空自衛隊　岐阜基地

「長かった……」

陸上自衛隊伊丹（いたみ）駐屯地に所属する岡真司（おかしんじ）三等陸曹は、集合場所である岐阜基地の格納庫前で大きくのびをした。

転移後も夏が蒸し暑いのは変わらない。これから向かうのはずっと北の地なので、念のために冬用の戦闘服も用意してあるが、離陸するまでは夏用だ。

「何を言ってる、ここからがもっと長いぞ」

「トーパの北まで空の旅ですよね。『C－2』に乗るのは初めてなので、少し楽しみにしてるんですよ」

「ああ、そのあとはもっと楽しいサバイバル生活だ。イラクなんかよりは多少マシだろうがな」

「先輩はイラクに派遣されたことが？」

「いや、俺の同僚がな」

そんな話をしていると、荷物の積み込みが始まった。

その荷物の山を見て、岡は目を剥（む）く。

「……もしかしてイラクより危ないんじゃないですか?」

日本は7ヶ月ほど前、有害鳥獣駆除の名目でトーパ王国に陸上自衛隊の小隊を派遣している。

そのときの経験から、ノスグーラのような魔獣の出現を想定して16式機動戦闘車を持って行くことも検討されたが、それ1台でペイロードの大半を占めてしまうので却下となった。代わりに中距離多目的誘導弾と120㎜迫撃砲RTを運用する高機動車を3輌（りょう）積載することが決定した。他にも89式だけでなく威力の高い64式小銃、MINIMI、狙撃銃M24SWS、大量の手榴弾（しゅりゅうだん）、06式小銃擲弾（てきだん）、84㎜無反動砲など——

「ちょっとした戦争ができそうな弾薬量ですよ」

「熊ほどの体格とパワーを持った、人間の子供程度の知能のやつが集団で襲ってくる場合があるらしい。そこにもし部隊指揮官となるような存在が一緒にいれば、ちょっとした戦争くらいになるだろう」

「それ、誰が言ってたんです？」

「トーパ派遣部隊の経験者」

　絶句する岡。

　ちなみに『オペレーションモモタロウ』参加者は、今回の調査派遣に含まれていない。彼らは貴重な新世界の実戦経験者としてパーパルディア戦に参加し、現在は解放されたアルタラス王国の駐留部隊に配属されている。

「……なるべく早く帰れるといいな」

　気は進まないが、これも任務だと搬入を続ける。その中で、岡はあるものに気づいた。

「なんか爆薬（C－4）の量、やけに多くないです？」

「ああ、それな。未開の地で作戦継続困難になった場合、知識のない原住民に機材を触られないよう爆破処理するためだそうだ」

「なるほど、情報流出防止のためってわけですね」

　総勢50名を超える陸上自衛隊員たちが、武器弾薬、自給自足に必要な物資と一緒に『C－2』へ乗り込む。

　離陸を開始した『C－2』は悠々と市街地の上空へ舞い上がり、北東の方角へ針路を取った。

■グラメウス大陸

「「「——うおぉぉぉぉぉ!!!」」」

「ゲギャギャアァァァァ!!!」

戦場に怒号と絶叫、咆吼（ほうこう）、喊声（かんせい）、あらゆる叫びがこだまする。

城壁から射られる無数の矢が魔獣に突き刺さる。打ち下ろされる投石が魔獣の体躯（たいく）を押し潰し、頭蓋を割る。魔獣たちは痛みのあまり、声帯が切れんばかりの悲鳴を上げてのたうち回っていた。

それでも兵士たちは手を緩めることはない。

自らの命を、仲間を、家族を守るため、矢を雨のように放ち続ける。

魔獣たちの隊列が崩れ、まばらになったところに、

「我に続けぇぇぇぇ!!!」

「つぁぁぁぁぁ!!!」

「えりゃあああぁぁぁ!!!」

槍（そう）騎兵、重装歩兵部隊が突撃した。その後ろから、短弓を装備した身軽な精鋭部隊も続く。

時折「パァン!」という破裂音もあちこちで響く。討ち漏らした個体を狩る、最新装備の銃兵隊が鳴らす音だ。

1千を超えるゴブリンや魔狼（まろう）の群れは、次第にその数を減らしていく。

時間も経った頃、戦場に立っているのはこの世界で〝ヒト〟に分類される者たちのみとなっていた。

エスペラント王国の騎士団総長モルテスは、すでに陥落している区に広がる多数の魔獣の骸を見ながら、頬に付いた返り血を拭って呟く。

「はあ……はあ……はあ……勝ったか」

「今回は相手が雑魚で助かりましたね……ですが、またあの〝黒いオーガ〟がオーク級の魔獣を率いて来たら、どこかの区が落ちるやもしれません」

副総長も荒い息を整えつつ歩み寄り、モルテスに話しかけた。

「黒いオーガ……奴は一体何なんだ？　伝承にある魔王軍幹部のオーガは赤、青、白、黄だけで、黒なんていなかったはずだ。まさか魔族ではあるまいな」

2人は正体不明のその姿を思い返す。

肌は浅黒く、ヒト種のような赤みもなければ伝承でのみ語られる竜人族のように青くもない。体格は大柄でどのヒト種とも似つかない。生え際の辺りに2本の鋭い角が生え、白目の部分は黒く黒目の部分は青い。口元は奇妙なマスクで覆われ、石の付いたサークレットを冠していた。

そして、全身を覆う漆黒のプレートメイルを着込んでおり、その風貌から〝黒いオーガ〟〝漆黒の騎士〟〝黒騎士〟などと呼ばれている。

ある個体は岩をも砕く金棒を振り回し、ヒトを球技の球のように打って飛ばす。ある個体は巨大な剣を軽々と操り、力任せにヒトを両断する。ある個体は大鎌を薙いで、首であろうが胴であろうが、袈裟懸けにでも切り落とす。文字通り化け物じみた膂力に、兵は皆恐れおののいた。1体を相手するのに、重騎士と剣士、魔導師、遊撃兵の混成部隊10人がかりで当たらなければならない。そこまでしても、これまでに1体として倒せたことはない。

オーガと仮で呼ばれているのは、ヒト型で大柄な体格と角が生えている点、肌の色が違う点が伝承のオーガとそっくりだからである。

「こんな場所まではぐれ魔族が来るとは思えませんが……魔族なら翼がありますし魔法主体で戦うでしょうからね……」

「だな。やはり正体はわからんまま、というわけだ」

「正体不明の強力な魔獣の出現と言い、最近の魔獣の大量発生と言い、襲撃頻度と言い……向こうで何かが起こったと考えるのが自然です」

「危険を承知でグーラドロアに斥候をやるべきか？」

モルテスは空を見上げた。

夏とは思えないほどの、重く暗い雲がかかっている。雪でも降り出しそうで、乾いた風が地表を撫（な）でる。

雲の切れ目からは光のカーテンの裾が小さく覗（のぞ）いており、不吉な予感を抱かずにはいられない。

「それにはまず、大規模な調査隊を編制する必要がありますよ。建国以来、グーラドロアの正しい位置を把握できていませんからね。南の野営陣を突破する必要もあるので、現実的ではないかと」

「ううむ……あまりにも強力な魔物がこれほど頻繁に現れるのは、どう考えてもおかしい。このままでは、人類最後の砦（とりで）たるエスペラント王国は落ち、絶滅してしまうぞ」

国の行く末を案じる騎士団総長モルテスは、兵たちをまとめて帰投の準備を始めるのだった。

□　エスペラント王国神話より　抜粋

遥か過去、北の大地より魔王が突然現れ、人類世界へ侵攻を開始した。

トーパ王国は最初の犠牲となった。続いてドワーフの王国グア・キリウス、狼人族領ボルフェンク、北エルフの三王国ラズリモア、ミズ・トイネ、アル・ターラ――侵攻を受けた各国はそれぞれに迎え撃ち、だが魔王の絶大なる魔力の前に抗する術なく、次々と滅ぼされていった。

各種族は各々の絶滅の危機を回避するため、種族同士の軋轢を乗り越え、種族間連合という大同盟を組織した。そして互いの種族の長所を生かし、数で優る魔王軍の切り崩しを試みた。

人類はこのとき初めて、魔王軍に力で拮抗することに成功した。

しかしそれも長くは続かず、度重なる魔王軍の容赦ない猛攻に、人類史上最強の組織であった種族間連合は敗退を繰り返し、ついにフィルアデス大陸は魔王軍の手に落ちた。

魔王は自身にとって唯一脅威となる、大魔法を使えるエルフを根絶するため、海魔を使役して海を渡り、ロデニウス大陸へと至った。

歴戦の勇士たちは倒れ、多くの命が散った。

敗退を繰り返した種族間連合は、最後の砦としてエルフの神の住まう森、神森に立てこもった。

眷属たるエルフ種の滅亡の危機を感じたエルフの神は、より上位神である太陽神に祈りを捧げた。

太陽神は祈りを聞き届け、自らの使いを異界より降臨させた。

太陽神の使者たちは、空飛ぶ神の船を操り、雷鳴の轟(とどろ)きとともに大地を焼く強大な魔導をもって魔王軍を駆逐する。海においても、何百、何千という神の使いが操る巨大な神の軍船をもって、並み居る海魔を滅ぼしていった。

神の軍船の一撃は海を震わせ、その絶大なる魔力には海王でさえも震え上がったという。

度重なる追撃の果てに、太陽神の使者と我々の祖先らはグラメウス大陸まで魔王軍を押し返すことに成功した。

魔王軍を人類の世界から駆逐した神の使者らは、最後にフィルアデス大陸とグラメウス大陸の間、トーパの地に強固なる石壁を築き上げ、人の世界から魔の存在を遠ざけた。この壁の名は、種族間連合の長ガレオスによって『世界の門』と名付けられた。

役目を終えた使者らは、神の命により元の世界へと帰還していった。

魔王軍の再来を危惧した四勇者の1人タ・ロウは、魔王討伐完遂のための討伐軍を組織した。その隊長に抜擢(ばってき)されたのが、のちに我ら地上最後の王国の最初の王となる、エスペラントであった。

トーパの地に残るガレオスは討伐軍の出発に際し、1年経っても戻らない場合は援軍を送ると約束した。

魔の世界は過酷であった。不毛の地を闊歩(かっぽ)する獣は大型かつ凶暴で、次々と脱落者が出た。

事態を重く見たタ・ロウは、とりわけ屈強な3人の仲間のみを連れ、魔王城へと向かっていった。

エスペラントはトーパの地を目指して引き返すが、冷気を操る邪竜によって白銀の嵐に惑わされ、ある霊山の麓の裂け地に迷い込む。

幸いにして肥沃な土地と水源のあったその裂け地に、留まること半年。調べてみれば、よくできた天然の要害であった。たびたび魔獣の襲撃を受けながらも、食料が枯渇することはなく、エスペラントと討伐軍は生きながらえた。

エスペラントと人々がこの地に根ざして3年経っても、援軍は来なかった。太陽神の使者が魔王を討ち果たさずに帰還したことで、魔王が復活し、再侵攻を受けて人類は滅亡したのである。

この地ははからずも人類最後の砦となった。子を生み育てていくことに、種族の壁はなかった。20年の月日が経ったとき、エスペラント1世は王位に就いた。人類最後の王国の、偉大なる最初の王となった。王は屈強な兵を率い、先頭に立って勇敢に戦った。戦い続けた。

エスペラント1世曰く、我々は滅びの日を迎えるまで、戦い続けねばならない。魔なるものに屈するわけにはいかない。いつの日か、また神命が下るであろう。そのときまで城壁を伸ばし、この人類最後の安息の地を広げ、力を蓄えるのだ。

ここに、エスペラント王国が誕生した。

■ エスペラント王国　ラスティネーオ城　作戦会議室

「最近の魔獣の活性化、詳しい原因はまだわかっておらんのか？」

現国王ザメンホフ27世は、不安を押し殺すように低い声で訊ねた。

エスペラント王国の領土は、一言で言えば巨大な城塞都市である。ラスティネーオ城があるレガステロ区を中心として、いくつもの城壁で分割された地区がその周りに連なるように広がっている。もし地区の1つが陥落しても、隣り合った地区から挟み撃ちにして兵を出すことで、奪還を容易にしていた。魔獣の群れの襲撃を受け続けた歴史から、国ごとこのような形態に進化したのだ。

だが、ここ数ヶ月で地区は2カ所も落ち、当該地区の住民が魔物、魔獣に食い殺され、出撃した兵士も善戦するものの、多数が同様の末路を辿るという悲劇が起こっていた。

普段から何十、何百人単位でさらわれているので感覚が麻痺しているが、とにかくこうした事態が続くのは異常だ。

「黒騎士が突如として現れて以降、この状況が続いております。故に奴があの魔獣どもを操っている、あるいは統率していると考えるのが道理なのですが……何故か黒騎士がヒトを喰う姿は確認できておりません」

宰相の説明に、ザメンホフは苦々しく顔を歪ませた。

魔物、魔獣がヒトを捕食するのは常識だ。何せここはグラメウス大陸、魔物どころか普通の大型肉食獣に食されて死亡した例など珍しくもない。

なのに、黒いオーガらしき正体不明の個体は、魔物、魔獣の群れに交じって街やヒトを襲うだけ襲って、食する様子が見られない。これが状況をややこしくしている。

「そういえば、魔物、魔獣がその場でヒトを喰い荒らすというのも、前例がありません」

「奴らがヒトを喰うのはわかりきった話で、それがその場であろうがさらったあとであろうが大差ないだろう。とにかく早急にオキストミノ区、ノルストミノ区奪還作戦を立案するぞ」

彼らは国家、ひいては種の存続の危機を前に、頭を悩ませる。

遠い遠い過去、魔王ノスグーラが伝説の四勇者に封印されたあと、難を免れた魔王の側近マラストラスは魔王軍の再建を開始した。

四勇者が魔王を封じるために使った封呪結界はこの世界の法則下のものではなく、魔王に雇われた〝ただの魔族〟に解けるような代物ではなかった。そのため、時間経過による自然消滅を待つことにし、それまでに準備を整えることにしたのだ。もしマラストラスが光翼人と接点をもっていたら、あるいはノスグーラ並の知識があれば、結果は違っていたであろう。

マラストラスはその後、エスペラント王国の前身となる、魔王討伐隊の集落を発見した。これを魔物、魔獣の食料安定供給源とするべく「人類農場管理計画」を考案し、集落を計画的に、発展しすぎないよう適度な大きさに保ってきた。ノスグーラ復活・人類世界への再侵攻の際には食料として人類を大量に消費することになるので、人口もある程度多くなるよう調整を図った。

しかし先頃――つい8ヶ月ほど前、トーパ王国から要請を受けた日本国が、有害鳥獣駆除の名目で陸上自衛隊の小隊を派遣し、魔王ノスグーラとマラストラス、オーガたちを倒してしまった。

ノスグーラの支配域がエスペラントの民の知らないところで消滅したため、彼らは人知れず解放されたと言っても差し支えない。だが、もはや統率する者のいないはずの魔物、魔獣が、エスペラント王国に大挙して押し寄せている。

トーパ王国で何が起こったのか、そしてグーラドロアで何が起こったのか、エスペラントの民はまだ知る由もなかった。

■　グラメウス大陸南部　上空

厚い積乱雲を眼下に見ながら、1機の航空機が飛行する。

航空自衛隊の保有する新型輸送機『C－2』である。地球と違って平たく見える地平線の彼方に向かって、高度1万m付近を航行していた。

「ずいぶん荒れてるなぁ……去年はロウリア事変があったから北に来たことはなかったけど、この世界の高緯度はこんなに荒れるのか？」

「エルニーニョみたいなもんが発生してるんじゃないですか？　ああでも、こないだ台風もあったし、その低気圧が運ばれちゃっただけですよ。きっと」

「どんな異常気象が発生するのか、まだわかったもんじゃないからな。決めつけて油断するなよ」

「ええ」

機長に窘められ、副機長は気を引き締める。

と、その瞬間――

「――ッ!!　何だ!?」

突如、計器類が狂い始めた。ヘッドマウントディスプレイには異常を知らせるアラートが表示され、電気系統が次々と故障する。

「わ、わかりません!!　何の前触れもなく、突然……!」

運の悪いことに、この世界において200年に1度の割合で発生する大規模太陽風に、『C－2』は上空で直撃してしまったのだ。付近には磁気嵐が吹き荒れ、『C－2』の機体がゆっくりと傾く。

「――くぅ……!　手動で制御する!」

フライ・バイ・ワイヤのシステムもダウンしたので手動での操縦に切り替えるが、コンピュータによる機体制御のバックアップを受けられず、どうしてもぎこちない飛行になってしまう。

機内の隊員たちも異常にはすでに気づいている。不安を押し殺し、パイロットたちを信じてただじっとしているしかない。

機長は駄目元で無線通信を試みる。

「こちら航空自衛隊岐阜基地所属『C－2』1号機!　千歳(ちとせ)基地、応答せよ!　千歳基地――ええい、最北の基地はどこだ!?」

「礼文(れぶん)分屯地です!　陸自です!!」

「こちら航空自衛隊岐阜基地所属『C－2』1号機!　礼文分屯地、応答せよ!!」

距離があるので期待していなかったが、当然のように反応しない。何より、通信機器もすでに故障していた。

「くっ……!　ここから回頭するよりは、グラメウス大陸に不時着したほうが望みはあるか……ギア、いつでも下ろせるようにしておけ!」

「了解!」

命令を受けて、補助席の部下が走った。

機長と副機長は自分たちの感覚だけを頼りに操縦を続ける。幸い、方角だけはわかる。

長いような短いような、どれだけの時間を飛んだかわからなくなってきた。

厚く暗い雲の中を徐々に降下していくと、大量の雨粒がフロントガラスを叩(たた)く。いずれ雲が切れても視界は最悪だろうが、地表の様子を確認しなければならないので高度を落とすしかない。

凄(すさ)まじい緊張の中、２人の操縦士は顔中汗まみれにして操縦桿(かん)を握る。

「――なっ!!」

雲の下に出てすぐ、黒い塊が視界に入った。それは塊ではなく、大型の鳥の群れだった。

「し……しまっ――!!!」

大型の鳥の群れが『C－2』と激突した。ジェットエンジンにも多数の鳥が吸い込まれ、異常な振動が発生する。

立て続けに起こるバードストライクで『C－2』のエンジンは設計限界を超え、火を噴いて煙を空に残す。

機内には警報が鳴り響き、悲鳴と怒号が飛び交う。

「ギアを出せ！　エアブレーキはッ!!」

「効きませぇぇんッッ!!!」

「全員、衝撃に備えろ――――ッッ!!!」

■　エスペラント王国　スダンパーロ区

「あれは……？」

激しい雨が降りしきる中、1人のエルフの少女が空を見上げた。

彼女はエスペラント王国騎士団南門防衛隊所属、遊撃隊第5小隊長を務めるサフィーネである。

南門防衛戦を終えたばかりで帰宅途中だったところ、上空から響く奇妙な音を聞き、足を止めたのだ。

轟音（ごうおん）とともにボボボボボ、ゴゴゴゴ……と不規則な低音を鳴らし、何かが落ちてきている。

両翼にかすかな火が見え、雨雲でわかりづらいが煙を噴いているように見えた。

「鳥ではない……魔獣か？」

サフィーネの呟きに、部下が答える。

「あんな大型の魔獣、見たことがないですね。黒騎士の手合いでしょうか」

「いや、それにしては様子がおかしい。まるで死にかけの雛鳥（ひなどり）のようだ。行くぞ！」

「行くってどこへ!?」

「あれの向かう先だ！」

サフィーネは小隊の部下50人を連れて走り出した。

このスダンパーロ区は、王国の数ある壁内地区の中でも南側の外縁部に位置する。外縁部は大抵魔物たちの闊歩する壁外と隣接しているため人口が少なく、有り体に言えば田舎である。

その分、余りある土地を利用して農業が行われている。王国を代表する穀倉地帯の1つでありつつ、都会を守るための南部前線基地としての機能も与えられていた。

その広大な大地を、エルフを中心とした軍人が駆ける。雨でぬかるんだ地面も意に介さず、雨具を纏い弓を携えたまま器用に走る。

「まずいぞ、あの角度は区壁に激突する！」

「隊長！　やはり敵襲では!?」

「接触してみなければわからん!!」

墜落してくるそれは思いのほか速度が速く、走って追いつけそうもない。

みるみるうちに高度を落とし、スダンパーロ区と隣接するペリメンタ区とを隔てる石壁へ一直線に突っ込む。

「ああああああッッ!!!」

「ぶつかる!!!」

――ゴゴゴゴゴガガガガガッドドォォォォンッッ!!!

サフィーネたちのわずか1㎞先、厚み20m、高さ30mもある石壁に、両翼を傾けた状態で巨体が突っ込んだ。思わず耳を塞ぎたくなるほどの轟音が発生して、サフィーネたちは身を竦ませる。

燃える翼は折れ、当たった雨粒が霧となって消えていく。どういう力がかかったのか、胴も真ん中あたりで破断し、内臓をぶちまけたようだ。

近づいてみると、その多くは頑丈そうな箱の他、奇妙な物体や――

「これは……ひどいな」

「人間……!?　人間がこれに乗っていたんですか」

「ああ、そのようだ。だが……」

死んでいる。

綺麗(きれい)な状態のままの者もいれば、どこかが欠損している者、あるいは原形を留めていない者、状態は様々だが、皆一様に息絶えている。夥(おびただ)しい流血が、死者数の多さを物語っていた。

「これは敵だったんでしょうか……?」

「わからんが……あまりにもひどすぎる。ん……?　待て、かすかに生体魔力があるぞ」

折れた胴の後ろのほうに、1人分の魔力反応を感じ取った。死にかかっているのか、今にも消えそうな気配だ。

「本当だ、生きている。どこだ!?」

「返事をしろ！　おい！」

気を失っているのか、返事はない。

サフィーネは小隊を数人の班に分け、巨体の周囲の警戒、他の生存者の確認に当たらせる。そして彼女自身は生体魔力反応のある場所へと向かった。

そこにも死体が散乱しており、皆思わず顔をしかめる。その奥、物に挟まれる形で若い男が1人、ぐったりとしていた。

「見つけた！」

男の身体(からだ)を引っ張り出してみると、大きな出血は確認できない。いくつか骨折しているようだが、命に別状はなさそうだ。衝撃の強さで気を失っているのだろう。

「そーっと運び出せ。大事な参考人だからな」

「どちらへ運びます？　牢（ろう）ですか？」

「馬鹿、何の話も聞いていないのに投獄するわけにはいかないだろ。まずは医者に診せよう」

「はっ」

「あとの者は、他に生存者がいないか調査を頼む！　そこら辺にあるものは触るなよ、科学院が来るまで現状維持だ。死者は……とりあえず雨ざらしにならないように運んでやれ。――全員聞け！　南門の連中が来るだろうから、同じように指示して動くように」

「「「了解!!」」」

てきぱきと指示を終えたサフィーネは男を部下らに抱えさせ、スダンパーロ区と隣接する３つの地区の１つ、ノバールボ区にある騎士団所有の病院へと急いだ。

■　中央暦１６４０年７月31日　ノバールボ区　騎士団病院　２階病室

朝。

１日経っても男の意識はまだ戻っていなかった。

「まだ目を覚まさないか？」

「ええ」

骨折は肋骨（ろっこつ）３本と右上腕、左脛（すね）、手指にいくつかあり、あとは擦過傷と切り傷が全身にあるだけだった。魔法医は骨の接合促進と切り傷を塞ぐ治癒魔法だけで問題ないと判断し、体力を回復させせるよう安静に寝かせていた。魔法での治療は魔法医の魔力だけでなく、患者の体力も使うからだ。

「う……」

　男の口から呻き声が漏れる。それを聞いて、医者が彼の頬を軽く叩いた。

「気がついたかね?」

「ぐ……っ……こ、こ、は……」

　頭が痛む。頭だけでなく、身を起こそうとすると全身に激痛が走って動けない。まるで極度の筋肉痛のようになっていた。顎が動かしづらく、呂律もうまく回らない。

「おおよかった、言葉が通じるようだな。安心しなさい、ここは病院だ。君、自分の名前は覚えているかい?」

「名前……名前は、岡……岡、真司です……」

「オカ?　それが君の名前か、変わっているな。私は軍医のバルサスだ、よろしく」

「よろしくお願いします……自分は一体、どうなってしまったんでしょうか?」

「丸1日寝ていたんだよ。ひどい傷だらけだったが、運がよかったな。欠損部位もなかったから傷を繋ぎ合わせるのは簡単だった、すぐ動けるようになるだろう。だが血を少々失っているから、水を飲んで食事をしてもう少し寝ていなさい。聞きたいことは回復してからにしよう」

　バルサスは岡への朝食の用意を看護の女に指示し、他の患者の診療に回った。

　激痛をこらえる岡が上半身を起こすと、いくつも並んだベッドに怪我人が多数横たわっているのが見えた。

　まるで戦争でもしているかのような、非常時の病棟に思える。

「どうぞ。少しずつでいいので、しっかり食べてくださいね」

「あ、ありがとう……ございます」

運ばれてきた食事は、1杯の水と少し厚めに切った堅いライ麦パン、キャベツと白身魚を煮込んだスープだった。やや質素に思えたが、1日食べていなかった岡は無理にでも胃に詰め込む。

おかげで頭が少しずつ冷静さを取り戻し、何が起こったのかをようやく思い出してきた。

自分たちは新型輸送機『C-2』に乗り、グラメウス大陸に向かって飛行していた。海を渡っている途中、急に機内灯が消えて騒がしくなったかと思うと、高度が落ちていくのが感じられた。

悪天候の中、『C-2』は墜落した。何が起こったかわからなかったが、墜落したのだ。

その記憶を思い出すにつれ、岡の脈と呼吸が速くなる。

墜落する少し前、誰かがパラシュートを背負って緊急脱出することを思いつき、装備が迅速に配られた。しかし後部ハッチを開くボタンが効かず、手動で開こうとしている間に今度はバードストライクが連続して起きたらしく、揺れる機体の中で激しく揺さぶられ、立っていることもままならなかった。そのうち、岡は荷締めベルトで固定された荷物の間に挟まれ、急激に傾く機内でその場にうまく留まることができた。

天地が崩壊し、機動車や偵察バイクがいつ暴れ出すかわからない状況で、生きた心地がしなかった。いや、墜落すればもはや死は免れない。悲鳴と怒号に混じって、誰かの名前を呼ぶ声や天に祈る声も聞こえてきた。

そしてその瞬間は訪れた。

主翼が大地をがりがりと削る嫌な音がしたと思ったら、その翼は折れて胴から硬い地面に突っ込む。真っ暗な中、上も下もわからない状態で衝撃だけを感じながら、やがて岡は意識を手放した。

仲間は無事だったのかが気がかりになり、他にも運ばれていないか見渡すが、ベッドに横たわる人々の顔はどれも日本人とは違うものだった。

「まさか……まさか……」

考えれば考えるだけ、悪い方向に考えてしまう。誰かにそれを確かめるのも恐ろしくて、荒くなった息を抑えるように胸へ手を押しつけた。

バルサスが戻ってくると、岡の青ざめた顔を見て慌てた。

「大丈夫かね？　気分が悪いのか？」

「あ……いえ……私の仲間がいたと思うのですが、どこかにいなかったでしょうか……？」

「そうか、思い出したか」

目を伏せるバルサス。彼は廊下にいた看護の女に頷（うなず）くと、女は病院の外へと出て行った。

「残念ながら君以外は誰も助からなかった。そう聞いている」

「やはり……そうでしたか」

バルサスの説明を聞いて、岡はがっくりとうなだれた。目に涙を溜（た）め、歯を食いしばる。

「遺体は君が回復するまで騎士団が管理している。生なき徘徊者（リビングデッド）にはならないだろうから安心してくれ」

「騎士団――国があるんですか？　徘徊（はいかい）者っていうのは何です？」

「ここはエスペラント王国、この世界でどこよりも安全な地だよ。徘徊者はそのままの意味さ。知らないのかい？　遺体をそこらに放置していたら起き上がって魔物になっちまう」

まるでゾンビ映画のような展開を思わせる話を聞いて、背筋が薄ら寒くなる。やはり異世界なのだと強く実感した。

また、岡はこの世界の主要な国名を頭に入れていたつもりだったが、エスペラント王国という名は記憶にない。

「そ、そんなことがあるんですね……初めて知りました。エスペラント王国、というのは？」

「逆に聞きたいんだが、君はどこから来た？　この世界にこの国以外の国は存在しないはずで、しかも周囲にあるのは荒野と山、魔王軍傘下の魔獣どもの野営陣だけだ。まさか大陸の外から来たとでも言うのかい？」

「私は日本という国から来たのですが、……そもそもここ、グラメウス大陸で合ってますか？」

岡の質問に、訝しむバルサス。

国と言えばエスペラント王国以外にない。エスペラントの民にとって、それは何百年、何千年変わらない常識だ。だが、エスペラント王国の名前を知らず、グラメウス大陸の名は知っている。

それはつまり、大陸の外から来た証拠に他ならない。

一昨日、空から火を噴きながら落ちてきたあれは、大陸間を渡る乗り物かもしれない。エスペラント王国始まって以来の大事件だ。

バルサスは気持ちが逸るのを抑えながら、会話を続ける。

「そう、グラメウス大陸だ。ニホンというのは、私は……少なくとも私は聞いたことがない。その国はどこにあるんだ？」

「日本は島国なんです。グラメウス大陸から見て南に2、3千㎞ほど、海を隔てた向こうにあります。フィルアデス大陸の東側で……」

「フィルアデス大陸！　伝説の大陸はまだ人の手にあるのか!?」

「え、ええ。人はたくさんいるようですし、国もたくさん存在すると聞いています」

「なんと……なんということだ……！」

エスペラント王国神話には、「フィルアデス大陸だけでなく、世界は魔王の手に落ちた」と書かれている。

それは約束していた種族間連合からの捜索隊が何年待っても来なかったことから、エスペラント王国以外の人類は滅ぼされてしまったのだと、当時の者と子孫たちが勘違いしたのだ。

そしてその勘違いが今なお受け継がれていることを、岡はすぐに知る羽目になる。

「――バルサスさん、騎士団の方がお見えです」

看護の女が戻ってきていた。

「ああ、ご苦労」

病室の入り口に、鎧を着込んだ男が2人立っている。

2人は岡の顔を遠巻きに見つつ、厳しい表情を崩さない。

「そいつから話を聴きたい。空いている部屋はないか」

病室だというのに大きな声で怒鳴るので、バルサスはむっとして棘のある声音で返事する。

「あいにく、どこも患者でごった返してますから。ここじゃダメですか？」

「そいつがもし化けた魔族だったらどうする？　正体を現して暴れられでもしたら大勢が死ぬことになるぞ」

「こんな死にかけのような魔力の魔族がいますか？　もしこの傷で隠しおおせているのなら大した演技力ですよ」

そのやりとりを聴いていて、彼は軍医だと言っていたのに騎士団内で仲が悪いのかと不思議に思う岡。

「チッ……いいだろう。おい、入れ」

廊下にまだいたらしい。5人くらいの兵士があとに続いて入ってきた。万一、岡が敵だった場合を想定した護衛のようだ。全員鎖帷子（くさりかたびら）を着込んで、帯剣している。

先頭はバルサスと言い合っていた男で、30代くらいの老け顔だ。ハーフエルフらしく、髪は赤みがかった茶色で、耳の長さも中途半端だった。どうやらそれなりに高い地位なのか、鎧の装飾が少し違う。

「お前が空から落ちてきた者だな？」

「ええ、そうです。あなたは？」

「無礼な奴だ、騎士は決闘で負けたほうから名を名乗ると決まっておろう」

面倒な人だなと岡は内心うんざりしながら、それをおくびにも出さず答える。

「自分は日本国陸上自衛隊所属、岡真司と申します」

「オカ・シンジ……？　妙な名前だな。私はジャスティード・ワイヴリューだ。このノバールボ区を警備する騎士団ノバールボ区憲兵署の署長である」

憲兵ということは警察のようなものか、と判断する岡。この新世界ではどこでも日本語で通じるのでありがたいが、こちらの言っていることがどのような意味で伝わっているのだろうかと常々疑問であった。

「よろしくお願いします」

　岡が右手を差し出すが、ジャスティードはその手を冷たく見下ろすだけだった。

「ずいぶん人間に化けるのがうまいな。まず質問するが、ニホン国とはどこのことかね？　世界にはこの王国以外は存在しないはずだ」

　バルサスに話したのと同じように「グラメウス大陸から見て南にある島国」と説明するが、どうせ信じないだろうなと岡は最初から諦めていた。

「よくもそんな嘘をぺらぺらと並べ立てられるものだ」

　やっぱり信じなかった。特に腹立たしいという感情も湧かない。

「で、そのニホン国の軍人が何の用だ？」

「このグラメウス大陸には元々調査派遣の目的で来たのです。トーパ王国以北は危険な場所ということは聴いていましたが、人が住んでいる可能性があると我が国の研究機関が……」

「トーパ王国だと!?」

　ジャスティードだけではない。病室にいた他の患者やバルサスも驚きの表情で岡に視線を送っていた。それもそのはず、トーパ王国は神話で種族間連合が最後に駐留していた地で、エスペラント王国から見ればフィルアデス大陸の玄関口だ。真っ先に滅んだと考えられていたのだから、その名に反応しないわけがなかった。

「四勇者が魔王に敗北して、トーパを始めフィルアデス大陸、ロデニウス大陸、世界中の国々が滅んだというのは子供のときから教えられる常識だ！　それを、空から降ってきた奴が『実は存続している』などと、いい加減なことを言うな！　どうせ貴様は魔王軍が送り込んできた手先であろう!!」

「お言葉ですがその魔王とは、もしや『ノスグーラ』とかいう名前ではありませんか？」

「そうだ！　世界は魔王に支配され、1万年以上前からこの王国が人類最後の砦として――」

「その件ですが、昨年末にトーパ王国から要請を受け、有害鳥獣駆除の名目で陸上自衛隊が駆除しました。私は派遣されていませんが、別の基地所属の……確か百田(ももた)二等陸尉の小隊だったと思います」

「「「……」」」

凍り付く病室。

小隊というと、エスペラント基準でも50人前後の単位である。たったそれだけの人数で伝説の魔王が倒されたなどと言われれば、過去の先祖たちの多大な犠牲は何だったのかという話になる。しかもそれがつい8ヶ月ほど前だと、自称大陸の外から来た男が言う。

「そんな都合のいい話があるかァ!!!　我が祖先の何千、何万人が犠牲になったと思っている！　それ以上の出任せは、我らと祖先への侮辱とみなすぞ!!!　本当のことを言え!!!」

話にならないと岡はうなだれた。外務省が、諸外国との国交締結に向けた交渉に行く先々で苦労していると いう噂(うわさ)は聞いていたが、これは想像以上だ。こんな苦労をしょっちゅう味わっているのかと思うと、外交官には優しくしようと心に決めた。

「とにかく、トーパ王国から帰ってきた隊員の話では、この大陸は魔物や魔獣が数多く棲息(せいそく)する危険な地域で、人間は住んでいないと現地の方から伺っていたそうです。ですが我が国の研究機関が人の住んでいる痕跡を見つけたので、自分たちが調査するために派遣されただけです。実際、海岸線に沿って南下されればトーパ王国に着けると思いますよ」

岡は衛星写真のことを、あえて曖昧にした。めんどくさかったからだ。

「フン。貴様が魔王軍の手先なら知っているかもしれんが、南には魔王軍指揮下の野営陣が今も健在なのだ。そんな自殺行為、するわけがなかろう」

「何ですって？」

魔王は陸上自衛隊が確かに倒したはずだ。

報告では、魔王とその幹部、マラストラスとオーガ2体を駆除したために魔王軍は瓦解し、グラメウス大陸側に散り散りになったと書かれていた。

それが何故か今も生きている。仮にジャスティードの話が本当なら、誰かが魔王軍を指揮している、ということになる。

「とぼけても無駄だぞ。でなければ、この国に直接乗り込んで来るような真似（まね）はすまい。城壁を一足飛びに越え、王城まで攻め入る魂胆だったのだろう？」

「いいえ、自分たちがここに辿り着いたのは紛れもなく事故だったのです。自分たちが乗っていた飛行機……もうご覧になったかと思いますが、あれが飛行中に故障し、操縦不能になってこの国まで流れてきてしまったようです」

「この……！」

ジャスティードが激昂（げきこう）して剣を抜いた。目にも留まらない速さで岡の首筋に刃を這（は）わせ、髪が数本舞い落ちる。

「――――!」

人からためらいのない殺意を向けられ、全身からどっと冷や汗を流す岡。顎の筋肉が痙攣し、息も荒くなる。

そのとき、病室の入り口から、若々しいエルフの女性の声が鋭く飛ぶ。

「やめろ! ここは病院だぞ! 彼が本当に人間だったら、貴様は重罪だ!」

「さ、サフィーネ……何故ここに……」

白銀に近い金髪を後ろでまとめた、目鼻立ちが整った美しい女性だ。ズボンを穿いており、どこか身軽そうに見えた。

その彼女が、ジャスティードを睨みつけながら答える。

「彼は私が保護したのだ、様子を見に来たらおかしいか?」

「いや……チッ。魔族か人間かはわからんが、目に恐怖が宿っている。もし兵だとしても、死の覚悟がない者の目だ」

顔を青くしたジャスティードは、精一杯の嫌味を吐きながら剣を収めた。

「動けない相手に剣を突きつけて、その言い草は感心しないな。別に私から上に報告したっていいんだよ?」

「これは我々憲兵の仕事だ。――とにかく、一応上には報告する。こやつが魔族だとしても、1体であれば騎士団の監視下に置いておくだけで問題なかろう」

ジャスティードたちが岡の処遇を暫定的に決めると、サフィーネがまた割って入る。

「じゃあ私が彼の面倒を見よう」

「な、何!?」

「別に問題ないだろう？　私だって騎士団、それも遊撃隊小隊長だ。いざとなれば自分の身くらい自分で守れるからね。決まりだ」

「う、むぅ……」

その耳元で、

急速に身の回りのことが決まっていき、口を差し挟む隙もなく呆気に取られる岡。

「……おい、念のために忠告しておく。もし貴様が人間だったとしても、サフィーネには手を出すなよ。あれは将来、俺の妻にする女だ」

と囁いたジャスティードは、部下の6人を連れて足早に病室を出て行った。

「ええ……」

岡が妙な人に絡まれたなぁと思いながらその後ろ姿を見送っていると、今度はサフィーネが近づいてくる。

「すまない。憲兵はいつもあんなものなんだ、勘弁してやってくれ――と、言葉は通じるんだったか？」

「あ、はい。あなたは……？」

「私はサフィーネ・ジルベルニク。騎士団遊撃隊第5小隊の隊長をやっている」

サフィーネが差し出した右手を、岡が軽く握る。

「日本国陸上自衛隊所属、岡真司です。あなたが助けてくださったんですね、ありがとうございます」

「あ――そっか、さっき自分で言っちゃったんだっけ。あはは」

さっきまでの印象とは打って変わって、年頃の娘のようにころころと笑うサフィーネ。

これは確かに、男なら誰だって惚れてしまうかもしれないなと岡は納得した。

「あなたは、自分――僕が魔物だと疑っていないのですか？」

「魔物？　ヒトに化けるとすれば魔族だろ。私は君の乗ってきたあれが落ちてくるところを見ていたし、君が大怪我しているのも、他に大勢が死んでいるのも見た。疑うわけがないよ」

「そう、ですか……」

目を伏せる岡を見て、サフィーネはしまった、と慌てる。

「ああ、えっと……さっき憲兵隊に質問されてうんざりしているかもしれないけど、私からも聞きたいことがあるんだ。いいか？」

「何でしょう？」

「君たちが乗ってきたあれは、私たちでも作れないか？」

「あれは……複雑すぎて、多分無理だと思います。この国の工業力はそれほど高くはないようですし」

今度は言った岡が、しまったと思う番だった。受け取り方によっては、相手の国を侮辱しているようにも取れる言い方だ。

「そ、そうなのか？　どのくらい難しいんだ？」

「あー……人が何千人単位で必要なくらい、です。それと、とても高性能な計算機や大規模な設備が必要になります」

「高性能な計算機？　よくわからないが、確かにそういうものは我が国にはないなぁ。残念だ、空飛ぶあれなら魔獣たちとの戦闘に使えるかもしれないのに」

悪い方向に受け取られなくてよかったとひとまず安堵する。逆に、話の方向が怪しくなってきた。

「魔獣たちとの戦闘？　そういえば先程の方の口ぶりから気になっていましたが、もしかしてここの患者さんたちは……」

「そう。皆、魔獣どもと戦って傷ついた者たちだ。ここ最近は特に襲撃頻度が増えていて、我々常備軍だけでなく予備役も総動員して国の防衛に当たっているんだ」

ジャスティードとサフィーネの話を統合すると、魔王ノスグーラが死んだのに魔王軍はまだ健在で、この国にその脅威が差し迫っているということになる。

自衛隊――防衛省が虚偽の報告をするとは考えにくい。10式戦車の主砲を使わないと倒せなかった、などという報告書は、あまりに荒唐無稽ながら凄みが伝わってくるものだった。

「被害状況はどのような感じなんでしょうか？」

「すでに2つの地区が魔獣に侵入され、2万人以上が犠牲になっている」

「に……2万人!?」

観測史上最大規模の地震、平成23年の東日本大震災の死者・行方不明者が約1万8千人だ。戦後最悪の自然災害の犠牲者数を上回る人々が、おそらく人為的な戦闘により命を落としている。

日頃市民の安全を第一に考え、平和維持に努める自衛隊の岡にとって、その侵略は許しがたい蛮行に思えた。

「北西の鉱山区だからまだそれだけで済んでいるが、侵攻が進めばもっと被害が大きくなるだろう。

だけどあの当該地区は比較的広大な地区だから、取り返す算段もつかないんだ」

「住民の避難が適切に行われていれば、そこまで犠牲者が増えない気がするのですが……何が原因なのですか？」

横からバルサスも割って入る。

「この国は城壁の国といっても差し支えない。城壁を拡大することによって、人類の居住範囲を広げてきたのだ。街が１つ落ちると、その街への侵入口は限られるから、取り戻すのに大変な困難を伴うのだよ」

「だから犠牲者の半分は、我々常備軍が消耗した兵員の補充で入った予備役だ」

「予備役が１万人も!? し、失礼ですが常備軍の総兵力はどれくらいなんですか？」

国によって総人口対軍人数比は変わるが、予備役が１万人犠牲になるというのは由々しき事態である。

「常備軍は約６千で予備役は総人口の約半分の13万だった。今もその数は減っているけどね……」

サフィーネの答えに、岡はこの国はまるで旧世界のスイスみたいだなと思った。

スイスは永世中立国で、戦争のどちらか一方に加担しないが故に有事の際はどちらも敵になる。国防の観点から国民皆兵を是としており、常備軍は約４千人、予備役は約21万人と人数が逆転している。もちろん、本格的な防衛戦に突入すればほとんどの国民が銃を手に取る、平和主義ながら重武装国家だ。

ちなみに自衛隊は定員が約25万人、予備自衛官は即応、補を含めても約６万で、実際の数はやや少ない。

この国の状況は、陸自が派遣された当時のトーパ王国と同じだ。それももっと深刻な、危機的状況である。岡は国外、それも自衛官の身分なので首を突っ込むわけにはいかず、ただやりきれない思いで押し黙る。

「少し長く話しすぎたね。君の処遇については元気になってから考えよう。父さん、オカは何日くらいで退院できる？」

サフィーネがバルサスに訊ねた。

「父さん？」

「そ、私の父さん。バルサス・ジルベルニク」

バルサスがサフィーネの父だとわかって、先程ジャスティードに厳しい口調で接していた理由を察した。

岡が何かを察したのをバルサスも感じ取り、苦笑いする。

「まぁそのことはいいだろう。魔力がほとんど戻らないのが気がかりだが、身体はほとんど大丈夫そうだな。３日ほど様子を見て……」

「あ、あの……自分、１日寝ていたんですよね？」

「そうだが、どうかしたか？」

「１つだけやっておきたいことがあるんですが……サフィーネさん、お願いできませんか？」

「うん？」

■ノバールボ区　教会

　昼になると、岡はサフィーネに連れられて教会にやってきた。病院に運び込まれた際に着ていた迷彩服は血だらけで洗濯中だったので、上下病衣のままだ。

　この世界の教会は地球のそれと違って十字架もないし、ステンドグラスもない。ここエスペラント王国の教会には美しい造形のガラス窓が天井近くの壁に嵌まっており、太陽の光をやんわりと取り込んでいる。

「ここが……」

「ああ」

　案内されて中に入ると、浄香が焚かれていた。祭壇に立てられた3柱の神に祈りを捧げているのは、聖職者にあたる魔導師たちだ。

「あの3体の——神様、ですか？」

「そうだ。真ん中が太古の昔から天国を治め死後の裁判を務めると言われる神アヌ、右が水を司り冥府を統べる神アブズ、左は豊穣と愛を司る女神だ。かつて人間族はアヌ、ドワーフ族はアブズ、エルフ族は女神と、それぞれ種族によって信仰する神々が違ったんだ。神話によれば1万年以上前、魔王軍に対抗するために種族間連合という連合軍を組織した際、神々を同格にして祀るようになり、現在の我々の信仰に続いているのだ」

「女神様に名前はないのですか？」

「当時、エルフの神は自らの神性と引き換えに太陽神の使者をこの世に召喚し、その力によって魔王軍をトーパの地まで押し返した、と伝えられている。どうやらそのときに名が失われてしまったようだ。私もエルフの血が流れているから、自分の神の名を知らないというのはつらいよ」

名を忘れられるなんて、かわいそうだなと思う岡。だがサフィーネの心中を考え、何も言わないでおいた。

「サフィーネさん」

地下から上がってきた魔導師が、２人の後ろから声をかけた。

「司祭長、手を煩わせて済まなかったな」

「いえいえ。身元がわからないとはいえ、同じ人類。せめて徘徊者にならないように祈りを捧げるのは当然のことです」

この世界では死体が魔素を帯びることで悪しき精霊が宿り、生なき徘徊者になる。それを防ぐために、死体に魔素が蓄積しないよう魔法で保護する技術がある。

魔導師は祈りと言っているが、実際はれっきとした神聖魔法であった。

「それで、こちらが？」

「彼が唯一の生き残り、オカ君だ」

岡は司祭長に自己紹介をして握手を求めると、司祭長も快く握手に応じた。

そして３人で地下へと下りる。その一角に、彼らがいた。

「ここです」

「みんな……」

『Ｃ－２』の墜落で命を落とした、仲間たちだった。

身に着けていたものはそのまま、バラバラになった肉体もできる限り繋ぎ合わせられ、安置されていた。

遺体の腐敗は早い。そのまま放置してもエスペラント王国の人々に迷惑がかかると思い、岡はそれを第一に気にかけていた。

眠った顔を順々に確認し、認識票と照らし合わせる。血まみれで痛々しい姿だったが、目と口は閉じてくれてあった。おそらくサフィーネの仲間たちが施してくれたのだろう。

「どうする？」

サフィーネが訊いた。

「日本では……遺体を火葬するんです。もしよろしければ、燃料を分けていただけませんか……」

岡の希望通り、隊員たちの遺体は火葬されることになった。

ノバールボ区の隣、ランゲランド区に56体分の遺体が移送され、魔導師たちの火炎魔法で骨の状態になるまで焼かれる。それを1体分ずつ認識票と一緒に木箱に収め、岡が日本に帰る日まで教会で預かってもらうことになった。

その日の夜、岡は病院の屋上で静かに泣いた。

① 中央暦1640年7月29日、航空自衛隊岐阜基地より陸上自衛隊グラメウス大陸先遣調査隊50余名を乗せた『C-2』が離陸。
② グラメウス大陸上空にて、『C-2』に太陽風による磁気嵐が直撃し、電気系統が完全に沈黙。グライダー飛行に移行。
③『C-2』、エスペラント王国スダンパーロ区に墜落。生存者１名。

グラメウス大陸

③

エスペラント王国

トーパ王国

②

『C-2』飛行ルート

空中給油を受ける

パーパルディア
皇国

①

日本

クワ・トイネ公国

Illustration by arohaJ

第1章
黒い脅威

■中央暦1640年8月3日　ノバールボ区　騎士団病院

3日後の朝。

岡(おか)はバルサスの見込み通り、体力が戻っていた。後遺症がないか、騎士団病院の前で身体(からだ)を動かして入念にチェックする。

筋肉や関節には違和感もなく、すぐにでもトレーニングできそうだった。

「これからどうしよう……」

退院が決まって朝ご飯を食べて悩んでいたところ、

「じゃあ私たちの家へ来るといい。サフィーネが面倒を見ると言った手前、それがいいだろう」

「え、いや、ですが……年頃の娘さんがいらっしゃるお宅の厄介になるのは……」

「ははは、あの子を年頃の娘と言う男はそうそういないよ」

「？？？」

その意味はよくわからなかったが、こうして岡は半ば流される形でジルベルニク家へと身を置くことになった。

事故時に着ていた迷彩服はあちこちがすり切れて血に染まっていたが、まだ着れそうだ。ただ、この国を歩き回るには目立つので、バルサスが服を調達してくれた。実際に買ってきてくれたのは看護の女性だが。

上は少しゆったりめの白いブラウス、下はサスペンダー付きの渋柿色のズボンだ。履き物だけは陸自支給のブーツを履く。

「すみません、病院で世話になった上、こんなことまで」

「君は重要参考人だからね。一応国からも補助は出るんだ、気にしないでくれ」

岡にはまだ魔王軍の手先という嫌疑がかかっているので、誰かしら監視しないといけない。面倒を見ると言ったサフィーネは軍人かつ女性である以上、常にそばにいるというのも難しい。だからバルサスが監視の名目で庇(かば)ってくれているのだろうと岡は考えた。実際、その通りだった。

岡の退院にはサフィーネが迎えに来た。

「おはよう。もうすっかり元気そうだな」

「サフィーネさんと皆さんのおかげです。本当に感謝しています」

「よかったよかった。――さて、王宮科学院と憲兵署が、君の乗ってきたあれについて話が聞きたいから連れてこいとご命令だ。準備はいいかい？」

「はい……王宮科学院、ですか？」

迷彩服は病院に一旦預け、サフィーネと岡は連れ立って出発する。

この世界は魔法優位で、科学立国は今のところムーくらいしか見当たらないという話を聞いている。そのせいか、ファンタジー作品さながらの魔法学校が普通に存在しているという。

「ああ。魔導師は大規模な魔法を使うとひどく疲れて、次の日にはほとんど動けなくなってしまうだろう？　でも魔獣の襲撃は頻繁だから、もし連日襲撃された場合を想定して魔力を使わない武器を開発しているんだ。そうした技術のことを我々は〝科学〟と総称しているのさ」

説明を聞いていると変な気分になってくる。

日本人（地球人）は魔法が使えないので、前提として科学しかない。魔術と言われた錬金術でさえ、本来は科学だ。

それに彼女らが言う科学とは、きっと現地では違う言葉、響きなのだろうが、本当に地球の科学に相当するのか実態がわからないので、「それ、知っています」とは言い出せない。

「なるほど、興味深いですね」

と相づちを打つだけに留めた。

そもそも岡は工業高等専門学校から自衛隊に入った身なので、科学については一般人よりいくらか詳しい。興味本位で爆薬の作り方を調べるなど、高専生にはよくあることだ（偏見）。

サフィーネと話しながら歩く岡は、町並みを観察していた。

エスペラント王国の家々は木造が多く、窓が少ない。それでいて屋根が尖っており、豪雪地帯特有の工夫が見られる。１軒１軒、それぞれ暖炉用の煙突も突き出ていて、どことなく北欧やロシアの古い家々のようだった。

「すごく木を使う割合が多いですね。こんなに木を使って、資源はどうなっているんですか？　冬場だって、燃料とかでいっぱい使うでしょう」

「東の山から持ってくる他に、国内に管理森林地区があるんだ。そこで植樹しつつ、大きくなった木や間伐材を伐採する。そのサイクルで賄っているんだよ」

「へぇー。サフィーネさん、詳しいですね」

「林業は私たちエルフの仕事だからね。魔獣の侵攻を受けて採掘は止まっているが、北側の鉱山の管理はドワーフの仕事だ。そっちは全然わからないよ」

「他にどんな仕事があるんですか？」

「種族別特殊職業で言えば、畜産業と水産業は獣人のものになっている。彼らは生き物の数の管理が得意だからね。農業は全種族、誰でもできる」

「人間は何かあるんですか？」

「種族別特殊職業に分類はされていないけど、人間は生活基盤なんかを構築するのが得意だ。上下水道、街灯、便利なものや武器といった技術の開発は、特に人間が担当しているね」

　ファンタジーの住人たちが、現実に生きて助け合って暮らしている。

　子供の頃に読んだ世界が目の前にあって、彼らが得意とすることを分担し合って生活しているという事実に、岡は何だか嬉しくなった。

「ところで、オカの国ではどういうふうになっているんだ？」

「自分たちの国は、人間しかいないんですよ」

「人間しかいない？　そんなの嘘だろう、種族間連合の誓いはどうなったんだ？」

「それが……」

　岡は日本が転移国家だということを説明した。もちろん、それが元でたくさん疑われ、国交を築くのにも大変苦労したことも。

「ふうん……全然信じられないけど、オカが乗ってきたものがこの世界のものではないって言われたら、そういうこともあるのかなって信じられるかもね」

「信じてもらえなくても仕方ないです」

　まったく信じていない様子のサフィーネに、岡は苦笑いで返した。

　そんな話をしていると、ノバールボ区からスダンパーロ区への門を抜け、『Ｃ－２』墜落地点までやってきた。

そこには数人の兵士と、貴族のようなブラウスとスラックス姿の男たちが集まっている。

「うげ」

ジャスティードの姿もあり、岡が思わず声を漏らしてしまった。

「うげ、とは何だ貴様。無礼な――……サフィーネも一緒か」

「オカ、こちらが王宮科学院のセイ様だ」

サフィーネがジャスティードを無視して、ブラウスとスラックス姿の男の1人を紹介した。老け方からして中年くらいで、やや猫背気味な痩身の人間の男だ。

「王宮科学院の技監、セイ・ザメンホフだ！　よろしく、異国の軍人君！」

「日本国陸上自衛隊隊員の岡真司です。よろしくお願いします」

予想していたよりずっとテンションが高く、岡は内心面食らう。

握手を交わすと、セイは岡の全身をしげしげと眺めた。

「何だ、君のあの服はどうした？　まさか捨てたのではあるまいな？」

「いえ、こちらの国では少々目立つので……ご厚意でこの服を用意していただきました」

「それはいかんな！　君ィ、自国の文化を大切にしたまえよ！　せっかくエキサイティングな衣料なのだ、もっと誇りたまえ！」

「は、はぁ……」

迷彩服をエキサイティングと表現する、エキセントリックな感性の持ち主だった。

「そんなことより話だ、話を聞きたい！　これは君の国が作り出したのかね？」

これ、と言いながら、折れて横たわる『Ｃ－２』を指さすセイ。

「ええ、国産機だと聞いています」

「すごいな！　何がどうなっているのかさっぱりだよ！　空を飛んでいたということは、これだけの質量を飛ばすだけの大出力が必要なはずだ。それなのに、残留魔力がまったく検出できない！　まったくもって意味不明だ！」

意味不明だと言うわりに、興味で目を爛々と輝かせるセイ。

「こういう人なんだ」

「大体わかりました」

サフィーネが耳打ちするが、岡はすでに人となりを理解していた。

だが墜落現場を目の当たりにして、彼のハイテンションと矢継ぎ早に飛ぶ質問には正直助けられた。墜落時の恐怖を思い出す暇も、仲間の死を悲しむ時間も与えてくれない。これはこれで、好感の持てる男だ。

「ところで、他にも色々と教えてもらいたいんだが……」

そこには種類別に並べられた武器弾薬、機材類があった。

「たとえばこれは我が国で作った〝銃〟に似ているな。——あれを」

セイが89式自動小銃を手にしつつ、部下らしき学者に合図する。

彼はぴかぴかのマスケットを取り出し、セイの横で同じように掲げた。

「筒があって、引き金があって、握りと銃床がある。きっと同じように使うと思うんだが、合っているかね？」

銃を制式採用しているという報告は、現在日本が交戦中のパーパルディア皇国と科学立国のムー以外に聞いたことがなかったので、岡は驚きを隠せない。独力でここまで工業を進歩させたというのは、驚愕に値する。

「そうですね、おそらく同じように使うものだと思います。そちらのそれも、火薬を爆発させて金属の塊を射出するというのであれば」

「やはりそうか！　だが我々が見たこともない素材がふんだんに使われている！　しかも恐ろしい精度の加工技術で、重量も素晴らしく軽い！　これの作り方を教えてくれないか!?　これなら君でもわかるだろう!?」

岡は返答に窮する。

素材に関しては高度な知識と生産設備が必要なので、いずれにせよ伝授できるものではない。もし教えられるとしたら、89式小銃をばらしてその構造の一端を見せることと、すでにこの国に存在するマスケットを強化するためのアイディアくらいだ。

しかし、日本には新世界技術流出防止法が定められている。日本国民である以上、技術を流出させた場合の罰則は厳しいものとなる。こうしたイレギュラーの状況を考慮しても、どの程度許容されるかはわからない。

岡がこの国で生き抜くために、最低限『C－2』に積載されていたこれらの武器弾薬は絶対に必要だ。断って取り上げられ、勝手に分解されても困る。何より目の前の男は、何らかのアクションを取らなければ納得してくれないだろう。目が少年のように輝いて、期待に満ちた眼差しになっている。

「そうですね……マテリアルに関してはさすがに高度な知識を要するので、自分ではわかりかねます。ただ、構造みたいなものでしたらお役に立てると思います」

岡が89式自動小銃を受け取る。

周囲の兵士たちは念のために警戒し、剣に手をかけた。

「これからこの銃を、メンテナンスするための手順で分解します。それ以上細かくはできません、もし無理に分解したら二度と組み立てられなくなりますからご了承ください」

と両手を上げながら言って、並べられた荷物の中からメンテナンス用の工具を持ち出し、手近な場所にあった机へと移動する。

訓練で教えられる通りに、あっという間に分解する岡。ついでに清掃しつつ歪（ゆが）みなどがないかも確認し、実際に使えるかどうかを判断する。この銃は問題なく使えそうだった。

セイは岡が分解した部品を横からあれこれ手にして、うっとりと舐（な）めるように眺め回す。

「すごいぞ！　この工作精度は我が国の加工技術の遥（はる）か先を行っている！」

ジャスティードもサフィーネも他の学者や兵士たちも、セイの評を聞いて驚きを隠せない。

銃はエスペラント王国が作り出した最先端技術の塊で、最強の兵器だ。おいそれとコピーできるはずがないし、さらにそれを上回るものがあるなど、彼らの常識を完全に超えている。

「せ、セイ様！　銃は我が国独自で生み出したものでしょう!?　それを別の――本当に外の国から来た人間かはわかりませんが、そやつらが作っているということは、国内に間者がいるという話ではないのですか!?」

声を上げたのはジャスティードだった。彼はまだ岡を魔王軍の手先だと勘違いしているらしい。

「違うな。我々は火縄銃を作り出してから100年でフリントロック式銃を作り出した。だがこれは100年や200年そこらで実現できる代物ではないよ。君、これを見たまえ」

セイが指でつまんで見せたのは、5・56㎜NATO弾とマガジンだ。

「先程から見ていたが、火薬を入れる口がどこにもなかった。これが弾だね？　この後ろに火薬が内包されている。それを何らかの形で爆発させて、発射するのだ。我が国の銃に比べて装填は遥かに速いだろう。オカ君、違うか？」

分解したものを見ただけで、その原理をほとんど理解してしまった。彼はとんでもない天才だ、と岡はただただ驚くばかりだった。

「その通りです。そこまで理解されるとは思いませんでした」

「なに、現物があればこそだよ！　素晴らしいものを見せてもらった、ありがとう！　だがこれは我が国では作れんな！」

理解するのと、実際に生み出すのは別だ。17世紀程度の加工技術しかない場合、誤差の理論で同時代から少し先のものまでしか作れない。また、材質の均質化も問題だ。金属の均質化処理には膨大な熱量を必要とする。そんな設備を、この国が持っているかどうか。

セイはそこまでの事情を理解した上で、現状では無理だという結論に至った。

「この武器が大量に生産できれば、魔獣の度重なる襲撃も乗り切れると思うのだが……」

彼の呟(つぶや)きを聞いた岡は、自分の知識があればこの国を救うこともできるのではないか、と考え始めた。それを実現できるほどの才覚の持ち主が、目の前にいる。

だが自衛隊という日本の防衛組織の構成員である自分が、日本の機密に繋(つな)がりかねない技術情報を勝手に開示していいものか。葛藤に苦しむ。

そんなことを考えながら解体した89式を再び組み立て直し、念のためにフル装弾のマガジンを装着して部品脱落防止のテープを巻いていると、１頭の馬が走ってきた。

「伝令――ッッ！　伝令―――ッッ!!!」

「何事か!?」

「サフィーネ様！　騎士ジャスティード！　ちょうどいいところに!!　魔獣の襲撃です!!」

「何ィ!?　数は!!」

「見張り員からはゴブリン２００、オーク10、オークキング２、黒騎士１を確認したと！」

「お、オークキング２と――黒騎士が!?」

報告を聞いて怯むジャスティードに対し、サフィーネは跳ねるように走り出した。

『こちらサフィーネ！　南門防衛隊遊撃隊第５小隊！　出撃状況は――』

魔法通信で基地と連絡を取りつつ、約２㎞離れた南門へと急ぐ。

ゴブリンは数の問題なだけで、２００程度であれば大した脅威にはならない。隊長格のゴブリンロードも人間の兵士と同等の戦力だ。

オークも兵が連携すれば何とかなる。

しかし、オークキングはオークよりも二周りほども大きく、知能もある。全身を鉄の鎧で覆い、人間の弓矢や剣を弾く。人間を遥かに超越する圧倒的な膂力から繰り出される大斧の一撃の前には、人間の剣技など児戯に等しい。

銃が発明される以前では、オークキングが交じった魔獣の侵攻を受けた際、これを討ち取るために大変な犠牲を要し、スタミナ切れを誘うくらいしか対抗手段はなかった。銃兵隊が生まれたあとも鎧を撃ち抜くためには接近しなければならず、混戦状態だと命中させるのも一苦労だ。

そんな化け物が2体も。2体も現れた。

それだけならまだしも、あの黒騎士も1体いるという。

黒いオーガ、黒騎士、漆黒の騎士。忌まわしきその名が示す通り身体すべてを漆黒の鎧で覆った、まだ一度として討ち倒すことができていないあの黒騎士が、この街に現れたというのだ。

ジャスティードはノバールボ区憲兵隊、いわば市民を守る最後の砦である。王宮科学院のセイという王国の要人の護衛に就いている今、彼を死なせるわけにはいかない。

「セイ様！　お逃げください!!」

「う、うむ！」

「おい！　お前も死にたくなければ戻れ！」

岡にも一応声をかける。別に死んでしまってもよかったが、サフィーネが保護している以上、放置するわけにはいかない。

「すみません、先に行ってください！」

「な、なぁ!?　何をする気だ!!」

岡は持っていた89式小銃のベルトを肩からかけ、並べられた装備を物色し始めた。ヘルメットと防弾ベストを着込み、手榴弾と89式用の予備のマガジンを携え、グローブをはめて偵察用バイクに跨がる。

「貴様！　どさくさに紛れて我々を殺すつもりでは――」

「自分はッ!!　人を守るために自衛隊に入った人間ですッッ!!!」

キックスターターを蹴り飛ばして火を入れ、スロットルを煽(あお)りながら勢いよくクラッチをつないだ。さながら馬に乗って駆ける騎士のように、土を巻き上げて戦場へと向かった。


「人を……守るために……」

岡の叫びを聞いてショックを受けるジャスティード。

彼は人類最後の砦にして最後の国、エスペラント王国は旧王都マルナルボ区に流れを持つ貴族、栄えあるワイヴリュー家の次男である。

貴族であれば他に文官の道もあったが、国を守るために騎士団へ入団した。

そこで戦術的思考を磨き、剣の腕を研鑽(けんさん)し、剣技の高みの象徴〝剣聖〟の称号を与えられた。

やがて、ノバールボ区の憲兵隊に配属された。

国の一番外側である西の端と南の端は、門外に肉食獣や魔獣がたむろしていることもあり、常に激戦区となっている。ジャスティードはその最前線への配属を希望していたが、貴族であることを配慮されて辺境より1つ手前に配属された。

市民の安全を守る日々に悶々(もんもん)とする彼だったが、そこで運命の出会いを果たす。

エルフの少女、サフィーネ。騎士団病院に勤める医師バルサスの娘で、平民ではあるが、彼女が怪我人(けがにん)を看病する姿を見たとき、背筋に衝撃が走った。

この殺伐とした世界から何としても彼女を守る。そう固く心に誓った。

だが彼女は間もなく騎士団に入り、そこでめきめきと力を付け、頭角を現し、今では遊撃隊の小隊長にまでなってしまった。

守ると誓ったはずが、逆に最前線で戦う彼女に守られる恰好だ。

結婚すれば引退させることもできるが、何度アプローチをしてもなかなか振り向いてくれない。

ジャスティードはおろか、そもそも男など眼中にすらないようである。

そんなある日、空から正体不明の物体が落ちてきた。

中にはこの国ではないどこかの人間が多数乗っていたらしく、生存者1人を残して全員死亡していた。

その生存者というのが、サフィーネに助けられたという。

捜査を一任され、腹立たしい気持ちで騎士団病院に行って事情聴取してみれば、エスペラント王国の外から来た兵だなどと意味不明なことを言う男だった。

少なくとも体を鍛えてはいるようだが、兵としての覚悟がまったくできていない軟弱者だ。

魔力は死んでいるように弱々しく、魔族がよほどうまく隠しているのかとも思ったが、どうもそうでもなさそうだったので騎士団の監視下に置くことで問題ないと判断した。

が、今度はそいつの面倒をサフィーネが見ると言う。

嫉妬であった。

ジャスティードはこれまでに感じたことがないほどの、形容しがたいどす黒い感情に苛まれた。

今日もその男はサフィーネとともに現れ、冴えない面を晒していた。

この国の服装に身を包んでおり、凡庸そうな見た目によく似合っていた。受け答えもまともにできないらしく、貴族のジャスティードに対し不遜な態度を取る。

悪態が口を衝いて出そうになったが、サフィーネからの印象を悪くしたくないので自重した。

しかし王宮科学院の学者連中――セイは雲の上の人物だが、そちらと何やら難しい話をしていた。実は知識量は侮れないのかもしれない。その点については、悔しいが認めざるを得ない。

そして今、魔獣の襲撃を受けている。

襲撃の一報を聞いてサフィーネは飛んでいき、男もまた自国の装備だというよくわからないものを抱えて鉄の馬に乗って走っていった。

人を守るために、危険を顧みず死地に飛び込む。そんな無謀を自分は冒せるだろうか。

騎士団に入ったのも、サフィーネを見初めたときも、そういう気持ちを抱いていたはずだ。

ジャスティードはこれまで本当の意味で戦ってこなかったことを痛感し、悔しさを噛みしめる。


「――騎士殿、騎士殿！」

ジャスティードはセイに呼ばれ、我に返った。

「あ、セイ様、すみません。早く避難しましょう、こんなところにいては……」

「我々も行くぞ！　あの青年の戦いぶりを、この目に焼き付けるのだ！」

「ええっ!?　だ、ダメです！　危険です!!」

大変な無茶を言い出した。

敵の中には黒騎士もいる。あれは王国の重騎士でさえその攻撃に耐えきれず、10人や20人で済まない損害を生み出す危険な敵だ。

それを物見遊山の気分で見に行くなどと、到底承服しかねる。

「高い技術を持つ国の戦い方を、我が国のためにもこの目で見なければならん!!」

「何人もの重装備の騎士たちが束になっても勝てないのです！　私にはあなた方を守る義務があります！　どうか避難してください!!」

「ならば私だけでも行く！　諸君は帰りたまえ!!」

セイが強引に押し切らんとする剣幕だったので、部下の学者たちだけでも帰し、ジャスティード以下憲兵3人でセイ1人を護衛することになった。

サフィーネが南門に到着したとき、戦闘はすでに佳境に入っていた。

「重騎士隊がもう持ちません!!」

「無理に受けようとするな！　躱(かわ)して体力切れを待て!!」

南門常駐の重騎士100、剣士200、魔導師50が迎撃に出ており、銃士20と魔導弓兵100が城壁の上から援護する。

だが黒いオーガとオークキング2体による被害が甚大で、重騎士、剣士の半数が倒れ伏していた。この短時間で死者も軽く2桁に達している。

「遊撃隊、魔導弓兵、オークキングを引きつけて剣士に倒させろ!!　魔導師、負傷者の手当てに入れ!!　重騎士を死なせるな!!!」

「そっちにゴブリンが行った!!」

——パァン！　パパァッ!!

城門の上に待機していた銃士による狙撃で、ゴブリンが絶命する。

「応援はまだか!?」

「今、城門を開ける!!　黒騎士を入れさせるなよ!!」

スダンパーロ区内の基地から出撃した残りの防衛隊の兵たちが、城門の前に集結している。重騎士300、剣士500、槍騎兵100、魔導師50、銃士30、魔導弓兵100。これと常駐兵を合わせた数が、南門防衛隊の総戦力だ。

「開門――――――ッッ!!!」

――ギギギゴゴゴゴゴゴガガガ………。

立て付けの悪そうな轟音を響かせながら、何枚も木を重ねた城門の扉が開く。

そのすぐ先の真正面で、黒いオーガが重騎士5人に囲まれて大立ち回りを演じていた。

今回の黒いオーガは大型のハンマーを振り回しており、横薙ぎに打ち付けられた騎士がボールのように飛んでいく。受け身を取れず頭から落ちた重騎士は、首の骨が折れて絶命する。

「怯むな!　かかれェ――――ッ!!!」

1千のゴブリンを相手にするよりも緊張感が高まる。

ゴブリンなど所詮、一兵卒1人でも3匹同時に相手にできるような雑魚だ。殲滅するまでの体力だけが問題で、油断しなければ怪我人も出ない。

だが黒いオーガのような1体で強力な魔獣が相手だと、多人数で押さえ込むには限界がある。

幾重にも取り囲んで、逃げられないように態勢を整えながら敵の体力切れを待つしかない。

この作戦は黒いオーガが出現して以降、騎士団内で共有されてきたことだったが、城門が開くや否や、黒いオーガはスダンパーロ区内に向かって走り出した。

「来るぞ!!　弓構え――ッ!!」

魔導弓兵隊が左右からオーガらしき魔獣に狙いを定める。

「射(う)て――っ!!!」

限界いっぱいまで引き、放たれた弓矢は真(ま)っ直(す)ぐに敵に向かって飛翔(ひしょう)するが、黒騎士は大槌(おおづち)の一振りでそれらを叩(たた)き落とす。

「市街へは行かせるな!!!」

「ひぃっ!!」

兵の顔が恐怖に引きつる。

突撃せんと構えて走り出した槍騎兵が数騎打ち倒され、後続部隊に恐怖が伝播(でんぱ)する。

「うわああああぁぁぁ――――っっ!!!」

「あガッ――」

先頭に立つ重騎士隊が一斉に槍(やり)を突き出すも、人間では到達し得ない圧倒的な筋力から繰り出される敵の一撃をその身に浴び、バラバラとなって宙を舞った。

誰一人として正面から渡り合える者のいない化け物が、死と恐怖の象徴が、隊列に割って入る。

「うろたえるな!!　敵はたったの1騎ぞ!!　隊列を立て直せ!!　魔導弓兵隊は弓を構えよ!!!」

「仲間に当たります!!」

「抜けられたときのためだ!　絶対に市街へは行かせるな!!!」

恐怖と混乱の中、南門防衛隊隊長の重騎士グリウス・リーオネンコは重騎士隊右翼後方から的確に指示を出す。

しかし黒いオーガは止まらない。止められない。隊の中で大暴れするせいで隊列を立て直すことができず、被害ばかりが拡大する。

魔導師たちも魔導弓兵や銃士同様、味方の真ん中で暴れられては攻撃魔法を発動させるわけにはいかない。

「遊撃隊、奴を足止めしてくれぇ!!」

「承知!!」

左右から飛び出したのは、サフィーネを含む遊撃隊だ。遊撃隊は主な兵装に短剣または軽量級の剣と弓矢を持ち、素早い動きで敵を翻弄する、足止めする、確実に息の根を止める役目を持っている。

「食らえ！」

至近距離から弓矢を放ち、命中を確認する間もなく黒いオーガの大振りの一撃をいなす。

「――っぶねぇ!!!」

「固まるな！　散れ散れ!!」

サフィーネが叫んだ。

巨大なハンマーを持つ敵は無尽蔵とも思える体力で動き回り、隙をまったく見せない。そんな敵を相手に、正面から果敢に挑む。

「持ってけ！」

投げナイフがサフィーネの両手から３本ずつ放たれる。

ナイフは１本だけが敵に命中したが、肩の近く、鎧で守られていない箇所に浅く刺さっただけだ。

「グガァァ!!!」

「――ッッ!!」

オーガの怒りを買い、サフィーネがすくい上げるような動きのハンマーに払われた。

「隊長ォ――!!」

「避けろぉぉ――――ッッ!!!」

「「「!!?」」」

誰かが鋭く叫んだ。

その声に反応して、黒いオーガの周りから人が一斉に退く。

――タタタッタタタッタタタッ――

銃声が連続した。だがそれはエスペラント王国兵にとっては聞き慣れない銃声だった。

何十人もの銃士が一斉に射撃したような銃声ではない。音も派手ではなく、無駄のない機械的なリズムを奏でていた。

「グウゥ……ッ！」

黒いオーガに何発か命中し、腕や腹、胸から紫の血が噴き出す。耐えがたい痛みと苦しみで、巨躯の動きが鈍った。

「何だ!?」

「あれは誰だ!?」

――ブゥゥオオオァァァァアアア!!

生き物ではない何かが嘶く。鎧も着けていなければ剣を帯びてもいない男が駆るそれは、速度を緩めることなく黒いオーガに突撃し、スライディングしてその足を払う。

黒い銃を持った男は何かから飛び降りると、すぐに体勢を立て直して至近距離から黒いオーガを撃ち抜いた。

――タタタッタタタッ……。

「ガッ――」

頭部と胸部に命中した弾丸は漆黒の鎧を突き破り、オーガの息の根を確実に止める。

断末魔の叫びを上げることもなく、最大の脅威は沈黙した。


偵察用バイクを駆っていた岡は、南門に到達するまでの短い時間、ずっと葛藤していた。

(どうする？　勝手に戦っていいのか？　これは他国の問題だ。いくら人を守るためとは言え、上官からの命令もなしに……ああ、上官はもういないんだ……)

『C－2』墜落から治療を受け、仲間の火葬を済ませ、今後のことを具体的に考える間もなく巻き込まれた戦い。

だが勝手に参戦していいのだろうか。

岡は自衛隊員であるがゆえ、いくら個人的な考えで行動しても国を代表することになる。

(この隊は俺1人しか生き残っていない……だから、全責任を俺が取らなきゃいけない。取れるのか？　こんなデカい責任を)

城門はすでに開いており、エスペラント兵が戦場へと突撃しようとしている。

もう迷っていられない。

(少なくとも——俺を助けてくれた人たちを見殺しにはできない！　……っ!?)

決意を固めたとき、エスペラント兵の先頭が崩れた。

——ドゥッ!!

バラバラになった、ヒトだったものが空を舞う。

「がっ……!!」

「うわあああぁぁぁっっ!!」

岡の耳にかすかに届く悲鳴。バイクのエンジン音でよく聞こえないが、確かに悲鳴だった。

それと同時に、何人かが宙を舞う。

「何が起きた!?」

黒い鎧を着た黒い化け物の残像が揺れる。冗談みたいな大きさの大槌を振り回し、兵や騎士たちを薙ぎ倒しながら、最後尾まで一気に突っ切っている。その方向から察するに、市街へ向かっているらしい。

剣士たちの隊列後方左右に展開していた隊が、黒い魔獣の行く手を遮ろうと動いた。

その一団から敵とぶつかった小柄なエルフの少女が、巨大なハンマーに打ち払われる。

「あれは！　サフィーネさん!!　——くっ……!」

偵察用バイクのスピードを上げ、立ち上がって89式小銃を構える。

狙いを真っ黒な敵に定め、岡は叫んだ。

「避けろぉぉ————ッッ!!!」

岡が発砲する瞬間を、ジャスティードたちは馬の上で見ていた。

撃って、着弾直後の黒いオーガが怯んだ瞬間に鉄馬ごと突っ込み、敵の体勢を崩して至近距離からさらに発砲する。

いくつもの神速の光弾が漆黒の鎧を貫き、黒い肉に風穴を開けた。

エスペラント王国兵を苦しめてきた黒き魔獣は人ならざる紫の血を滴らせ、大地に崩れ落ちる。

やがてその身体は動かなくなった。

「な……な……」

槍騎兵にも真似(まね)できない芸当を目の当たりにし、開いた口が塞がらないジャスティード。

勇猛果敢なエスペラント騎士団でさえ敵(かな)わなかった強敵が、あっさりと討ち取られた。

とてもではないが信じられない。

彼の後ろに乗っていたセイも、化け物が異邦人たった1人に倒される様子を見て興奮していた。

「信じられない!!　圧倒的じゃないか!!!　装填速度が速くなると思っていたが、まさか連射もできるとは!　しかもあれほどの銃の威力!　今の音を聞いたか!?　爆発エネルギーの無駄を少なくしている!　だから音が固く締まって聞こえるのだ!!」

どこまでもマイペースだなこの人、と護衛の憲兵3人とも呆(あき)れた。

ただ、ジャスティードはそれ以上に岡の勇猛さに驚いた。剣を突きつけられて恐怖に震えた、あの男と同一人物とは到底思えない。

セイの安全を守るため、あまり戦場に近づくことはできないが、同じことを自分ならできるだろうか。そんなことをずっと考え続ける。

「う……」

「「「うおおおおおお――――ッッ!!!」」」

誰にも討ち取れなかった黒騎士を、奇妙な銃を携えた男が1人で倒した。

エスペラント兵たちはその偉業を目の当たりにし、一瞬の静寂のあと、一斉に歓声を上げたのである。

「誰だ!? あいつは!!」

「黒騎士を倒しやがった!! どんな魔法を使ったんだ!?」

「お前ら、まだ戦いは終わってないぞ! オークキングに向かえ!!」

「黒騎士さえいなくなりゃあ、こっちのもんだ!!」

急激に士気を高めるエスペラント王国騎士団。

魔獣は群れの中で一番強い個体に従う習性がある。黒い魔獣が討ち取られた今、オークキングでさえ怯んでしまっている。

すでに数少なくなっていたゴブリンなどは逃げ出そうとしていたが、追撃に入っていた槍騎兵たちが見逃すはずもなく、一方的に掃討されていった。

「オークキング、討ち取ったりィ!!」

「黒騎士の魔狼(まろう)も逃がすなァ!」

この日、エスペラント王国は重要な1勝を手にしたのであった。

「大丈夫ですか！　サフィーネさん！」

「うっ……ぐぅ……」

倒れ伏したサフィーネを仰向けにして、首筋で脈を調べる岡。

心拍は速く、息も乱れている。

（内臓を傷つけていたらまずい……動かせない。とにかく安全を確保してからだ）

刃物で切られていたら、血が足りなくなるほどの威力だったであろう。サフィーネは持ち前の俊敏さで、打撃の寸前に体重を背後に引いて衝撃をわずかに和らげていた。大腿骨やら肋骨が何本か折れる程度の怪我をしているが、命に別状はなかった。

岡がサフィーネの傍で、どう処置しようかとおろおろしていると、ローブを着た者たちが数人駆け寄ってきた。

「誰かは知らんが、あの黒騎士をよくぞ倒してくれた。彼女の治療は任せてくれ、応急処置だけでもしてしまおう」

「あ、ありがとうございます……」

「なに、礼を言うのはこっちのほうだ。さぁ、少し離れて」

何をするのだろうかと思いながら場を譲ると、彼らは聞き取れない言葉を発する。

「『,.vmtaiba,eo.,b,a;wsoe4igamoiseo……』」

サフィーネの傷ついた箇所にかざした手のひらが、ほのかに黄色く輝く。

しばらくすると、彼女の乱れていた呼吸が落ち着き、顔色も少しよくなっていた。

「こ……これは魔法？」

「そうだよ。……まさか魔法を見たことがないとでも言うのか？」

「はい。自分は——自分が知る限り、我が国の人間は皆、魔法が使えませんから」

その言葉に、周囲の魔導師たちは驚いて岡に視線を集中させた。

この世界の人類ならば、大なり小なり魔法は使えて当然だ。魔法が生来不得手な獣人族でさえ、身体強化魔法程度は使える。人間種ならドワーフより多少マシなくらいの魔法適性がある。

だが今はそんなことを考えている余裕はない。多数出た負傷者の応急処置に当たらなければならない。

「にわかに信じがたいが……とにかく今は手伝ってくれるとありがたい。人手は多いほうがいい」

「はい！」

岡も偵察用バイクを起こして、エスペラント騎士団の戦闘処理に加わるのだった。

魔獣の群れの処理が終わり、負傷者をあらかた騎士団駐屯地や騎士団病院に移動させた頃には日が傾いていた。

「……おい……」

偵察用バイクを取りに戻ってきた岡は、ジャスティードに話しかけられた。

「ああ、ジャスティードさん。何かご用ですか？」

ジャスティードも戦闘後の処理を手伝っていたらしい。鎧やマントに土埃（つちぼこり）や血がかすかに付着している。

初対面の第一印象が最悪だっただけにあまり会いたくなかったが、案外いい人なのかもしれないと評価を改めようとする岡。

ただ、出会った当初と違い、彼の目には恐怖が宿っていた。

「さっきのは……何だ？」

「さっきの、とは？」

「黒騎士を倒したアレだ。その、お前が持っている銃……そんな強力な武器は、この王国に存在しない」

「だから言ったじゃないですか、自分はこの国の者ではありません、と」

あくまで信じようとしないジャスティードに、岡は心底めんどくささを覚える。

助けてもらおうにもサフィーネは病院に運ばれてしまっている。

が、ここにも横から割って入る存在があった。

「いやいやいやいや、凄いね！　オカ君！」

王宮科学院技監のセイだ。一応現場の後始末が終わるタイミングくらいは見計らっていたらしいが、空気を読まないマイペースなこの男はシリアスな表情の２人の会話に割り込む。

「君が倒した魔獣は１匹だ。しかしこの１匹は倒すことはおろか、制することすら大変な困難を伴う１匹。君は王国の未来の希望となるかもしれない、ぜひとも我が王に会ってくれ！」

唐突な切り出しに、岡は面食らう。まるで昭和のロールプレイングゲームだ。

「え!?　いや、ちょっと待ってください。どういう理屈でそんな話になるんですか!?」

「何と言ったかな、君の国……ニホンだったか、君はその国で平均的な教養を持っているだろう？

だがその教養は我が国の教育水準を遥かに上回るはずだ。何故なら、高性能な兵器のメンテナンスを当たり前にこなしている。最低限の物理現象についての知識があるから、どこがどう作用してそれが動いているかを理解しているんだ。違うか？」

岡は確かに、彼らの日の前で89式を分解し、ついでにメンテナンスもした。あの短い時間の間に岡がどれだけの知識を持っているのかを看破するとは、このセイという科学者は地球の歴史上の物理学者に匹敵するほどの逸材かもしれない。

「……確かに自分の持つ知識は、この国にとって今後数百年を一足飛びにするほどの内容だと思います。我が国の教育水準は旧世界においても比較的良質で、高い水準にありました。しかし、自分は日本国の一自衛隊員――一兵卒に過ぎません。それが一国の王に会うというのは、地位や格式に鑑みていかがなものかと思います。他の高い地位にある方々に示しが付きません」

「地位が国を救えるのか？　出自で敵が御せるとでも？　それが大事なのは自国の規律を守るためだけで、純粋な敵意に対して無力だ」

「統率の乱れは風紀を乱し、軍の崩壊をもたらしますよ」

「なら私が君にその地位を与えようじゃないか」

「せ、セイ様！」

ジャスティードが慌てて口を挟んだ。

岡は特に気にしていなかったが、ただの技監相手に「様」と敬称を付けていることに今更違和感を覚える。

「何か文句でもあるのか？」

「あります！　この男は出自が未だ不明なのです！　魔族が化けていることも想定して、現在は騎士団の監視下に置いております。なのに、勝手に地位や肩書きを与えられては、……この男が言うことを肯定するのは癪ですが、騎士団と我々憲兵の沽券に関わります!!」

「では彼の出自をすぐにでも証明できるかね？　君が。君たちが。不審人物に疑いを持つ君らは職務に大変忠実だと評価するが、彼のこれまでの行動に何ら不審な点はない。彼らだけが知る物の情報を、彼の理解の範疇において説明してくれた。さらに我が国にとって最も厄介な敵の１体をその手で葬ってくれた。そんな相手をいつまでも疑うのか？　それは思考停止と言うのだ。――いや、君の場合は意固地か」

「ぐっ……」

セイの畳みかけるような正論を受けて、ジャスティードは歯を食いしばって黙りこくる。

彼の威圧感は、ただの技術者のようには見えなかった。洞察力や理解力、判断力は常人のものではない。

「とにかく……オカ君、〝王国の頭脳〟と呼ばれるこの私が王に会わせたいと言うのだ。王も無下にはしないよ」

「何故そこまで自信満々に話を進められるんですか……」

王宮科学院という名称から察するに、王政府の下部組織か外局か、国策の研究機関であることは間違いない。だがセイがそこまで権力を持っているとは到底考えられなかった。

その疑問に、ジャスティードがぶっきらぼうに答える。

「貴様は知らんだろうが、セイ様は三王家の１つであるザメンホフ家の跡取りにして、王位継承権をお持ちの王太子の１人だ」

「……えぇぇっ!?」

余計なことを、という顔をしていたセイだったが、ため息一つ吐いて説明する。

「隠すつもりはなかったのだよ。だが必要ない情報だと思ったのだ、私は王位を継ぐつもりはないからね」

「どういうことですか?」

「我が国の王家は3つある。初代王エスペラント1世は人間だったが、エルフの側室、ドワーフの側室、獣人の側室を娶り、それぞれの妻との間に生まれた子らをエリエゼル家、ザメンホフ家、レヴィ家として独立させたのだ。私はザメンホフ家だからドワーフの血が流れているが、残念ながらほとんど人間の姿で生まれてしまった」

初代エスペラント1世が積極的に混血を推進したのには理由がある。

人間種は寿命が短かったものの、繁殖力が強かったためだ。

エルフは当時数千年、ドワーフも長ければ500年近く生きるので、繁殖力が非常に弱かった。人口が少ないということは労働力が少ないということだ。人口を増やすために、人間種の繁殖力をエルフやドワーフに分け与えたと言ってもいい。

また、過酷な環境で暮らす際、種族間の生活様式を統一する必要がある。小さな住処で固まって暮らしていると、どうしても相容れない部分が出てしまう。だがその1つ1つにいちいち落としどころを見つけていたら、無駄が多くなる。

そういった意味で、結婚というお互いの生活を縛る状況を意図的に作るのは、効率がよかった。

エスペラントの地に辿り着いたときの人数がたったの400人余りだったので、その人数では遅かれ早かれ、血が濃くなってしまって種の存続に影響が出る。彼らに遺伝子学の知識などなかったが、まったく違う種族で子を儲けるのは実のところ理に適っていた。

「人間族は……王位に就くべきではないということですか？」

「純粋な人間族の統治者に対して、あまり良いイメージがないのは確かだがね。地位に固執したり金で権威を買ったり、不義不貞の代名詞にもなっている。まぁエルフにも消極的だとか排他的だとか、ドワーフにも頑固で金に意地汚いなどというイメージはある。科学的に立証できない以上、私はただの偏見だと思うがね」

「なるほど」

　血液型占いみたいなものか、と納得する岡。

「現王は我が伯父上で、次王は本来エリエゼル家なのだが……諸事情で次もザメンホフ家が担う予定となっていてな」

「それで跡取りのセイさんが順当に選ばれている、というわけですね」

「確かにそういう話も持ちかけられた。ただ、さっきも言ったようにこの姿のこともあるし、政務にも興味はないからやらんと突っぱねてやった」

（本当は科学研究から離れるのが嫌だから断ったんだろうな……）

　岡はセイの考えを看破していた。

「そんなわけで、私は王位に就くつもりはないが、たまには王太子としてわがままを言ってもよかろう！　なあに心配するな、一緒に行って君の協力を公に得られるよう進言するだけだ！」

「いや、しかし……ああ、そうそう。国王陛下に謁見するのであれば、せめて礼服に着替えたいところなのですが、あいにく作戦用の服しか持っていないんです」

「作戦用の服！　結構じゃないか！　我が国は偶然にも非常事態だ!!　敵が殴り込んできている場所に、わざわざ着飾った服に着替えて出向くことはないだろう!?　それに君たちの文化の違いを一目で判別できる、よいアイコンではないか!!　何より私は君の服装を非常にエキサイティングに感じているのだよ!!　まぁ王宮では嫌がる貴族もいるだろうが、私がずっと君のそばについているから大丈夫だ！」

　これはもう逃げられない、と岡は観念し始めていた。

　無理に断るのは自身の安全上得策ではない。だが考えてみれば、一定の立場を得られれば逆に動きやすくなる。『C－2』に積載していた荷物の所有権が問題になることも考慮すると、進んで協力したほうが都合はいいかもしれない。

　新世界技術流出防止法にどこまで抵触するかが問題だが、元からこの世界に存在する技術なら規制は比較的緩いという話も聞いたことがある。解釈次第でどうにかなるなら、あまり心配することはないだろう。ただ、なるべく強引に連れていかれる体裁だけは整えておきたい。

「……自分は日本国の陸上自衛隊所属、言うなれば軍人です。上司に確認が取れないこの状況で、勝手に国家の長にお会いするというのは……」

「いいからいいから!!」

　こうして岡はセイに押し切られる振りをしつつ、エスペラント王国の中心部、ラスティネーオ城へ向かう運びとなった。

■ エスペラント王国より北　バグラ山　火口付近

王国の北側には背の高い山がそびえ立っている。魔石はもちろん、各種金属のほか硝石や硫黄なども産出する、エスペラント王国の発展に欠かせない地下資源の宝庫だ。エスペラントの民は〝ドワーフの仕事場〟という意味の言葉で、エナボレージョ山と呼ぶ。露天採掘と坑内採掘を繰り返し、現在は王国の北側を守る切り立った壁となっている。

エナボレージョ山はグラメウス大陸西側に連なる連山の1つで、山脈は南北に何百kmと続いている。エスペラント王国から北東に直線距離で数十km離れた場所に、エスペラントの民は知らない休火山がある。これこそ、とある人々からバグラ山と名付けられた山だ。

このバグラ山のある辺りは魔王城ことダレルグーラ城のある平野、グーラドロアも近く、高密度の魔素に満ちている。魔素濃度は魔物、魔獣の生息密度にも繋がり、比較的人類世界に近い環境のグラメウス大陸南部とは比べものにならないほど魔物、魔獣が闊歩(かっぽ)している。また、日本国のＪＡＸＡや国立極地研究所が発見した黒いもやのかかる地域も、まさにここを起点としていた。

そんな休火山の火口には、土でできた穴蔵のような人工物がいくつも建っている。

出入りしているのはゴブリンやオークなどの魔獣たちで、つまるところ彼らの家々だった。

魔物や魔獣が町を形成することは普通あり得ない。だがそうさせる者がいるのだ。

街の中心部に、一際大きな家が建っている。外見は人類が住むような立派な構えで、木材をふんだんに使った、屋敷とも言うべき佇(たたず)まいだった。

屋敷の奥の書斎には一見人間のように見える男が1人いて、二重窓越しに北の方角を眺めていた。

男の服装は日本人から見ればかなり近代的に感じるであろう、ワインレッドのジャケットとスラックス姿だ。

書斎の扉がノックもなしに開き、男は背中から声をかけられる。

「ダクしルど様、オ食事の用意ガでキマした」

声の主は、頭に角を3本持つ人型の黒い鬼だった。こちらはずいぶんみすぼらしい恰好で、筋骨隆々の身体のあちこちが見え隠れしている。彼は身なりの良い男に恭しく、だがぎこちなく頭を下げる。

ダクシルドと呼ばれた男——ダクシルド・ブランマールは、人類と何ら変わりない素肌顔立ちである。人間族、エルフ族を基準にしても美形と評して差し支えなく、背中に真っ白な片翼と黒い片翼を生やしていた。

「バハーラか、ご苦労。エスペラントの中心部を攻略する手筈は整ったか？」

「はイ。コのままマ順調に戦力ヲ増強でキレば、王国そノモのを落とセるでショう」

黒い鬼バハーラは知能の低い魔獣に比べれば流暢に、だが所作と同じようにぎこちなく答えた。

「そうか。ゼルスマリムから連絡はあったか？」

「まダデす。何カ問題が起こッタみたイで」

「問題だと……？」

「追っテ連絡ガ来るト思いマす」

「そうか。あいつはいちいち連絡が遅くてかなわんが、こちらから連絡するわけにもいかんからな……すぐに応じられるよう、通信機の前へ誰か常に置いておけ」

「御意」

ババーラはまたぎこちない礼をして、書斎から出て行った。

「……魔族制御装置は完璧ではないな……強制的に大陸語をインプットしているせいで喋り方もおかしい。古の魔法帝国のロストテクノロジーをまだまだ研究せねばならん、か」

ダクシルドも書斎を出て食堂へ向かう。

食堂には地球のフランス料理のようなアニュンリール皇国様式の食事が複数用意してあり、その1つの席に腰掛けた。

「お疲れ様です、ダクシルドさん」

「ああ……食事の用意ご苦労」

他の席には、ダクシルドを支えるアニュンリール人のスタッフが座る。

「そろそろ下等種族の集落の片付けは済みそうですか？」

「いや、まだだな。本国の軍を持ち出せないのは効率が悪くてかなわん。どうせ世界と断絶した国なんだから、滅ぼしたところで本国の正体がバレるわけではないのだがな」

アニュンリール皇国魔帝復活管理庁復活支援課支援係の現地派遣員ダクシルドは、頭を振ってため息を吐いた。

「まだブシュパカ・ラタンでのタイムスリップ勤務のほうがマシですか？」

「あそこは有翼人に囲まれて暮らせるだけマシだ。鬼人族やら魔獣やらと町を築いているなどと、考えるだけでも吐き気がする」

「仕事からは逃げられませんからねぇ」

「まったくだ」

所属部署名の通り、彼らは魔法帝国ことラヴァーナル帝国の復活を支援するために活動する、アニュンリール皇国の公務員だ。彼らがグラメウス大陸に来た理由は、ロストテクノロジーの解析で作り出した魔族制御装置の効果測定と、少ない予算から削り出した、魔法帝国時空間転移ビーコンの適正管理業務であった。

ラヴァーナル帝国が現代のこの世界に転移してくる際、時空間に歪みを発生させる。その歪みをビーコンが検知すると、惑星の位置座標、時間座標、そして空間座標を知らせる信号を発する。その信号を頼りに、ラヴァーナル帝国は元の位置へと〝着地〟できるのだ。

何故そんな信号が必要かというと、天体は常に宇宙空間を移動し続けているからである。何の目印もなく時間座標だけを移動すれば、出現した先はただの宇宙空間である可能性が高い。

世界にいくつかあるこのビーコンの1つが、何の因果かエスペラント王国の王城付近に埋まっていた。

放っておいてもビーコンは信号を出す構造になっており、1万年や2万年そこらで壊れるようなヤワな作りにはなっていない。また、よほど高度な魔法文明を持たない限り、何をするための道具か解析することはできない。

だが万全を期す必要があると上層部が判断したため、ダクシルドらスタッフが派遣された。

万が一、ビーコン数個が作動しなかったとしても、いくつかが正常に作動し、ラヴァーナル帝国製の人工衛星である『僕の星(しもべ)』さえ
すべて無事なら、魔法帝国は問題なく復活すると関係各所も研究機関も予測しているのだが。

アニュンリール皇国内に保管されているビーコンだけで〝着地〟に必要な信号の量をすべて賄える状態なので、あとは『僕の星』だけが文字通り手元で管理できない状況だが、そもそも人工衛星が被害を受けることは、この世界の発展度合いから考えてあり得ない。

そんなわけで、エスペラント王国に埋まっているビーコンの保護はついでであって、どちらかといえば魔族制御装置の実験を主軸にグラメウス大陸で活動している。

「制御装置の実験データはいかがです？」

「マラストラスの制御装置は結局回収できなかったからな……アレが一番確度が高いログを取っていたと思うのだが。鬼人族は純粋な魔族とは違うみたいだし、イマイチ信用できん」

「あとは潜入しているゼルスマリムのデータを検証するしかないですね。マラストラスが死んだのはもったいなかった」

その名を口にするダクシルドたちは、この地に来たときのことを順に思い出した。

約1年前、グラメウス大陸に降り立った彼らは、ダレルグーラ城を拠点にグーラドロア平野一帯から東西の山の南端までを支配していた魔王の側近、マラストラスに接触を図った。

ノスグーラが光翼人の手によって作られた合成魔獣であることは、アニュンリール人にとって寝物語で聞かされる常識だ。魔王の神話からノスグーラが魔族を使役することも把握していたので、ノスグーラの周囲に魔族がいる可能性が高いと踏んだ。そして案の定、マラストラスが封印されたノスグーラの留守を預かっていたのである。

ダクシルドが言った通り、マラストラスにも魔族制御装置を試験的に装着させた。ノスグーラの封印を解除できると聞いて、引き換えの条件として承諾した。

だが制御できていたか否かはわからない。

ノスグーラにエスペラント王国侵攻を手伝わせようと考えていたが、復活と同時に交渉する間もなくダレルグーラ城から追われてしまったからだ。おそらくノスグーラの魔獣・魔族制御のほうがより強力で、マラストラスへの命令が上書きされて制御は不能になっていたであろう。受信機も壊れてしまった可能性が高い。

そしてマラストラスもノスグーラもトーパ王国で殺害された。

「チッ……あの欠陥品が正常に機能していれば、マラストラスも失わずに済んだのだがな」

「封印から解かれた直後にトーパ王国への侵攻を決定していましたからね。過去の下等種どもに、どこかしら機能を破壊されたのかもしれません」

ダクシルドたちは苦々しい表情を浮かべた。


9ヶ月前。

魔王城ダレルグーラの広間において、アニュンリール人たちは色つきガラスのような何かに包まれたノスグーラの封印を解いた。この有翼人たちは腐っても光翼人の末裔(まつえい)、魔力はエルフと遜色なく、魔法技術においては神聖ミリシアル帝国よりも進んでいる。

それがたとえ時の神の眷属(けんぞく)が行使した時空間魔法であっても、解析用魔導器具があればものの数日で破壊できてしまう。

粉々に割れた色つきガラスのようなそれは、砕け散ると同時に光となって消え、代わりに魔王自身から漏れ出した煙と黒い光が巻き起こった。

「気分はどうだ？　ノスグーラ」

脚立に上ったダクシルドの部下が、人類よりもかなり大柄なノスグーラの頭部に魔族制御装置の受信機を素早く取り付け、制御機を起動させる。

恐るべき合成魔獣は封呪結界を受けた体勢から時間の流れを再開し、周囲の様子が違うことを判別して軽く混乱していた。

「……！　これは……奴らはどこへ？」

「貴様が封印の結界に閉じ込められて、すでに1万年以上経ったのだ。勇者は貴様を封印するために命を落としている、案ずるな」

「忌々しい下等種どもめ、我をつまらん魔法で封印しおって……ところで貴様は何者だ？」

ノスグーラに問われ、ダクシルドは演技がかった大仰な素振りで名乗る。

「我が名はダクシルド……偉大なる魔法帝国の始祖、光翼人の末裔である！　魔王ノスグーラよ、貴様は私が現代に解き放った。貴様の創造主たる光翼人の末裔なれば、私に忠誠を誓うのは当然の理！　これより先は私の手足となって働いてもらうぞ！」

若干恥じらいを感じながら、言うべきことは言い切った。

ノスグーラの資料はアニュンリール皇国に残っていたので、ヒトに近い自我を持っていることも彼らは知っていた。そこで、多少演技を張った物言いで上からマウントを取れば、優位性を保てて魔族制御装置の効きもよくなるだろうという判断だった。

これには魔王も苦笑いする。

「フフフ……ハハハハ。下手な芝居はやめることだな」

「何だと？」

「貴様が魔帝様……光翼人種の末裔だと？　その程度の魔力で威張っていても、我の目は誤魔化せんぞ。確かに下等種族よりは多少マシな魔力を有しているようだが、光翼人種に比べれば足元にも及ばんではないか」

「くっ……」

「制御、効いていないみたいです……！」

部下が歯ぎしりしながら報告を上げる。

「やれやれ、こんな擬い物で我を操ろうとは……ずいぶんと見くびられたものだな」

魔石を嵌めたサークレットのような魔族制御装置の受信機を、ノスグーラは自分の頭から取り外して粉々に握り潰した。

ダクシルドたちはかすかに命の危険を感じて冷や汗を流す。

「我々が……光翼人の末裔だとは信じないのか？」

「信じられんが、魔力の波長は似ているな。大方、下等種族との混血が進んで退化してしまったのだろう？　翼が実体化するほどに魔力が落ちているのがその証拠だ。光翼人で翼が実体化するのは死に際の老人だけだが、そんなことも知らんのか」

「完全な形の祖先は文献でしか見たことがないからな。数千年前に先代は絶え、混血によって寿命も短くなってしまった。世代の交代も早い」

「……ということは、魔帝様はまだ戻ってきておられない時間軸か。封印を解いてくれた褒美に教えてやろう、光翼人は一見人間種に似ているが、魔法を行使する際に背中から魔力の奔流が溢れて翼のようなものを形成するのだ。魔力が最も集まりやすい胸部裏の脊椎から、肋骨の付け根を介して漏出し、魔素が反応して可視化する——光翼人と呼ばれる所以よ」

「魔力が漏出する？　そんな現象は文献にも残っていないぞ。我々の背中にもあるこの翼が光り輝くほど魔力が強かったから光翼人と呼ばれていた、と教わったが」

「それだけ光翼人にとっては当たり前のことで、混血の第1世代だけでも大幅に魔力の衰退を招いたのだろう。自分たちに都合が悪いことを隠すのは歴史的にも珍しくない。とにかく、翼の実体化は魔力が弱体化しすぎた証拠なのだ……血が薄くなりすぎたな」

　話していて、ダクシルドたちはノスグーラの博識ぶりと理解力に舌を巻いた。

　己の主人である魔法帝国、光翼人に絶対の忠誠を誓いつつ、種族の特徴を正確に把握し、子孫を見ただけで冷静に分析する。だがノスグーラがすごいのではなく、こんな化け物を作り出した魔法帝国という国がすごいのだ。

「魔帝様が復活なされたら、貴様らのような魔力が弱くなりすぎた者など、いくら同胞の子孫であったとしても下等種と同等に扱われるであろうよ。我を復活させた功績に免じて、貴様らの働いた無礼は許してやろう。我の気が変わらぬうちにここを立ち去るがよい」

　所詮は生物兵器のくせに生意気な、と怒りがこみ上げてくるが、魔族制御装置以外に有効な武器を持っていなかったダクシルドたちは、プライドを傷つけられながらその場を立ち去った。


　わずかながら得られたノスグーラのデータを魔族制御装置で解析したところ、遺伝子及び魂の情報から魔法帝国、光翼人への忠誠を誓うよう操作されていたことが判明した。さらに細胞単位で魔力を高効率に生産、蓄積できるよう強化した、究極の合成魔獣であることもわかった。

しかしわかったのはそれだけだ。この程度の情報では、成果とは言えない。

ダクシルドは、自分がノスグーラを手中に収め、魔法帝国の技術を解析できていれば出世の道もあったのにと内心悔やむ。

「まったく……奴が素直に私の配下に入っていれば、エスペラント王国侵攻ももっとスムーズに進んでいたろうにな。あの魔力とマラストラスの存在は惜しかった」

「マラストラスはおそらく制御できていたでしょうからね。魔王の絶対隷化の強制力があまりにも強かった。あの技術も失わずに済めば最上だったのですが」

魔王ノスグーラが復活したことで周辺の支配はマラストラスから瞬く間にノスグーラのものになり、魔王を制御あるいは排除する手段がなかったためにエスペラント王国攻略も一時的に頓挫した。

魔王と決別したあと、ダクシルドたちは現在の拠点に身を移した。バグラ休火山周辺は魔素、魔力が潤沢に溢れており、魔法が使い放題な上、火口は身を隠すのに都合がよかった。

エスペラント王国を潰す算段を考えていた頃、魔王はトーパ王国攻略に失敗し、トーパ王国と日本国とかいう新興国家の連合軍に殺されたらしい。低文明国家に殺されるとは、魔王も何らかの欠陥を抱えた兵器だったのだろう。

「魔王の絶対隷化の力があれば、パーパルディア皇国くらいは落とせていただろうがな。あの強度ならリントブルムはもちろんのこと、ワイバーンの改良種も配下に置いたに違いない。逆に言えばトーパはワイバーンを持っていなかったからこそ、返り討ちにできたとも考えられる」

「ですが、あの戦いの顚末（てんまつ）は日本とかいう新興の文明圏外国が加勢したためとの未確認情報もあります。我々の正体を知られるわけにはいかないので調査もできませんが、あの国には少々気をつけたほうがよろしいかと……」

「放っておけばよい。どうせ東の端のド田舎国家だ、我々の敵ではない」

「そうでしょうか」

ノスグーラ死亡後はようやく低級魔獣を集められるようになり、四散した魔王軍の残党魔獣や狩りに出てきていた鬼人族、はぐれ魔族なども捕まえてこの魔獣街を作り上げた。ダクシルドが鬼人族と彼らの国の存在を知ることになったのはこのときであった。

魔物、魔獣が集まると食料が不足するため、時々エスペラント王国を攻め、食料であるヒト種を調達させた。エスペラント王国民が「襲撃頻度が増えている」と感じていたのは、ノスグーラ覚醒からトーパ王国侵攻に向けてヒト狩りが盛んになり、ダクシルドらがそれを引き継いでいるからだ。

低級魔獣だけでは心許(こころもと)ないので、グラメウス大陸深部の常闇の世界まで出向いて鬼人族の国を襲撃し、鬼人族の姫エルヤと屈強な鬼人族の戦士を連れてきた。

エルヤは鬼人族の国を守る防御結界の要だったらしいが、エルフと同等の魔力を持つ個人主義の魔族をスカウトするより、人類と同等の集団生活を送る鬼人族を狩るほうが遥かに効率がよかったので、人質として本国へ送致することにした。

エスペラント王国で猛威を振るっている黒騎士は全員鬼人族で、バハーラもその1人だ。彼らほどの強さを持つ個体が数十体いれば、下等種族の寄せ集め国家などひとたまりもないだろう。

現在、魔族制御装置を装着させたはぐれ魔族のゼルスマリムを、エスペラント王国へ潜入させている。ビーコンの正確な位置を割り出すためと、エスペラント王国の動きを調べるためだが、マラストラスに比べてやや出来が悪いのが不安だ。

それでも王国の陥落が成功する頃には十分なデータが得られるだろう。

食事を終えたダクシルドたちは、食後の紅茶を飲みながら一息吐く。

「とりあえずエスペラント王国は鬼人族に任せておけばよかろう。あとは、念のためにあっちの封印を解く準備もしておくか……だが明日は畑で野菜の収穫だな。当面の急務は我々の食料の安定供給だ……」

「水だけは魔法で何とかなるんですけどね……」

彼らは経過を楽観視しつつ、どちらかと言えば自分たちの食料の心配をするのであった。

■　エスペラント王国　セントゥーロ区

夜。岡は馬車に揺られ、一路ラスティネーオ城へ向かっていた。

上座のセイの正面に座る岡の表情は浮かない。セイの隣に座る学者が、89式小銃の1丁を携えているからだ。

「本当はダメなんですよ。自衛隊の規則で、武器を他国の人間に触らせちゃいけないって厳しく言いつけられてるんですから」

「わかっているよ。だからもし君の上官や政府から問い詰められたら、『一時的に接収して、無理矢理取り上げた』ということにして口裏を合わせると言ったじゃないか。心配するな、私は約束を守る！」

「ならいいんですけど……」

セイが王への説明のために、参考として銃を持たせたがった。だが岡は自分の小銃は絶対に他者には触らせないと言うので、仕方なく「現状、『C－2』及び残留物はエスペラント王国の領土内にあるので、我が国が一時的に所有権を有する」という強権を行使して、1丁拝借してきたのだ。岡も弱い立場を取り、その案に渋々乗ることにした。

昼間の戦闘後、騎士団病院に寄って迷彩服に着替えたあと、風呂に入る間もなく馬車に乗せられた。正確には偵察用バイクを『C－2』墜落現場の管理場所に戻してすぐ馬車に押し込まれ、セイもそれに同行している。絶対に逃がさないという強い意志を感じる。

ジャスティードも彼らの護衛として、馬に乗って同行していた。

「オカ君は城へ行くのは初めてかな?」

「この国に来てまだ——5日、しかも訪れてから2日は寝ていましたからね。これはどっちへ向かってるんですか?」

「今走っているのはセントゥーロ区、騎士団病院のあるノバールボ区の北東に隣接する区だ。ここはエスペラント王国の中心地でね、王城があるレガステロ区を取り囲む、一般人にとってもっとも安全な場所とされているよ。まぁこの国に安全な場所なんて、もうどこにもないと思うがね!」

爽やかに力説するセイ。

あまりにあっけらかんと言うのでそういう冗談なのかと考えたが、こういうことでも平気で言いそうだなと納得する岡。彼との会話のペースや距離感が、段々掴(つか)めてきていた。

「——ほう、では君たちの国ではあの空を飛ぶ機械を民間でも利用していて、誰でも気軽に乗れる

「そうですよ。軍用から発展したのは間違いないですが、何千kmという距離を移動できるので一般に普及しています」

「ははぁ、そういうことか。人の移動は消費行動を生むからな、つまり経済活動を活発にさせる効果ももたらす。君らの国はさぞ大変発展しているに違いない」

岡は答えられる範囲内で答えるが、1つ教えれば10を理解する。

それも目を輝かせながら、まるで子供のように聞いてくるものだから、会話が段々楽しくなってきていた。

しかし、日本が地球――異世界から転移してきたという話になると、さすがのセイも首を傾げる。

「そんなわけはないだろう。古の魔法帝国や、あるいは神でもない限り不可能だ。国土転移にどれほどの魔力を必要とするか知っているか？　文献で伝わる数は正確ではないが、あの恐るべき魔法帝国は数百万か、下手すれば千万人規模の人類――光翼人以外のヒト種を犠牲に転移したのだぞ。それだけの人類が失われれば、どこかで必ず大騒ぎになるはずだ」

「まぁ自分も、突拍子もない話だと思うんですけどね……実際に起こったのでこればかりは信じてくださいと言うしかありません」

「君らの国の人間は皆、魔法が使えないと言っていたな。科学で異世界転移できる技術は……いや、それはないな。時空間を超越するには膨大なエネルギーが……」

可能性について考え始めるセイはやはり科学者だった。

岡も苦笑いしながら付け加える。

「もちろん、そんな技術は日本にもありません。別の場所へ一足飛びに行ける扉や、四次元空間を行き来できるタイムマシンは漫画の世界です」

「漫画？　漫画とは何だね？」

またうっかりと余計な知識を与えてしまった。こんな調子で、30分ほど喋りっぱなしだった。

セントゥーロ区の東側に、王城を守る最後の防壁、レガステロ区の城壁がそびえ立つ。

北の鉱山区から切り出した石を積み上げたという重厚な城壁を抜けると、警備兵の数が急激に増える。そのうち、闇夜の中に松明(たいまつ)が焚(た)かれて浮かび上がる、無骨だがどこか洗練されたデザインの、幻想的な城が近づいてきた。

「あれがラスティネーオ城だ。機能美に優れ、守りやすく反撃しやすい城として200年前に建築されたのだ。美しいだろう？」

「そうですね、太陽の下で見てみたい気持ちです」

「また見る機会はあるさ！　美醜はよくわからん私でも美しいと感じるほどだ。君も気に入ってくれると思うよ！」

岡たちを乗せた馬車が最後の門を抜け、庭園内に差し掛かった。

色とりどりの花々が咲いているようで、城から漏れる灯(あか)りでぼんやりと反射光を放っている。

セントゥーロ区を囲む水路から水を汲(く)み上げているという池の傍に玄関口があり、馬車はその前で停車した。

「さあ降りたまえ!!　ラスティネーオ城へようこそ!!　私も久しぶりに登城するのだがな！」

先に降りたセイが、満面の笑みで岡をエスコートする。

岡は緊張の面持ちで馬車を降り、ジャスティード、セイに続いて城の中へと入った。

石造りだったので内装も石肌なのかと思いきや、床も壁も木張りになっている。

「城のイメージというと、大理石の床に絨毯が敷いてあって……みたいなイメージだったんですが、意外と木が使われていて屋敷のようですね」

「この地域は寒いからね。石だと凍えてしまうから、断熱材として木を貼っているのだ」

「なるほど」

岡が城内を歩いていると、異様な視線に気づく。

「まあ……あれが漆黒の騎士を倒したという異国の兵士ですか……」

「緑のまだら模様とはなんと野蛮な恰好だ……!! 優雅さの欠片もない……どんな野蛮な魔法を使って黒騎士を倒したのやら」

「漆黒の騎士は、他の兵によって負傷していたのではないのか?」

聞こえよがしに揶揄や嘲笑の言葉が投げかけられる。

（だからこんな恰好で来たくなかったのに……）

誰の手にも負えなかった漆黒の騎士を、未知の魔法か新種の武器かであっけなく倒してしまった異国の兵の噂は、すでに王宮内に広まっていた。その勇者が登城するという話を聞きつけ、姿を一目見ようと暇な貴族たちが城内で待ち構えていた。どうやら黒騎士初討伐の名目で、祝いの宴を開こうとしているらしい。

しかし、やって来た人間がまるで蛮族かと思うようなまだら模様の服装であったため、彼らは何かの間違いではないかと疑いの目で岡を見ていた。

嫌な視線を浴びながらも、日本の代表として堂々と振る舞おうと胸を張って歩く。

そして歩いているうちに段々冷静になってきて、他にも違った声が聞こえてきた。

「見て、セイ様よ」

「またあのような庶民の恰好をなさって……恥ずかしくないのかしら」

「やはりドワーフの血が混じっているのだ。貴族らしさの欠片もない」

セイにも聞こえているはずだが、彼は涼しい顔で城内をずんずん進んでいく。

その背中には「低俗な人物はどこにでもいる。気にするな」と書いてあるようだった。

■ 玉座の間

エスペラント・ザメンホフ27世は玉座に着き、彼の甥（おい）、王国の頭脳セイを救った異国の兵士の到着を待っていた。

「……モルテスよ、どんな騎士が来ると思う？」

王のイメージでは、金色の鎧に身を包み真紅のマントを羽織った、世に数本しかないとされる強大な力を持つ聖剣を携える雄々しい勇者の姿を思い浮かべていた。

ザメンホフにもっとも近い位置に立ついかにも老練な風貌の人間、エスペラント騎士団総長モルテス・ペレントリノは、姿勢よく直立したままで首だけを玉座に向ける。

「そうですな。報告では、異国の兵士の武器は王国で開発された銃に近いらしいと聞いております。ですので、ザビル殿のほうが詳しいかと存じます」

モルテスは対面側、玉座から少し離れた位置に立つ銃士ザビルを見やった。

エスペラント王国騎士団西門防衛隊銃士隊銃士長ザビル・アルーゴニーゴ。エルフの血を引く痩身の男で、鮮やかな緑色の制服を着た姿は紳士然としている。右手に王宮科学院が開発した最新式の銃を携えるが、その命中精度は王国一を誇る。

「異国の兵の黒い銃は『神速の光弾を連続して発射し、敵の装甲すらも容易く貫いて倒した』と伺いました。構え方も外見もどことなく銃に近いようですが、連続して発射する点と、光を放つ弾というのが解せません。銃は威力の高い兵器ではありますが、連続で撃つどころか、素人では30秒に1回発射することすら難しい」

「そなたは15秒に1回、1分で4発も連射できる達人ではないか。異国の兵士も同様に達人ではないのか？」

「まともに狙って撃つなら1分で3発が精々ですね。だから我々は高所という安全圏でしか戦えません。なのに、異国の兵士は敵に急接近しながら撃ったという話です。走りながら、馬に乗りながら、同じように連射しろと言われてもそれは無理です。弾自体も魔法のように光ったりしませんし、似て非なるものと考えています」

ザビルは合理的に考えて銃である可能性を否定する。

王宮科学院技監のセイが興奮していたという話だから、魔法ではないのは確かであろう。だが「我が国では作れない」「２００年経っても無理」などと発言したことも漏れ伝わっている。

一体どんな武器なのか、ザビルなりに期待も抱いていた。

しばらくすると城内の空気がざわつき始め、玉座の間にいる者たちはセイと異国の勇者が到着したことを察する。

侍従が扉をゆっくりと開き、一礼した。

「間もなくセイ様と、異国の兵士がお越しになります」

いくつもの足音が近づいてきて、王も宰相ら文官も護衛たちも、扉に視線を集中させる。

先導していたジャスティードが扉の前で立ち止まり、セイを先に入室させた。

「伯父上陛下!! ご機嫌麗しゅう!!」

「来たか、礼儀知らずの小僧が」

いつも通りの調子のセイを見て、エスペラント王は苦笑交じりに破顔した。

玉座から降り、抱擁を交わしたところでセイが早速本題を切り出す。

「突然の登城で申し訳ない！ 話は聞いておられると思うが、通してもよろしいか!?」

「異国の兵士——いや、勇者と呼ぶべきか。話は聞いている、わしにも早く会わせてくれ」

「承知した！ オカ君、入ってくれ!!」

セイに呼ばれ、岡は入室した直後に立ち止まって挨拶する。

「失礼します!!!」

緑色のまだら模様を着た汚らしい兵が現れ、王も含めて皆が面食らう。

「な……なんと!!」

玉座の間というフォーマルな場で、場違いにも見えるその姿に、その場に居合わせた者らは顔を曇らせる。

優雅さの欠片もない服で困惑を隠せないが、王は異国ならそういう文化の違いもあるかと考え、見た目で軽んじないように気をつけつつ口を開く。

「そなたが噂に聞く異国の兵士か。そのほう、名は何と申す？」

「はい、日本国陸上自衛隊所属、岡真司と申します！　自分は下賤の身ですが、畏れ多くもセイ・ザメンホフ様より王宮へお招きいただきました！　恐悦至極に存じます！」

岡は背筋を伸ばして踵を揃え、自衛隊式の敬礼で王に挨拶した。

「――本当は制服で参上したかったのですが、あいにく作戦時の服装しか持ち合わせておりませんでした。何卒ご容赦ください」

と付け加える。

そのキビキビとした動きと礼儀を弁えた言葉遣いに、誰もが最初の印象を改めた。

「楽にせよ。余はこのエスペラント王国の現国王エスペラントだ。此度は魔獣の軍勢から我が王国を救ってもらったことを感謝する」

「もったいないお言葉です！」

岡は返答に続けて、『Ｃ‐２』が墜落して迷惑をかけたこと、この国の人々に助けてもらったことを感謝する。対するザメンホフ27世は岡を異国の人物であることを認め、仲間が死んだことへの慰めの言葉をかけた。

話は日本国のことや岡自身のことに移り、国の名の由来や自衛隊など、軽く概要を説明する。

岡の説明を聞いて何人かは首を傾げていたが、彼らが何を思っていたのかはわからない。

続いて、王は肝心の話題に触れる。

「ところで……あの漆黒の騎士を倒した君の兵器はなんという兵器なのだ？」

「はい、自分たちは89式自動小銃と呼んでいます」

岡は右肩にかけた小銃を手にし、安全装置を確認して王に見えるよう掲げる。

セイも部下から89式を受け取った。その銃口を天井に向け、各部を指さしながら説明する。

「伯父上陛下、これは銃ですよ！　ここを握り、引き金を引いて撃つ。ですが我々が持つそれよりも、遥かに高度な技術を使った銃です」

ドワーフの血を引くザメンホフは、一応ながら工学系の知識も持ち合わせている。

「ふむ……確かに銃と同じ特徴を備えておるな。だが全身が真っ黒なのは何だ？　すべて鉄でできておるのか？」

「いや、どうやら樹脂だそうです。と言っても木ではなく、石油という鉱物資源を使ったものだとか」

「石油……我が国にはなかったな。興味深い、余にも触らせてくれぬか」

セイは岡に確認を取らずに王へと手渡した。もし岡に確認を取ると、彼に管理能力があることを認めてしまい、責任が発生してしまうからだ。

岡もそれがわかったので、ちゃんと約束を守ってくれそうだと内心ほっとする。

89式を手にしたザメンホフは、その軽さや精巧な造りに、セイが初めて手にしたときと同じように驚く。

「少々小さく感じるが、しっくりと手に馴染(なじ)んで持ちやすいな。確かにこの素材は我が国にあるものではない。――しかし、ここまで軽いと本当に同じ銃なのか疑わしいのう」

「いやいや、これは凄(すさ)まじい威力を持っているのです！　その性能は、兵１人を従来の銃士１００

人分にすると言っても過言ではないでしょうな！」

彼らのやりとりを聞いていたザビルは、少し顔を曇らせた。王宮科学院の技監であるセイが手放しに褒めていて、自分たちの銃が劣っているとでも言いたげに感じたのだ。

ザビルの表情をちらりと目に留め、ザメンホフは小銃をセイに返した。その手で、茶色く豊かに蓄えた顎髭（あごひげ）を撫（な）でる。

「なるほどのう……」

王はほんの一瞬何事かを考える素振りを見せ、岡と小銃を交互に眺めた。

「……岡よ、そなたの力を少し見せてはくれぬか？」

「は、はい？」

まさか「この場で小銃をぶっ放せ」とでも言われるのかと思って、岡はうろたえる。

「何もここで撃てなどと言わんよ、跳弾の怖さはよく知っておるからな。調度品や壁を壊されても敵わん」

ザメンホフは小気味よく笑いながら、岡の斜め後ろに立つ緑色の服を着た男を指さす。

「そやつは銃士ザビルという。我が国で開発された銃に精通していて、この国一番の使い手と言っても差し支えない。その者と射撃——遠くの的に銃弾を当てる競技があるのだが、それで競ってみてほしい」

この要望の意図はどういうことか。要望を受けて勝負に勝った場合、負けた場合、そもそも要望を拒否する場合。一瞬で様々な利害を計算しようとしたが、さすがにすべてを判断するには唐突すぎる。

ただ、やはり日本の――日本での立場も考え、一旦断るのが筋だと結論付けた。

「……申し訳ございません。自分は日本国の自衛隊員、軍人です。我が国において武器の使用は厳しく制限されていまして、特に差し迫った状況でもないのに、一兵卒である自分が上官の許可も得ず勝手に使用するわけには参りません」

王の申し出を断ったことで、玉座の間に小さなざわめきが起こった。

岡を無礼に感じるのも無理はない。彼らは狭い世界で生きてきて、王こそが残された人類の頂点だと信じて疑わなかった。未だ素性の知れない者の言うことを、一から十まで信用しろと言うほうに無理がある。

ザメンホフ27世は配下、ひいては国民のそうした先入観を理解しつつ、もし無事に魔獣の軍勢の猛攻に耐え切った場合、今後他国との付き合いが発生することも考慮して、アプローチの方法を変えてみることにした。

「そうか……なかなかの忠義者と見えるな。よし、エスペラント王国はそなたを日本の代表と認めた上で、3つほど頼みがあるのだが引き受けてもらえんだろうか。もちろん、十分な見返りを用意しよう」

遠回しに「上司は死んでしまったのだから岡を日本国の軍の責任者として扱う」と言っている。

ついでに岡の耳には〝代表〟と訳されているということは、軍人だけでなく文官としても振る舞えという意味に取れる。

エスペラント王国には日本で言うところの外務省に相当する部署がないので、王の裁定ですべてが決まる。だから軍人が文官であっても構わないということだ。

「……自分にできることであれば、なるべくご要望にお応えしたいと存じますが……ご用件は何でしょうか？」

「実はな、我が国の北側数十㎞の位置に休火山がある。その火口付近に……考えられない事態ではあるが、魔物どもが街を作っているると判明したのだ。奴らは現在もその数を増やし続け、明らかに我が国を目標とした戦闘準備をしている」

もう先を聞きたくなくなった。

「奴らの総勢力は過去の侵攻とは比較にならんほどの規模で、戦力比を分析した結果、控えめに見積もって王国の８割は奪われ、民の多くは殺されることになるとわかった。仮に敵が本格的侵攻を開始した場合、すべての壁は突破されて王国は間違いなく滅亡するであろうな……そこで貴殿には、奴らを倒す手伝いをしてもらいたい」

国を攻め滅ぼそうと思えば、その国の規模に応じた戦力が必要だ。

だがこの国は国民皆兵と言うに相応しく、こんな僻地でそんな敵がまとまって押し寄せてくるなど、あまり考えられない。魔王軍は別として。

王国の８割という見積もりの根拠も気になったが、まずは順を追って聞くことにした。

「エスペラント王国に進軍してくる確証があるのですか？」

「ある。北西の鉱山区がまだ健在だった頃、たびたび我が国を脅かしてきた魔獣どもの戻っていく方向が、ある時期を境に変わったのでな。魔王軍ではない何かがいると踏んで密偵を出したのだ」

「それが北の休火山だったと」

「左様。これまでは大抵南の方角に向かっていき、そのあとはわからず仕舞いだった。密偵も大抵殺されてしまうので、それ以上は調べようがなかった。さらに休火山の魔獣どもは日夜、軍事演習を続けているという話だ。まるで人類のようであったそうだ」

マラストラスは、〝魔王軍はエスペラント王国の存在に気づいていないように振る舞〟っていた。グラメウス大陸における彼らの正確な位置を考えさせず、「エスペラント王国が一番安全だ」と思い込ませるためである。

もし位置がわかったら、トーパ王国が意外と近いと気づいてしまう（＝逃げられる）、ダレルグーラ城のおおよその方角が割れる（＝下手に討伐軍を組まれる可能性がある、文明や技術の発展を促してしまう）からだ。いずれにしても面倒なので、考える力と周辺を調査する力を削ぐのが一番楽だった。

だがダクシルドは違った。

彼は王国を「所詮下等種族の寄せ集めの、魔族ごときに家畜にされていた事実にも気づかなかった愚鈍な国家」と侮っており、アニュンリール皇国人が魔法帝国復活に向けて暗躍していることが他国にバレなければいいので、完全に滅ぼすつもりでいた。

だから魔獣街の存在や動きが知られても別に構わなかった。

ただし有翼人種の存在が漏れ伝わっては万に一つの情報漏洩に繋がる恐れもあるので、魔族ゼルスマリムにはそういった話題が出ていないかも調べさせている。

「オカ殿。貴殿を日本国の賓客として保護したいのはやまやまだが、この国はもはや滅亡の危機にあるのだ。魔王軍に我が国の存在を知られるわけにもいかん」

「お待ちください。これは憲兵さんたちにはお話ししたのですが、魔王軍は我が国とトーパ王国が壊滅させたのです。魔王ノスグーラはもう存在しません」

「何？　騎士ジャスティード！　どういうことか！」

ジャスティードは宰相から唐突に会話へ引っ張り込まれ、狼狽する。

「あ、は！　いや……此奴の素性がわからないので、魔王軍の手先か魔族が化けているものかと考え……報告を……」

「ためらっていたとでも申すのか？　たわけ!!!」

叱責を食らい、玉座の間の痛い視線を浴びて縮こまるジャスティード。ただぺこぺこと頭を下げて「申し開きのしようもございません」と謝るので精一杯だった。

岡もジャスティードと特定できる言葉を出したのはマズかったなと反省する。

「まぁよい……とにかくその話、詳しく聞かせてくれ」

ザメンホフに促され、日本がトーパ王国から復活した魔王の討伐要請を受けて魔王軍と戦い、魔族と魔獣を駆逐したこと、魔王が死んだ経緯と時期など、岡が知る限りの情報を共有した。

「——ですので、魔王ではない何者かが魔獣を操っているものと考えます。その目的は不明ですが、先程の王の話と合わせて考えると、筋は通っています」

「うむ……魔王が死んだという時期、我が王国を襲っていた魔獣が戻っていく方角が変わった頃と一致しておる。それに魔獣は何者かが統率しない限り、軍隊並の数で群れることはあり得ぬ……街を作っていること、軍事演習を行っていることも奇妙だ……」

「ですが王よ、オカ殿の言うことはまだ信用できませんぞ。彼の素性は、憲兵の言う通りまだはっきりとした確証はありませぬ。その魔獣を操る何者かの間者である可能性も……」

宰相が岡にカマをかけるつもりで進言する。

それを聞いた岡は疑われることにウンザリしていたが、実際に身分を証明できないのは確かである。どうしたものかと逡巡していたら、セイが口を開いた。

「伯父上陛下。オカ君は黒騎士を倒し、スダンパーロ区を救った英雄であります。あの銃のほか、積載していた兵器や墜落した巨大飛行機械の話を教えてくれています。状況証拠だけなのは確かですが、彼は敵ではないと表明した。これ以上は悪魔の証明にしかなりません」

ザメンホフ27世としては岡を信じたくはあったが、宰相の言うことももっともで、疑念を晴らさないことには話を前に進めにくい。

そこで、彼に問うことにした。

「ジャスティードよ、貴様はどう考える？」

「わ、私でありますか？」

王から直々に訊ねられ、ジャスティードはどう答えようか迷う。

今しがた叱られる原因になった手前、正直岡を恨みがましく思う部分はある。

彼を貶め、排除するチャンスだ。サフィーネからも引き離せるかもしれない。

だが――

「オカ殿は……黒騎士が現れたとき、『人を守るために軍人になった』と言って敵に立ち向かっていきました。あの言葉に嘘はない、と思います……」

それは男らしくない。騎士として恥ずべき行為はすべきではないと、自分の矜持が許さなかった。

「ほう」

俯き加減に証言したジャスティードを見て、ザメンホフ27世はにこやかに笑った。

「よし、オカ殿を信じたそなたとセイを信じることにしよう！」

宰相も納得したようで、それ以上は追及しなかった。

「これでオカ殿は晴れて我が国の賓客となったわけだが、そんな賓客にする頼みではないというのは承知の上で改めてお願いしたい。どうか我が国を救ってはくれぬか。貴殿は王国にとっての光、空から舞い降りて来た希望なのだ。とても手に負えなかった漆黒の騎士を、単騎で倒した。そなたが黒騎士だけでも狙って倒してくれるなら、我が国の被害は国民の半数ほどで済むだろう」

「は、半数!?　それはどういう……」

一体どんな戦力だというのか。予備役が13万人もいるというこの国にそれほどの被害が見込まれるとしたら、同等以上の敵の数が存在することになる。

「あの黒騎士はな、たった1体でエスペラント兵500人を戦闘不能にするほどの脅威なのだ。それが現時点で把握している数だけで、少なくとも100体は確認されている。他にゴブリンやオーク、それらの上位種が合計1万前後。魔狼もいるし、他にも何か出てくることは想定しておかねばならん。今も密偵に探らせていて詳細な数はもうすぐ判明すると思うが、いかにオカ殿がいたとしても、100体をいっぺんに相手にはできんだろう？　それにいくら予備役が13万人いようが、装備が足らんのだ。どう転んでも我が国は無事で済まぬよ。それでも、この国を残せる公算はずいぶん大きくなる」

セイが「この国に安全な場所などない」と言っていたことは、飛躍でも何でもなく、ただただ合理的な分析と結論に基づいていたのだと痛感する。

このままでは自分の身も危ない。岡は規律を頑（かたく）なに守って死ぬよりは、たとえ帰国後に行動を問題視されても生きるために戦う決意を固めた。

「……そうですね。自分は自衛隊ではなく、1人の部隊として有害鳥獣駆除に協力しましょう。敵の侵攻経路の想定はありますか？」

宰相が王に代わって説明する。

「北西部の鉱山区が2つ陥落しておりますからな、そこが激戦区になると考えています。この地図をご覧くだされ。区の数を防御力として、この王城までの距離から考えると、次はフォンノルボ区が標的になると考えられます」

「あれ？　でも今日攻めてきたのは南門、でしたよね？」

「そうなのだ、今日の攻撃は意表を突かれたと言っても過言ではない。ここのところは西門北側ばかり戦地になっていたから、そちらの警戒を強めていたのだが……」

「揺さぶりをかけてきた、と見るのが妥当でしょうね。これは……人間の戦い方です」

「であるな。これまでの魔獣の襲撃とは明らかに違う動きだ」

「……国内にスパイがいる可能性がありますね」

岡の言葉に、場が色めき立った。

「なっ……！」

「根拠もなしに、混乱を起こすつもりか!?」

王が手を挙げて、文官や護衛たちを静まらせる。

「待て。オカ殿は我々と違う場所から戦いを見てきた人物、滅多なことは口にすまい。オカ殿、聞かせてくれぬか？」

「強力な敵を1体だけ使って襲撃してきたのは、こちらの出方を窺うためです。万を超す敵がすでにいるのなら、西門と南門、両方から攻めてくるはずでしょう。ですがそうしないのは、何かを警戒していると考えられます」

「まさかオカ殿たちか？」

『C－2』が墜落したのは、紛れもなくイレギュラーな事態だ。その中に人間が乗っていて、生存者がいるとなると、王国にどう影響を及ぼすのか様子を見ようとするのが自然だ。

「威力偵察と考えるのが妥当です。そして、その効果をどこかで情報収集している者がいる……あ、効果というのは攻撃の成果みたいなものです。我々の場合、飛行機を使って高高度の上空から調べるのですが」

「もし空からとなると魔族だが、奴らはそこまで高くは飛べんな。となると……やはり人類に化けた魔族がいて、何らかの方法で情報を収集している、ということになる」

「これは好機ですぞ、伯父上陛下！　もし敵がオカ君を脅威だと認めれば、相手は迂闊に手出しできなくなる！　ということは、万端の準備ができるということです!!」

　ここまで静かにしていたセイが、にわかに張り切り始めた。

「そう！　オカ君を城へ連れてきたのは、まさに装備の強化を手伝うお許しをいただくためですッ！」

「そうだったのか？」

「まぁ、一応そういうお話はいただいていました……」

セイは岡の武器の精密さに加え、基礎教養の高さを説明する。

しかし王らはそれのどこがすごいのか、あまりピンと来ないでいた。

「だからオカ君の知識を少しでも借りれたら、我が国の兵装は飛躍的に性能が向上するのです！　幸い、我々は科学を研究することでこの国を支えてきた。これは神の導きとしか思えません！　私は神を信じないタイプですが！」

「まっ……セイ様、待ってください」

声を上げたのは、ザビルであった。

「我々の武器を、よそ者に触らせるのですか？　王宮科学院がこれまで研究してきたことが筒抜けになりますよ」

「君、私の話を聞いていなかったのか？　彼らの技術は……」

「ああ待て待てセイ。言いたいことはわかった」

王がセイの機嫌の急降下を察知し、先回りして引き留めた。

「ザビルの気持ちはわかる。よって、先程言っていた通り、まずはオカ殿の力量を見せてもらうというのはどうだ？　もし国内に間者がいるとすれば、その者に彼の技量を見せつけられるかもしれん。してオカ殿、武器の使用制限というのは、今なら貴殿の裁量で決めても問題なかろう？」

「わかりました。数万人の命がかかった緊急事態です、自分の武器使用も説得のための措置として何とかなるでしょう。その代わりと言っては何ですが、自分が勝った場合にはいくつか条件があります」

「何なりと申してみよ」

「敵の状況、数、特徴、特性、侵攻予想ルートと、何故そこを予想するに至ったのかといった情報を、すべて自分にも共有させていただきたい。また、現在王国の管理している我が国の墜落した飛行機に積んである装備品のすべてを、自分の管理下に置かせていただきます」

「よかろう。それは勝負の如何（いかん）にかかわらず実施すると約束する」

　王の即答に岡は少なからず驚き、続けた。

「ありがとうございます。ではそれと、この国の銃の取り扱いに慣れた方々を、最低10名は自分の指揮下に入れていただけると助かります。テストして、素養があれば誰でも構いません。その方々には自分の訓練を受けていただくことになります」

　この言葉に、銃士ザビルが目を剥（む）いた。

　銃は大音量とともに煙を発し、敵を倒す圧巻な兵器。それは貴族の血縁だけが使用を許可された、特別なものだ。

　なのに、誰でも構わないと言われるのは心外である。特にこの異国の兵というのはただの一兵卒というではないか。たとえ王が許しても、ザビルの貴族の血が許さない。

「異国の兵殿……我ら銃士を〝使う〟つもりであれば、仮に国王陛下が許可なさったとしても、やはり力を見せていただかないと私には無理だ。失礼だが――皆も同じ気持ちだと思うが、君がすごいようにはとても見えない」

「まぁそうですよね。確か勝負内容は銃での的当てでしたか？」

　岡は特に否定もしなかった。こういう手合いは言っても無駄なので、実力を見せるしかない。

　自分の力量ではなく、小銃の、だが。

ザビルは存外素直な岡を見て、不敵に笑う。

「そうだ。的として掲げられた皿を割ると成功になる。この的は割るごとに徐々に遠ざかっていき、どちらかが失敗するまで続ける。制限時間は的1つにつき1分間で、その間であれば何発撃ってもいい。君は君の国の武器を使いたまえ。私はもちろん、我が国の匠（たくみ）が作り出した最高傑作の銃を使わせてもらうよ」

「なるほど、承知しました。ルールは他にありますか？」

「ないよ。勝負は明後日だ——陛下、オカ殿の戦略眼は確かにすばらしく、ご助力くださることは非常に喜ばしい。ですが、実際の彼の戦闘力が陛下の想定以下であれば、彼には黒騎士と単独で戦ってもらうか、あるいは銃士以外の兵の貸し出しという形でお願いしたく存じます。いかがでしょうか？」

ザメンホフ27世は岡の顔に視線をちらりとやると、岡も小さく首肯したのでザビルに頷（うなず）く。

「うむ、委細承知した」

王や宰相としては他にも話したいことが多々あったが、まずは2日後の的当て勝負を終えたあとで逐次会議を開くこと、岡は勝負の結果如何にかかわらずセイの助手という名目で王宮科学院の工房への出入りを許可されることが決定し、その日の謁見は終了した。

① 8月3日、魔獣軍威力偵察隊213体が王国南門を襲撃、南門常駐部隊470が応戦。

② 詰め所から南門防衛隊1080が出撃。開門と同時に敵1個体の侵入を許す。

③ 岡が黒騎士にとどめを刺したことで敵威力偵察隊は瓦解、殲滅に成功。死者12、負傷者52。

エスペラント王国地図

ノルストミノ区
フォンノルボ区
ノルシバーロ区
オキストミノ区
フミダゾーノ区
オキデンタバロ区
マルノーボ区
ラスティネーオ城
セントラクバシト区
マルナルボ区
レガステロ区
ノブラウルド区
オキシバーロ区
セントゥーロ区
オリエンタバロ区
エクゼルコ区
ジルベルニク邸
ラボレーオ区
ノバールボ区
ランゲランド区
ペリメンタ区
騎士団病院
『C-2』墜落地点
スダンバーロ区
②
③
①

Illustration by Ryoji Takamatsu

第2章
導きの戦士

■中央暦1640年8月5日　エスペラント王国　ノバールボ区　ジルベルニク宅

王との謁見の翌々日、的当て勝負の当日。

岡は早朝から軽いジョギングとストレッチを済ませ、ジルベルニク家でゆっくりと食事を味わっていた。この国に来てからは紅茶やコーヒー、牛乳が飲めないのがつらかったが、幸いお茶に似た味の草の葉茶がある。堅いライ麦パンは炙るとなかなかイケることもわかり、チーズやハムも地球のそれと遜色ない味だったので満足できた。

食後のお茶を飲みながら、窓の外を眺めた。今日もいい天気になりそうだ。

やはり昨日は襲撃がなかったなとぼんやり考えつつ、リビングの中に視線を戻すと、たくさんの絵が飾られていることに気づいた。

「そういえば……ずいぶん絵が多いですね」

岡が呟くと、一緒にお茶を飲んでいたサフィーネが噴き出して咳き込む。

「ははは。この絵はね、サフィーネが趣味で描いたものだよ。うまいもんだろう?」

バルサスが朗らかに笑って答えた。

「ちょっと、父さん!」

「とてもお上手だと思います。……この花の鮮やかな赤なんて、すごく綺麗ですね」

素直に褒められて、サフィーネは顔を真っ赤にして照れる。

その表情をかわいらしく思う半面、バルサスとはあまり似ていないなと岡は内心引っかかった。

そんな内心を知る由もないバルサスは、話を続ける。

「サフィーネは祖母の影響で絵が好きでね。納屋にはこれまでサフィーネが描いた絵の他に、祖母の絵も残してあるんだ」

「へぇ、それは見てみたいですね。おばあ様はご健勝なので？」

「……いや、ずいぶん前に亡くなった。魔力がとても強い人だったんだけど、寿命には勝てなかったんだね」

「あ……すみません」

「いいんだよ。――そうだ、先日までひどい雨だったから虫干ししよう。的当て勝負までまだ時間あるよね？」

岡は腕時計を確認して、バルサスに頷いた。

「10時に着けばいいので、あと2時間くらいですか。でもバルサスさんはお仕事に行かなくていいんですか？」

「今日はどうせお祭り騒ぎだろうからね、新しい患者は来ないさ。収納は私がやるから、出すのを手伝ってくれるだけでいい」

「わかりました」

「あ、じゃあ私も……」

3人は席を立ち、納屋のものの虫干しの準備を始めた。

エスペラント王国は地球で言うところの北欧のような環境だ。だが領地の面積の割に水源が多く、それなりに湿度が高い。だから虫干しの習慣ができたようだ。

ジルベルニク家はノバールボ区の中心よりやや東側の、川沿いの土手付近にある。

家の裏にみずみずしい草が生い茂る河原が広がり、納屋から直接物を運び出すのも楽だった。

(本当に……異世界なんだな)

河原の向こうには平均して30ｍもの高さを誇る巨大な城壁が見え、それは東西、さらに南へと四方を取り囲んでいる。地形に沿って城壁が連なっているので、壁がずっと続いているような錯覚を覚える。こんな景色の国を、岡は見たことがない。

特に北東には、一昨日夜にはちゃんと視認できなかった城が見える。セイが言った通り大変美しく、遠くからの眺めもすばらしい。

(あれ……そういえばグラメウス大陸の北部の空って、真っ黒に染まってるんじゃなかったっけ……？　晴れたのか？)

そんな疑問を抱いていると、背後からバルサスに声をかけられた。

「オカ君、これを頼むよ」

「あ、はい」

とても上質で立派な帆布に、油絵の風景画が描かれている。美しい色合いもさることながら、緻密な筆致が著名な画家のもののようだった。

「すごい……」

「美しいだろう？　城壁の上から描いたものだ」

「この空と山の峰の境界線がぼけている部分なんて、すばらしいですね。自分の国——いや、世界でもきっと賞賛されるほどの作品ですよ、これは」

岡が自分の祖母の作品を褒めちぎっているのが嬉しいのか、納屋から出てきたサフィーネはにこにこと上機嫌だった。

彼女の手にも作品があり、岡は油絵を筵の上に置いたあと、それを受け取る。

「オカ、こっちは水彩画だよ。祖母は油彩も水彩も、木炭画も描ける人だったんだ」

「わぁ、これもすばらしい。人物も動物も、何でも描かれたんですね。生き生きした表情もそうですが、今にも動き出しそうな躍動感があって感動します」

作品の数はかなり多く、すべて広げるとちょっとした展覧会のようになってしまった。

「ん……これは？」

その中に1枚、奇妙な絵があることに気づく岡。

（キングギ◯ラか？　いやまさかな）

3本の首を持つ巨大な竜が描かれている。それは見ようによってはおどろおどろしく、何か恐ろしいものに感じる。その理由は、

「頭に槍と……矢？　が刺さっている？」

左右2つの頭には1本ずつ槍が刺さっており、残る真ん中1つの頭に矢が1本刺さっていた。

「ああ、これか。私たちにもよくわからないんだよ」

バルサスがその絵を手に取り、間近に見せる。

サフィーネも岡を挟むように隣に立ち、竜を指さした。

「おばあ様は〝山より来たる災厄〟とか〝破壊の権化〟〝邪竜アジ・ダハーカ〟とか言っていたけど、この国の歴史にそんなものの存在は書かれてないいんだ」

彼女の説明でようやく、竜が山から下りてきている図だと理解した。

「とても恐ろしいものだということはわかりますが……もしかして火砕流を意味しているんですかね」

「火砕流？」

「自分の元いた世界では、竜は火山や川、自然を表したものだったんです。まぁこの世界には竜も化け物も普通に存在しているので、この場合には当てはまらないですけど」

「うーん……よくわからないが、おばあ様が描かれたものだからやっぱり大事にしないといけないと思って残してあるんだ」

「すばらしい心がけだと思います」

バルサスとサフィーネは、虫干しを始めた頃のものをチェックし始めた。

その後ろで、岡は何となく竜の絵が気になって、電波がなく圏外と表示されているスマートフォンをポケットから取り出し、写真に収めた。

「よし、あとは私がやっておこう。オカ君、サフィーネ、ありがとう。そろそろ時間だろう？行っておいで」

「わかりました。お願いします」

岡は先に家の中へ戻り、荷物を用意し始めた。

まだ外にいるサフィーネは、岡の後ろ姿が隠れるのを確認して、バルサスに耳打ちする。

「あとの絵もお願いね、父さん」

「ああ、わかっているよ」

岡とサフィーネは連れ立って家を出た。

ジルベルニク家からノバールボ区の北西隣にあるエクゼルコ区に向かう。エクゼルコ区は区全体が演習場になっており、的当て勝負はその区で唯一民間人の出入りが許されているアルブレクタ大競技場で開催される。

家からそこまではおよそ3㎞足らず、歩いて行けば40分程度で着く。開始1時間前なので余裕だ。

「しかしオカ、本当に大丈夫なのか？　相手はこの国最高の銃士だぞ？」

「大丈夫ですよ。サフィーネさんこそ、もう身体は大丈夫なんですか？」

これから歩いて会場に向かうので、病み上がりの彼女の身体を気遣う。

「平気だ。現場での処置が早かったから、すぐに動けるようになっていたんだよ」


一昨日の南門防衛戦で負傷したサフィーネは、岡が黒騎士をすぐさま仕留めたことによって、魔導師の素早い処置が施された。それが功を奏して当日夜にはもう動けていたが、念のためにとバルサスは病院に一泊させた。

岡が戦闘服を回収するために騎士団病院に寄った際、サフィーネの見舞いをするとすっかり元気になっており、登城にも同行したがっていた。

岡はバルサスが言った「年頃の娘と言う男はそうそういない」というのは、なるほど男勝りと幼さが同居している性格からか、と納得した。

翌日、彼女が家に帰ってくると、感謝と黒騎士を倒したことへの賞賛攻めに遭う。

「オカは私の命の恩人だな！」

「いえ、そんな……自分こそ助けられたのですから、恩返しできてよかったです」

「それにしても、あの黒騎士をどうやって倒したんだ!?　私はその瞬間を見逃してしまった！」

「大したことではないですよ。あの銃で倒しました」

「そうか……見たかったな」

「実戦ではありませんが、ご覧に入れる機会ならできましたよ」

「？」

王との謁見の末、自分が日本国の代表と認められたこと、エスペラント王国を脅かす魔獣の群れを共同で倒すこと、ザビルとの勝負に勝てば指揮下に何人か付けてもらえることなどが決まったと話した。

サフィーネはザビルの射撃の腕をよく知っている。〝王国最強の銃士〟〝雷霆使い〟〝硝煙の貴公子〟とは彼を表す二つ名で、この国に彼の存在を知らない者はいない。

しかも彼の持つ銃は王宮科学院の工房長、名工ランザルの最高傑作と言われている。しかもザビルのものだけ呼び名が違うので、おそらくは選別品かザビル用にカスタムされた品のいずれかだ。

漆黒の騎士を倒した岡の実力はその目ではっきりと見たわけではなく、試合という形式上実戦とは勝手が違う。サフィーネは贔屓抜きに不安を感じ、そのまま日を跨いで今に至った。

「……オカ。もし勝負に負けても、私が力になろう。遊撃隊第5小隊ならいつでも好きに使ってくれて構わない」

「命の恩人を顎で使うなんてできませんよ」

岡は恐縮しつつ、笑って遠慮する。

「私と一緒に行動して、私にどうすればいいか教えてくれたらいい。そうしたら、君の言う通り隊を動かすよ」

「？　どうしてそこまで……？」

「それはー……ほら、私は君が気に入ったんだ！」

「ダメですよサフィーネさん、私情で隊員の命を左右しては」

「むぅ……」

至極正論で諭されて、サフィーネは押し黙る。

一方で岡は内心、美少女に「気に入った」などと言われ、うっかり勘違いしてしまいそうだった。

余計な雑念は払って、今日の勝負に集中しなければならない。

とはいえ、岡の自信にはちゃんとした根拠があった。

昨日、アルブレクタ大競技場に設営された的当て勝負の舞台でザビルが練習していたのを見ていたが、彼の銃は装飾が施されただけのフリントロック銃だった。しかも、発射のための火薬と球形の弾を銃口からわざわざ装填する必要のある前装式だ。

訓練通りにやれば、銃の性能差で間違いなく勝つだろう。

「じゃあ、きっと勝って。応援してるから」

「わかりました、善処します」

サフィーネの応援をもらって、岡は思わずにやけてしまいそうなところを我慢し、なるべく爽やかに見えるよう口元を引き締めて笑顔を作った。

■　エクゼルコ区　騎士団演習場　アルブレクタ大競技場（的当て勝負特設会場）

『間もなく御前試合が始まります。席に着いてお待ちください』

魔法拡声器によるアナウンスが会場内に響き、王宮音楽団の華々しい入場音楽の演奏が始まった。

準備の整ったザビルと岡は、すでに控え室を出て入場口で待機している。

約5万人は収容できようかという客席は、王侯貴族や騎士団関係者、王政府役人、王宮科学院の学者らといったそうそうたる顔ぶれの他、我先にと詰めかけた一般観衆で埋め尽くされていた。種族は多種多様で、これと言って偏りがあるようには見えない。

というよりはハーフやクォーター、先祖返りしたらしき純血種、色々とごちゃ混ぜだ。獣人に至っては、クワ・トイネ公国のミーリ嬢——来日した際に全国放送でその姿が映され、瞬く間に人気者となった猫の獣人——以上に〝ただの獣耳を付けた人間〟らしく見える。それに美男美女がかなり多い。

見物されることに慣れている岡は観衆を観察しつつ、こういう閉鎖的な場所だとよっぽど娯楽に飢えているんだろうな、などと冷静に分析していた。

その分析は正しく、ザメンホフ27世に限らず歴代王は勝負事があると、貴族や国民たちの娯楽のために、この大競技場で一般公開する。

今回に関しては、岡という異国の兵士を迎え入れるに当たって、彼の実力を公平、公正に示す機会として、各組織の上層部にはなるべく参加し、客観的に判断するよう告知がなされていた。

　ジャスティードやサフィーネもそれぞれ自分の席に着いて、岡とザビルの登場を心待ちにする。

『お集まりの皆様、本日勝負を行います精鋭の戦士、２名をご紹介します。まずは我が国の誇る最高の兵器である銃、その最強の使い手……神の才を持つと言われた男!!　銃士ザビル・アルーゴニーゴ!!!』

　銃士隊の戦闘服である装束に身を包んだザビルが、入場口から進み出た。

　会場に大きな拍手と歓声が沸き上がる。

「キャー!!　ザビル様ー!!!」

「今日もお美しいですわ――ッ!!!」

「わたくしの心も撃ち抜いてくださいまし――!!!」

　いわゆるイケメンであるザビルに対し、貴族の娘や一般観衆の女性たちからの黄色い声が多数こだました。

　当のザビルは慣れているのか、あるいは関心がないのか、観客席に手を振ったりすることもなく中央部まで進み、貴賓席に座る国王ザメンホフ27世に一礼する。

　歓声が最高潮に達したとき、次のアナウンスが流れる。

『対するは異国の兵士！　その類稀（たぐいまれ）なる力で、あの〈漆黒の騎士〉を単騎で倒した男！　ニホン国が誇る竜騎兵（ドラグーン）、オカ・シンジ!!』

　会場にザビルを迎えるときよりは控えめの拍手と歓声が沸き起こる。

　しかし男の姿が白日の下にさらされると、次第に歓声は沈静化していき、どよめきに変わった。

「な……何？　あれが異国の兵士？」

「なんてみすぼらしい恰好なのかしら……」

「あんな華やかさの欠片もないただの人間が、本当に漆黒の騎士を倒したのか？」

「これはザビル様の圧勝ね！　勝負するまでもないわ！」

観客たちは、ただ見た目だけで何の根拠もなく下馬評を立てる。

岡はいつも通り緑色の迷彩服を着込み、恥じることなく堂々と進み出る。銃も真っ黒で何の装飾もないので、その姿は王国民の感覚からすると、非常に奇異に見えた。

その中から、一際大きな声援が岡の耳に届く。

「オカ――――ッ!!　頑張れぇぇ――――ッ!!!」

あんな男に声援を送るとはどんな物好きか、と視線が集まる。

もちろん、サフィーネであった。遊撃隊の小隊長としてそれなりに名のある少女の応援のおかげか、岡を揶揄する言葉は少しずつ消えていった。

サフィーネの声で頬が緩みそうになっていた岡だが、なんとかこらえてザビルの隣まで進み出て、ザビル同様貴賓席の王に一礼する。

ザビルは向かい合った岡に右手を差し出し、岡もそれに応える。

「やあ。君とこの時を迎えることができて、嬉しいよ。男同士の戦い、正々堂々やろう」

「自分も、王国の名手と呼ばれるあなたと競う機会を与えていただけたのは光栄です。よろしくお願いします」

そつのない岡の答えを聞いて、食えない男だなとザビルは内心で評した。

「私はね……好敵手というものがいなくなってしまって久しいんだ。強すぎるというのも孤独なものだな」

「そうですか、羨ましいですね。自分はライバルだらけです」

「ハハハ、凡人は大変だね」

岡も愛想笑いを返して、ザビルの５ｍほど斜め後ろの待機位置まで離れた。

『それでは競技を開始します!!　競技内容は至ってシンプル。遠くの距離に立てられた的に、１分以内に射撃で命中させると合格となり、どちらかが当てられなくなるまで距離を伸ばし続けます。先攻のザビル様から射撃を開始、交互に開始位置に立っていただきます』

ルール説明が終わると、ザビルの約50ｍ先に、起き上がるシューティングターゲットのように直径１ｍほどの皿が立った。皿の中心は地上から１７０㎝ほどに位置しており、マンターゲットのようではあるが——

あまりの的の近さと大きさに、岡は唖然（あぜん）とする。

「え!?　あ、あれですか？」

その驚きを怯（ひる）んだと勘違いしたザビルは、多少余裕ぶりを見せつけるように説明する。

「ハハハ！　驚いたかい？　私が持つこの銃、名工ランザルの銃は殺傷距離２２０ｍ、必中距離は50ｍと言われる。しかし、的はたったの１ｍだ。なに、凡人の君が当てるのは難しい目標かもしれないが、鍛錬を積んで達人の域に達していれば難なく当たる距離だよ」

ザビルの名誉のためにも、岡は聞いていないふりをした。

『それでは、はじめ!!』

競技場は緊迫と静寂に包まれ、開始を告げるラッパの、気の抜けるような音色だけが鳴り響いた。

「行くよ……」

射撃線に立つ、エスペラント王国最高と謳われる銃士ザビルが、射撃準備を開始する。

火皿と銃口に火薬を流し込み、球形の弾を込め、込め矢でしっかり固める。

狙いを定めて引き金を引くと、火打ち石を噛んだ撃鉄が火薬に火花を飛ばし、引火した火薬が瞬く間に燃え伝わって砲身内で爆圧を生む。

——パァァン!!

大きな音とともに顔を覆い尽くすほどの派手な白煙が上がり、銃口から小さな煙と球形の弾が射出された。

発射された弾は空気でブレながら高速で飛翔し、50m先に設置された皿を一撃で叩き割った。

「「「おおおおお————!!!」」」

会場に再び大きな歓声と拍手が巻き起こる。

「うむ！　さすがザビル、見事なり!!」

ザメンホフ27世も賛辞と拍手を送った。

「やはりザビル様の手際はいつ見ても鮮やかだ!!」

「始まってから20秒も経ってないぜ!!」

「ああん、ザビル様の活躍をもっと見たい!!」

弓矢では撃ち抜くのが難しい鎧や兜を、ただの1発で撃ち抜く威力を持つ銃。王国では、銃士の身の危険と引き換えに得た必殺兵器として有名である。貴族の血縁にしか持つことは許されないの

で、重騎士、槍騎兵よりも華々しいイメージで語られることもあって、ザビルの人気に拍車がかかるのは当然のことであった。

『これぞ名工ランザルの手がけた最高の銃〝殲滅者〟シリーズの一振り〝星火〟と、天才ザビル様の腕前の威力でございます。この兵器はフリントロックという火打ち石で火薬を発火させる仕組みを採用しており、火縄銃の弱点であった不発や暴発の危険性が大幅に軽減されています。その威力は火縄銃と同様で、今回の的までの距離で射撃した場合、鎧を容易く貫通します。しかも射撃の手順を火縄銃より一部短縮できるので、連射性能が向上しています！』

「「「おおおぉぉぉ!!」」」

会場がどよめく。さすが予備役が国民の半数を占める国、銃の性能を説明されただけでそのすごさが伝わる。

岡もアナウンスを聴いていたが、どうでもいい疑問が浮かぶ。

（そういや異世界なのに何で英語が混じってるんだ……？　もしかして俺たち日本人が、固有名詞化してるものを現地語の響きそのままで使う文化だからか？）

『続いて、異国の勇敢な兵士、オカ・シンジ殿です。彼らの国ニホン国にも銃があるという話を伺っていますが、本人の言ではなんと彼は一般兵だそうです。天才銃士ザビルとどこまで渡り合えるのか、皆様ご期待ください』

岡はザビルと交代して射撃線に着く。同じ50ｍの位置に新しい皿が用意され、また同じ動きで起き上がった。

『それでは、はじめ!!』

ザビルが銃弾の装填からやっていたので、一応ルール的にもマガジンの装填からやったほうがいいかと考えて、マガジンは外していた。開始のラッパの音とともに89式小銃にマガジンを取り付けて切り替えレバーの位置を「ア」から「タ」に切り替える。初弾装填のスライドを引き、迅速的確に89式自動小銃を的に向かって構えた。

至近距離射撃なので外すはずもないのだが、逆に変な緊張感に襲われる。

照星と照門が一列になるよう狙いをつけ、落ち着いて引き金を引く。

「ん!?」

ザビルは岡が銃を構えるまでの間、火薬と弾を入れていないことに気づいた。

（おいおい、緊張しているのはわかるが、肝心の火薬を入れ忘れるって……そりゃないだろう）

何かを組み付けて銃身をいじくっていたのは見ていたが、何をしているのだろう。

練度の低い銃士でもあんなヘマはやらない。第一射目で勝負が決まるのかと思い、ザビルは肩を落とす。

「これは……相手にならないな。――!?」

ザビルがつぶやいた瞬間、競技場に乾いた快音が鳴り響く。

――タンッ！

89式自動小銃より発射された5・56㎜ＮＡＴＯ弾は、銃身内のライフリングに沿って回転を帯び、空を鋭く飛翔する。

その速度は銃口初速で秒速920mにも達し、有効射程500mの威力を伴って標的の皿を叩き割るもなお落ちず、遥か先の地面に落下して小さな土煙を上げた。

競技場内に違和感を覚えた者はいても、この威力に気づいた者はまだいない。

ザビルの銃に比べれば、あまりにも静かな発砲音である。硝煙も少なく、動作も最小限。ザビルの射撃よりもスマートな岡の所作に、観客席では動揺のようなざわめきだけが聞こえた。

「いいぞオカ――！　見事だ!!」

ただ1人を除いて。

『お見事です！　さあ、次は75mだ!!』

75m先の位置に直径1mの皿が現れた。

「……思ったよりもやるね。しかし次は75m、さらにきつくなるよ。フフ」

ザビルが交代して射撃線に着き、開始の合図とともに射撃準備を済ませて銃を構える。

手練れの銃士でも難しいとされる距離の射撃に、彼はまたしても皿を正確に撃ち抜いた。

そして、岡も開始とほとんど同時にあっさりと皿を撃ち抜いた。マガジンの装填はやってもやらなくても一緒だなと思って省いたのだ。

「2人ともすごいな」

「しかし、ザビル様の銃のほうが、発射炎が多くて威力も高そうだ」

「次は100mだぞ！　これを異国の兵士は割れるかな!?」

観客はもはや岡の服装など気にしておらず、ザビルと同様の正確無比な射撃の腕前を認めつつあった。また、このときにおいて観客席にも岡の銃の性能に気づいた者がぽちぽち現れ始めていた。

１００m先に皿が出る。この距離ともなると、ザビルも百発百中とはいかない。

急いで装塡し、緊張の面持ちで銃を構えた彼は、一時的に呼吸を止める。

筋肉の動作を最小限に留め、銃の揺れを極限まで少なくし、引き金を引く際、火打ち石が火花を飛ばす瞬間の揺れも計算しつつ、細心の注意を払って指に力を込め、撃鉄を倒す。

——パァン!!

「チッ……!!」

初弾が的を外れた。

1分以内に撃破すればクリアの判定になるので、ザビルは迅速に次の火薬と弾を装塡し、落ち着き払って構える。

——パァァン!!

再び乾いた炸裂音が響き、弾は皿の右端に当たってなんとか破壊に成功した。

その結果を見てザメンホフ27世が呟く。

「銃士ザビル……さすが天才であるな」

「凡人があの大きさの的と距離で狙えば、10発に1発当てるのもやっとでございましょうね」

宰相が相づちを打ち、王もそれに頷いた。

「それをたったの2発で命中させるとは……。さて、異国の兵士はどうかな?」

血の沸くような試合が繰り広げられている。

王も手に汗握り、誰もが固唾を呑んで2人の勇姿を目に焼き付けていた。

ただしセイはというと、ここまで特に予想を外れていないどころかそもそも勝負にもならないと踏んでおり、仕込んでおいた的が無駄にならないことだけを願っていた。

観客が見守る中、岡が開始の合図とともに構えて射撃する。

――タンッ！

乾いた音がしたあと、たったの1発で皿が破壊される。それもほぼ皿の中心付近を撃ち抜き、狙いが正確であることを物語っていた。相変わらず発射炎も少なく、銃への給弾作業もない。

いよいよ競技を見守る者たちの大半が、岡の実力に気づくのだった。


人類最後の楽園エスペラント王国で1番の名工と名高いランザルは、異国の兵士の射撃を見て愕然としていた。

横にいる彼の弟子が話しかける。

「異国の兵士の銃は発射炎が非常に小さいですね。命中率は高そうだけど、弾の威力は小さそうだ」

「バッカモン!!　お前はワシの下で何年修業してきた!?　あの異国の銃がどれほど高性能かわからんのか!!」

弟子は自分の判断が間違っているなどと夢にも思わなかったので、うろたえながら教えを請う。

「え、ええっ……？　いや、そんなに高性能なんですか？」

「まず、すでに3発撃ったというのにまったく装填作業をしていない。火薬と弾があの銃のどこかに収納されているという証拠だ。戦場において、あの圧倒的ともいえる装填・次弾発射速度の差は大きな戦力差となって現れるだろう。それに……発射炎も硝煙も少ないのは、効率的に燃焼しているからだ。音も違うだろう、よく聴け」

――パァン！

――タンッ！

「……本当ですね……」

「圧力が抜けにくい構造になっているから音が派手にならないんだ。いいか、燃焼エネルギーはあらゆる形に変換され、どこへでも逃げていく。炎、熱、音、反動。これらをなるべく銃身の外へ逃がさず、爆圧という運動エネルギーへ変換するにあたって、ロスを極力最少にして高効率化するのが改良への一歩となる。ここから見える限り、あの弾の威力も高いぞ」

「そんな……じゃあこの勝負は……」

ランザルらが冷や汗を流しながら見守る中、競技は続く。

１００ｍを超えてからというもの、さすがのザビルも焦りの表情を浮かべていた。

（くそっ！　何とか１５０ｍの距離も命中したが……はっきり言って運がよかっただけだ！　オカは……異国の兵士はただの1発も外していない!!!）

名工ランザルへ特注したザビル専用銃〝星火〟に、彼は絶対の自信を持っていた。

だがフリントロック式特有の銃身のブレはどれだけ抑えようとしても限界がある。火縄式のほうが銃身のブレは少ないので、命中精度を追求するなら従来の火縄銃のほうが若干上であった。逆に言えば、このフリントロックで驚異の命中率を誇るザビルは、紛れもなく銃の名手である。

異国の兵士を侮っていた。火薬を装填しなくてもいい銃など反則級で、弾もどこから入っているのかわからない。待機位置で装填している様子も見られない。その上、反動は小さく硝煙も少なく、射手へのあらゆる負担を軽減している。あれなら驚異の命中率にも納得だ。いや、正直これほどまで差があるとは思っていなかった。

しかし自分は天才だ。王国随一の使い手であり、王国銃士隊の憧れの的。焦りを周囲に悟られてはならない。

１７５ｍの距離すら涼しい顔で撃ち抜く敵の手前、負けるわけにはいかないのだ。

『次は２００ｍ先です！』

観客のどよめきが一際大きくなる。

有効射程ギリギリの距離のものを狙撃するのは事実上不可能だ。それが銃士の常識だった。

直径１ｍの皿でも、ここまで離れてしまうとただの点にしか見えない。いくら正確に狙いをつけようが、球形弾による空気のブレだけで外してしまう可能性が高い。

もしも異国の兵士がこの距離でも一撃で当てたならば、魔法でも使っているか、あるいは誰かが支援してイカサマでもしているとしか思えない。

だが魔法が発動している様子は見られないし、そもそも岡から魔力をほとんど感じられない。的の割れ方も一定だ。どこかから何かが飛んでくれば見分けがつく。

ザビルは嫌な汗で背中をびしょ濡れにしながら、射撃線に着く。

「ぐっ……やはり小さいな……！」

開始のラッパが鳴る。

素早く装填し、急いで構えた。

手振れで僅かに揺らめく銃口。たった１㎜のズレでも、着弾地点は大きく外れる。

銃の――筋肉の揺れを抑制するために大きく鋭く息を吸い、静かに止めた。

銃身を微動だにさせないよう、ゆっくりと引き金を引いていく。

（当たれよ……）

構えてからたった３秒だが、異常に長く感じる。たくさんの思考が頭の中を騒がしく走り回り、過去の記憶が波のようにどっと押し寄せて、一瞬で引いていく。

意識に生まれた静寂の中。

――パァン!!

大きな炸裂音、視界を覆うほどの煙が発生し、彼の銃から弾丸が射出された。

競技場の中に軽い風が通り抜け、弾の弾道がわずかにブレる。

「〰〰〰〰ぐっ!!!」

命中しなかった。

ザビルはすぐさま次弾を装填して構え、再び撃つ。

「ちいっ!!」

２発目、３発目も外し、射撃開始から１分が経過したため、時間切れとなった。

無情にも命中なしの赤旗が振られる。

『おおっと！　さすがの天才も距離２００ｍは難しかったようです』

「「あぁ〰〰〰〰〰〰〰……」」

観客から長い嘆息が漏れ、意図せず合唱のように響いた。

「そんな……ザビル様が外すなんて……」

「いくらザビル様でも無理よ。あの的、ザビル様の位置からでもきっと点にしか見えないもの」

「でもさすがだな、３発もの連射をやってみせるとは。あの集中状態で3発連続は難しい」

人々はまた好き勝手に評を立てる。

岡の出番となり、首を鳴らして射撃線に着く。

そしてこれまでと同様、彼は開始の合図とともに構え、一撃で皿に命中させて粉砕した。

『当たったァ―――ッ!! し、信じられません!! 銃士ザビルが負けてしまいましたぁ――っ!!!』

「「ひやぁぁぁぁぁぁ!!!」」

文字通りの悲鳴が、主に女性を中心に生まれる。

「やったぁ――っ！ すごいぞオカ――――!!」

ただ1人を除いて。

『ではこれで……え？ 続行、ですか？ は、はい。オカ殿、さらに先の的があるようですが、挑戦していただけますか!?』

きっとセイだな、と岡は苦笑いを浮かべ、手を挙げた。

「「おおおお……！」」

観客のどよめきは、まだ底知れないこの男の実力への期待感の表れだった。

岡だけが淡々と競技を続ける中、的はついに競技場で用意された最大距離の３００m先となり、1つではなく7つもの的が同時に立ち並んだ。

彼は切り替えレバーを「レ」の位置に切り替え、素早く構える。

――タタタタタッ！

軽快な発砲音が連続してこだまし、曳光弾（えいこうだん）を交えて射出された銃弾は７つすべてを見事に叩き割った。

「な……何だとぉ!!?」

常識を遥かに超える銃の性能に、ザビルは固まる。

次元が違う。それ以上の感想が出てこない。

セイが「我が国では作れない」「２００年経っても無理」と言っていたのは真実だったと証明された。１発ずつ撃っていたときにはわからなかったが、１秒に何発も連射できるなど理解を超えている。

それも３００ｍ先で的に命中して、威力も失わない。

その性能がありながら敵に――黒騎士に突撃して倒したというのは、銃での戦い方が根本的に違うのだ。

ザビルはすべてを理解し、心中で完敗を認める。

競技場にいた者たちすべてが口をあんぐりと開けて呆然（ぼうぜん）としていた。やがて岡の腕前と銃の真の性能を理解し、大歓声が湧いた。

「「ワァアァァァァァ――――!!!」」

「何だあの兵器は!!　すごい、なんてすごい性能なんだ!!」

「あんなの反則的じゃないか!!　一体何なんだ!?　あれは!!」

「そういえば、最初に彼を『異国の兵士』って司会が言っていたけど……異国って何？」

「馬鹿だなぁお前。歴史で勉強したろ、大昔はたくさんの国があったって。つまりエスペラント王国以外の外の国って意味だよ」

「いやいや、司会が盛り上げたかっただけだろう。我が王国以外に国なんてないじゃないか」

競技場は騒然とし、収拾が付かなくなっている。

ザメンホフ27世が立ち上がり、手を挙げたところでようやく静まった。

王は立てられた魔法拡声器の前に立ち、重々しく口を開く。

『銃士ザビル・アルーゴニーゴ、日本国の兵士オカ・シンジ。2人の競技、まことに見事であった。類希なる才覚を発揮し、互いに素晴らしい健闘を見せてくれた。このエスペラント・ザメンホフ、そなたらに惜しみない賞賛を贈りたい』

ザビルと岡は並んで片膝を突き、深々と礼をする。

2人を称(たた)える拍手が巻き起こり、それに応えるように2人も手を振る。

『さて……今日この場に集(つど)った王国臣民たちよ。諸君らは、重大な歴史の証言者となるだろう』

話の様子が変わり、競技場は再び静寂に包まれた。

『知っての通り、我が国は建国以来、魔物に怯(おび)え続ける生活を余儀なくされている。——しかし!! 我々は1人ではなかった。そう、すでに気づいた者もおろう。今、我が精鋭たる銃士ザビルと戦った兵士は、嘘(うそ)偽りなく異国の兵士である。外の世界には……このエスペラント王国以外の国があるのだ!! 人類は滅びていなかった!!!』

「えっ——」

「「「えええええええ!!?」」」

これまで築いてきた王国の歴史を根底から覆す、突然すぎる王の発表に、貴族をはじめ王国民はひっくり返りそうになった。

『彼らの国の名は〈日本国〉。日の本……太陽を国旗にした島国だ。我が国に彼らが迷い込んで来たのは紛れもない事故だったが、少しの間、魔獣討伐に協力してもらえるよう約束を取り付けた』

観客たちは互いに顔を見合わせ、岡に視線を注ぐ。

「えっ？　どういうこと？　そんな話があったの？」

「ひのもと……太陽……？　って……」

「まさか、まさか……！」

「あの方が……!?」

エスペラント王国民であれば誰もが知っているおとぎ話。それはある王家が保有する1冊の本に記された、短くもヒロイックで、眩しくすらある数行の文章が元になっている。

期待感が最高潮に達し、王の次の言葉を待つ。

『――そうだ。これは……オカ殿が現れた一連の状況は、我が国に伝わる〈福音の予言〉に酷似している。余もその予言には胸を躍らせてきた1人だ。それが余の代でこうして現実になったことに、驚きを覚えるとともに重責を与えられたと感じるばかりである』

『余はここに誓おう！　太陽神の使者たるオカ殿を我が国の旗手として迎え入れ、王政府、騎士団の総力を結集し、民に平穏な暮らしを取り戻すことを！　そして万を超える年月以来となる人類の世界へ、帰還を果たそうぞ!!!』

「「ワァァァァァァァァァァ!!!」」

王の演説は国民の疲弊していた心に熱い炎を灯し、岡とザビルの的当て勝負はあらゆる意味で大成功を収めた。

王は役目を終えると、王政府文官らと一足先に王城へ帰っていった。

■ アルブレクタ大競技場　控え室

「お疲れ様!!　オカ、本当にすごいな!!　疑っていて悪かったよ」

岡が控え室で89式のメンテナンスをしていると、サフィーネがやってきた。

未だ興奮冷めやらぬ面持ちで、それと同時にずっと心配していて岡を信じていなかったことを反省して居心地の悪さを感じているようだ。

「仕方ないですよ。人はその目で見たものしか信じませんから」

岡はサフィーネに笑ってみせ、彼女もようやくほっとした表情に変わった。

「しかし、ザビルさんってすごいですね。フリントロック銃であれほどの連射と命中率を叩き出せるなんて……正直びっくりしました」

「そうなのか？　私はオカのほうが断然素晴らしい技量を持っているように思うが……」

「いえ、自分なんて隊内では平均的なほうです。もしこの89式をザビルさんに預けたら、多分すごいことになりますよ。自分よりも圧倒的に命中率が上がると思います」

「へ、へぇ……私は銃を持ったことがないから、彼がどれだけすごいのかよくわからないや」

サフィーネは遊撃隊で銃こそ持っていないが、短弓ならよく使う。実は彼女も熟練の射手で、敵の懐に飛び込んで一撃必殺の射撃を浴びせたり、1秒間に3本から4本の矢を連射したりできる。

だが遠距離や重厚な敵を倒すには銃、近距離や静かに攻撃する必要がある場合は弓矢と、棲み分けがあると考えているので、ザビルのすごさを正確には理解していなかった。と言うよりも、岡が考えている水準でザビルの腕前を評価できる者は、この国には1人としていない。

「それはそうと、王様が言っていた話は何だったんです？」

「ああ、あれか。私たち王国民がよく知っているお話でね、『平和に暮らしていた王国を、滅ぼそうとする魔物たちが現れる。そのとき、空から光の戦士が舞い降りて、人々を勇気づけ、ともに戦おうと導いてくれる。奮戦空しく王国の壁が破られんとするとき、光の戦士が神の軍勢を召喚する』っていう。寝物語に聞かされるから、知らない人はいないんだ」

「その光の戦士が自分だって言うんですか？　あはは、予言じゃあるまいし」

「ところがどっこい、とある王家が収蔵する予言書の一節が元になってるのさ」

ところがどっこいってきょうび聞かないぞと思いつつ、ますますオカルトじみた根拠に疑念を強める岡。

「予言書ですか……どんな内容なんです？」

「ええと――」

□　エリエゼル家　創始者予言「世界」第7章　福音より、抜粋

遠い未来、闇より悪意なき敵が現れる。

その敵は堕つ者に光を奪われ、呪いの言葉により死を恐れぬ人形と化している。

堕つ者が火の眠る地にて総力を結集し、滅びのラッパを吹くとき、その音色はエスペラントの地まで届くであろう。

人々の心に暗雲かかる頃、空より落ちたる鯨の腸から、太陽の血を引きし導きの戦士が生まれる。

その神の加護を受けたるがごとき勇猛さ、王国に並ぶ者なし。

導きの戦士を称えよ。彼は王国の戦士たちに力を与える者なり。

人形は呪いから解放され、闇の軍勢をたちまち駆逐せしめん。

だが堕つ者、禁忌の封印を破らん。いかに導きの戦士なれど、これに立ち向かうことあたわず。

しかし諦めるなかれ、嘆くなかれ。奇跡が我らに味方する。

導きの戦士の祈りが届き、太陽神の使者がエスペラントの地に、この世界に再び舞い降りる。

比類なき強大な神火が地を焼き、光の雨にて闇の軍勢を滅するであろう。

王国は太陽に照らされ、長きに亘る負の時代は去る。

人々の心にかかる影は払われ、光の時代が始まる。


「――とまぁ、こんな感じだ」

サフィーネは続けて、エリエゼル家がエルフの王家で、エスペラント王国が誕生して間もなく強力な魔力を持つハーフエルフの子供たちが生まれ、彼らによって占いが行われたことを説明する。

創始者予言は全7章からなり、第1章から第6章まではすでにエスペラント王国史において的中が確認され、第7章のみが現在もまだ当たっていないという。

「ずいぶん詳しいんですね？」

「そりゃまぁ……学校でも習うしね。予言が生まれた時代があまりにも古すぎて、教科書にも載るほどだもの。でも第6章までは私たちが生まれる前の時代に的中したから、それが本当に当たったんだって実感はないいんだよ。だからみんなただの創作だと思ってたし、誰も本気にしていなかったみたい」

「それで、第7章はまだ当たっていなくて、導きの戦士というのが自分かもしれないからあんな反応になったんですね」

　競技場で期待に満ちた視線を受け、あまりの居心地の悪さと混乱で退場時にそそくさと退散してしまった。だが自分から「自分が救世主です」みたいな印象を与える振る舞いをしなくてよかったと、岡は胸を撫で下ろす。

「学者の中には『第6章までだとあまりにも救いがないから、希望を与えるために後世に追加されたのではないか』って疑問視する人もいたんだ。それは違うんだけどね」

「ふーん。しかし予言ですか……」

　89式を畳んだあと、サフィーネと連れ立って控え室を出る。これから登城したあと、王宮科学院の工房に出向く予定だ。サフィーネはまたスダンパーロ区の詰め所に向かうので、ノバールボ区を途中まで一緒に歩く。

　予言の内容を聞いてうさんくさそうな表情をする岡に、サフィーネは首を傾げる。

「？　オカの国には予言はないのかい？」

「自分はあんまり信じてないですね」

「ええ？　普通、成人占いとかやるだろう？　それとも外の世界では違うのかな」

「この世界のことについては、自分もよく知らないですけどね。少なくとも日本で占いや予言の類いってのは、基本的に迷信やオカルトです。統計分析、脳科学から実際にデータをとった、信憑性の高い占いの例もなくはないんですけど」

「とうけいぶんせき……？　のう科学……？」

「ああすみません、忘れてください。……実は今から17年ほど前に、『ノストラダムスの大予言』っていうのが流行ったんです。『世界は滅亡する』みたいな予言で、結局何も起こりませんでした」

「それは……ひどいな……」

「次は西暦２０１２年――あ、前の世界で使われていた暦なんですが、そのときもある文明の暦が区切りを迎えるからと言って『世界の滅亡を示している』って騒ぎになって」

「……まさかそのときも、何も起こらなかったのか？」

「ええ。その1年前、日本であらゆる意味で壊滅的な地震があったんです。津波に多くの人が飲まれ、沿岸部の町はしばらく立ち直れないほどの被害が出て……だけど、その地震を予言できた人は1人もいなかった。中にはインターネット……ええと、遠くの人と意思疎通ができる魔法みたいな技術があって、その掲示板に『未来人』を名乗る人が現れて『山に登れ』と書き込んでいたのは驚きましたけど、それくらい予言や占いというものは信憑性のないものなんです。地震が起こったあとで『実は予言してました』みたいなことを言う人物は多く現れましたけど、当然嘘です」

「ええ～……地震なら創始者予言第2章にもあったけど、そのときの発生と被害もきちんと記録されていたなぁ。『パラソリエルの大地震』っていう。でもそっか……確かにオカの魔力のなさでそんなに元気なのも変だし、占いがないのもきっと本当なんだね」

2人はそんな会話をしながらアルブレクタ大競技場の出口に向かっていたが、多数の貴族、一般観衆が岡の出待ちをしていた。

ロビーに繋がる通路の近くに兵士が控えており、2人の姿を見て声をかける。

「ああっ、オカ様……！　よかった……！」

「どうかなさいましたか？」

「あなたを一目、近くで見ようと多くの者が待っています。裏口に馬車を用意していますので、そちらまでご案内します」

岡とサフィーネは顔を見合わせ、兵士についていく。

面倒なことになったなと思いながら、岡は馬車に乗り込むのだった。

■　ラスティネーオ城

岡を乗せた馬車は観衆を撒いてノバールボ区へ抜け出し、サフィーネだけを降ろして城へと直行する。

城に到着後、城で働いている侍従が岡の銃や持ち物を持とうとしたが、岡は丁重に断った。

岡が登城するであろうことを予想して先回りして来た貴族たち、特に若い娘が岡に熱い視線を注いでおり、最初来たときとはまるで違う雰囲気に「現金な人たちだ」と内心苦笑する。

城内を進んでいくうちに、今回も玉座の間に通されるのかと思いきや、違う部屋へと案内された。

扉の前には槍を持った衛兵が2人、微動だにせず立っている。

侍従がドアノッカーを叩き、扉を開いて一礼した。

「オカ様がお越しになりました」

扉は重厚な鉄と木の三重構造で重々しく、外に音が漏れないように設計されているらしい。わざわざ開かないと声が届かないようだ。

「再度のご足労かけてすまんな、オカ殿」

部屋の中の宰相が入室を促す。

「失礼します」

岡が一礼して入ると、部屋にいたザメンホフ27世を除く10人の人物が立って迎えた。

全員貴賓席や特等席に座っていた人物で、自己紹介から全員が要人、重役だったことがわかる。

その中にセイの姿はなく、王宮科学院の院長トルビヨン・バーグマンが出席していた。

部屋の壁には地図やら何かを書いた紙が大量に貼り付けられ、部屋の中央に設置された円卓にも資料が山積みになっている。

岡には書いてあることは理解できないが、どうやら作戦会議室のようであることは察せられた。

空いていた席に岡が座ると、本来なら会議を取り仕切るはずの宰相よりも先に王が口を開いた。

「オカ殿、先程の的当て勝負は見事だった。貴殿の力量、兵器の威力、もはや疑いようもない。我が王国は貴殿を作戦総司令代行に任命したい。ここにいる騎士団総長モルテス・ペレントリノと同格の地位を与えると考えてくれ」

「ま、待ってください。ちょっと……」

「どうした、不満か？」

　さすがにこの展開は想定していなかったので、岡はうろたえる。そして、いくら同格とはいえ外から来た人間をトップに据えるのは正気ではないと訴えた。ぽっと出の人間が組織のトップに据えられると、大抵軋轢が生まれて意思疎通が立ち行かなくなる。ここは指揮系統を維持したまま、自分の意見を採用する程度にしてもらうのがいいというのが岡の言い分だ。

　寸刻の問答があって、最終的に作戦立案の外部顧問と各隊長相当の命令権限、王宮科学院の技術顧問の役職を与えられるだけに留まった。これだけでずいぶん動きやすくなる。

「……余としては少々不満であるが、まあそれで作戦が円滑に進むのであればよい。ではこれから情報共有と、当面の騎士団運用を含めた作戦会議を始める。本来であれば異国の人物をこの場に招くのはよろしくないとは思うが、今回は事情が事情である。オカ殿の働き如何で国民の死亡率が大幅に変動すると想定されるので、特別措置的に参加してもらう。異論ある者は挙手せよ」

　誰も手を挙げない。

「よし。軍務長官、始めてくれ」

　開始の合図とともに、岡は頭を切り替えて「責任重大だぞ」と自分に言い聞かせる。ただの的当てで不相応な身分にされてしまったが、この国の将来と自身の命にかかわる事案だ。ミスは許されない。

「私は情報統括を担当している軍務長官ザンザスと申します。昨日帰ってきた密偵の情報を精査しましたので共有します」

　ザンザスが円卓に地図を広げる。

地図には王国とその周辺の状況が記載されているが、岡は当然読めない。仕方ないので、持ち込んだノートに口頭で説明されたことを日本語で書き記していく。

「休火山の火口に魔獣が集落のようなものを形成しているのは既報の通りですが、先日の調査でその南側に物資を集結させつつあることが確認できました。――オカ殿のために補足すると、火口はノバールボ区が丸々入るほどの面積があります」

「だいぶ大きいですね」

火山の火口の大きさは、地質と噴火の威力による。火口が直径2㎞ともなると、万一噴火した際は町も無事では済まない。王国から数十㎞離れた場所にあるので、地質に粘り気があれば火砕流の心配も少ないだろうが、生きた心地はするまい。

「集落に集結する魔獣の数は膨れ上がり、今や5万の規模に達する見込みです」

「ごっ、5万だと!?」

「3ヶ月前からどれだけ増えているのだ!!　何かの間違いだったのではないか!?」

「いえ……数が増えるにつれ、増殖速度も加速度的に増えた模様です。ただ、最近はそれ以上増える気配はありません。何らかの要因で限界が来たものと思われます」

「内訳はどうなっておる?」

「大多数はゴブリンが占め、4万程度と推測されます。ゴブリンロードが4千、オーク5千、オークキング1千を確認しています。また、前回100体ほど確認されていた漆黒の騎士も、200体に倍増しています」

「ぬぅぅぅぅ……」

「なんという戦力か……!!　想定以上に厳しいぞ、これは」

出席者らは額に汗を滲ませ、表情が一様に暗くなる。

「そして……何よりも問題なのですが、魔獣ゴウルアスを5体、確認しました」

「な……なんだと!?　ゴウルアス!?　あの魔帝の遺産、災厄の魔獣が確認されただと!?　これも敵戦力に含まれるというのか!!」

「はい……あれを使役できるのは魔王くらいのものです。一体誰が……しかも何故こんなところに……思っていた以上にダレルグーラ城が近いのでしょうか」

「その可能性は高いな。もっと早く調査隊を組織して偵察しておくべきだったか……!　だが使役できるのか？　敵は。伝説が本当ならば、我々になすすべはないぞ!!」

岡はそろそろ話についていけなさそうなので、口を挟む。

「すみません。ゴウルアスとは一体何でしょうか？」

「世界には神話があまり残っていないのかね？」

「いえ、自分の国だけです。何しろこの世界に元々あった国ではありませんので……」

いつも通り転移国家の問答が始まるかと思われたが、岡は太陽神の使者と信じられているので、国家転移の件も皆意外とすんなり信じてくれた。

軍務長官がゴウルアスについて説明を始める。

「ゴウルアスは、簡単に言うと古の魔法帝国の陸軍で使役していたとされる魔獣です。魔帝の国土転移直前時期には、何らかの理由で別の兵器に取って代わられたらしいのですが。全長が5m、全高は2m程度と比較的小柄な魔獣で、恐ろしいのはその放出する魔力です」

「魔法帝国って1万年以上前の話ですよね？　そんなに脅威なんですか？」

地球基準で考えれば、1万年前というと新石器時代やら縄文時代やら、ようやく文明の原形が登場する頃だ。種族の寿命から考えて単純に比較できないだろうが、エスペラント王国でさえ銃を発明しているくらいだから、技術の進歩的なものは比較的地球に似ているはずだ。

だが岡は、自分の想像は異世界という常識の通じない前提条件が完全に抜け落ちたものだということを悟る。

「魔法帝国を侮ってはいけません。あれは当時、どの国よりも高度な文明をひっさげて現れ、世界中の全人類を支配下に置き、弾圧し、神をも殺すと豪語した恐怖の帝国です」

ザンザスの説明に付け加えるように、王が続ける。

「風の化身たる風竜や海龍王リヴァイアサンの眷属たる水龍と互角以上に戦い、世界でもっとも繁栄していた竜人族の国インフィドラグーンを滅ぼした最強最悪の大帝国だ。ノスグーラなどの合成魔獣の改良技術は、魔法帝国を作った光翼人の持つ力の一端だよ」

そういえば、ノスグーラも魔法帝国――ラヴァーナル帝国産の生物兵器だと、陸上自衛隊トーパ王国先遣隊の報告書に書いてあったことを岡は思い出した。風竜はガハラ神国に棲息している個体が当時と同じ性能であれば、確かにとんでもない技術を持っていることになる。何故そんな国がこの世界の1万年以上前に存在していたのか不明だが、とにかく魔法帝国が危険な存在であることは理解できた。

「魔法帝国では退役扱いになったとはいえ、ゴウルアスの脅威が減じるわけではないですからね……。まずノスグーラやオーガ同様、鋼のような体毛に覆われた肉体だから、剣なんかの刃物は通じません。魔法帝国の技術で魔力が無尽蔵に溢れ続けていて、回復魔法が常時発動しているから疲れも知らないそうです」

「何ですかそれ。本当に生物なんですか？」

「それが合成魔獣の恐ろしさですよ。主に使用する魔法は２種類あって、１つ目は角から連射する雷の爆裂魔法。これの連射力は驚異的かつ貫通力は鎧などものともしません。何よりも恐ろしいのは口から放たれる球形の炎の爆裂魔法。こちらも馬にでも乗っていないと避けられないほどの速度で飛翔し、当たれば巨岩をも破壊するそうです。おそらく城門など一撃で木っ端微塵でしょう。１騎で歩兵大隊を一瞬で壊滅させるほどの魔力投射量だと文献から計算されています」

「こう……具体的な数値はやっぱりわからないのでしょうか」

「１万年以上前の口伝を残した文献ですからね……神話には魔王が使役したゴウルアスの数くらいは残されています。魔帝なきあと、種族間連合――人類を滅亡寸前に追い込んだ魔王軍の中に、40体も投入されていたそうです。太陽神の使者が使役していた鋼鉄の地竜でさえ、数騎がこの爆裂魔法を受けて怪我して走れなくなったと書かれていました」

（鋼鉄の地竜……まさか戦車とか言わないよな……？　でも日本の戦車と言えば、現代と……第二次世界大戦時？）

　異世界の１万年以上前に日本の戦車などがあるわけがない。計算も辻褄も合わないので、岡はその考えを捨てる。

「それで、その40体もいた魔獣ってのは太陽神の使者が駆逐したんですか？」

「うむ。使者殿の爆裂魔法による集中攻撃や、ゴウルアスの魔法に匹敵する爆裂魔法を放つ鋼鉄の地竜で何体かは倒したと記載されているが、大部分は鋼鉄の神船による海からの『カンポウ』と呼ばれた超大規模広域殲滅爆裂魔法の投射によって、一瞬で全滅したらしい」

(かんぽう？　漢方……じゃないよな。まさか艦砲射撃か？　いやいや……いやいやいや。だってそんなことがあったなら日本の歴史にも……書かれるわけないいか)

岡の中で荒唐無稽な疑念がますます強まるが、確認する相手も手段もない。そもそも神話に第二次大戦時の艦砲射撃があるわけがないと、首を振って頭から追い出した。

「ま、まぁ太陽神の使者が実在したかどうかはさておき、その伝説の化け物が今のところ最大の脅威ってことですね」

「そういうことだが……オカ殿の国には本当に神話が正しく残っていないようだな。太陽神の使者は確かに実在したのだよ。我が国に残る国宝のうち、鋼鉄の神船の魔写の複製が残っている。この戦いが無事に終わって生き残れたら、お見せしようか」

「はぁ、ありがとうございます」

当の岡が太陽神の使者伝説を信じず、周りの者が岡を太陽神の使者の末裔と信じているせいで、微妙な温度差が生じている。

この件を言い合っていても埒が明かないので、ザンザスは話を進めることにした。

「ともかく、今お伝えした戦力が火口に集結しつつあります。この戦力がこのまま我が国に侵攻してきた場合、これを防ぐ手立てはありません。エスペラント王国は滅亡します」

「しかし5万を超える軍……休火山の火口に集結している理由は何なのでしょうか？」

「あそこは地表魔素放出量が高いだけでなく、自然魔力がやけに強いんです。魔石鉱脈でもあるのかと思いますが、詳しい原因はわからなくて……何か気になることでも？」

「いえ、魔獣って何食べてるのかなと。火口みたいな場所だと食料も不足するだろうし、その供給源を断てば疲弊するんじゃないかと考えたんです」

「オカ殿は意外とえげつないことをお考えになりますな」

エスペラント王国には兵糧攻めの概念がない。長らく孤立していたせいで、たくさんの国がある世界と比較するとどうしても戦略眼がお粗末になっている。内戦もなく外敵から身を守るばかりだったので、攻める戦術が育たないのだ。

「魔素濃度が高いと魔獣が寄りつくようになりやすいですからな。周囲も魔獣がそれこそ湧くようにうろついているので、それで案外どうにかなっているのかもしれません」

「じゃあ食糧供給を断つのは難しいですね……地理的にも敵のほうが有利ですし、こちらから仕掛けるのはやめましょう」

「幸い、まだ動く気配はありません。我々の予測では、敵軍はいつでも進発可能なはずと見ているのですが、何故か沈黙を保っています」

「……セイが言っていた通り、やはりオカ殿の存在が伝わっていると見て間違いないな。院長、先頃伝えたように、これから武器の改良と量産をオカ殿にも手伝ってもらう。敵が動き出す前に、なんとかやってくれるか」

王の命令に、トルビヨンが頷く。

「では本日より早速作業に入りましょう。私は全体指揮、調整役に徹し、現場監督はセイ様にお任せしようと思います」

「そうだな、オカ殿の言うことを理解できるのはセイしかおらんだろう。頼んだぞ」

「戦闘支援についてはいかがいたしますか？」

　岡が手を挙げた。

「フォンノルボ区の防衛とノルストミノ区の奪還作戦については騎士団が中心となって進める予定だ。オカ殿にはなるべく工房に出入りしてもらいたいからな……何かあるか？」

「でしたら積極的な奪還を目指さず、決戦に向けてなるべく戦力を温存する方針を採られたほうがよろしいかと愚考します。敵には守るのが精一杯という姿を見せつつ、こちらの動きを悟られないよう万全の準備を整え、本隊の侵攻に合わせて全力でぶつかるのが確実と思います」

「なるほど、承知した。問題は黒騎士が来たときだな……」

　王の懸念には、ザンザスが待ってましたとばかりに説明する。

「西門に2組、南門に1組の早期警戒部隊を展開し、敵軍の接近を察知して黒騎士が来た場合のみオカ殿に戦闘要請をしようかと考えております」

「うむ、オカ殿に戦闘への参加を要請する際の手順をマニュアル化しておくように。オカ殿の周りにいる魔法通信技術を持った者を把握し、いつでも連絡が取れるよう確認しておけ。素性のしっかりしている護衛を付けることも忘れるな」

「はっ！　それと、オカ殿の配下に銃士10人を付ける件ですが、こちらはいかがしますか？」

　王が岡の顔を見て、岡が直接答える。

「ありがとうございます。銃器改良のテストと並行して選抜したいと思います。ザビルさんはできれば自分の配下でなくとも、ご協力くだされば助かります」

「ザビル殿はオカ殿とともに行動したいそうですよ。本人から希望がありました」

「本当ですか？」

相手から進んで協力してもらえるとは思わず、岡は思わず驚く。

競技場での印象は少なくともプライドが高く、自分の技量に絶対の自信を抱いているタイプだった。そんな人物が態度を一変させるのだから、あの的当ては無駄ではなかった。

それに南門防衛戦の配置を見て思ったことだが、この国の射撃手は基本的に安全圏から敵を確実に撃つだけの、実質固定砲台だ。

運用を根本から変えないといけないので、そのための訓練も考えると岡は頭が痛かった。

「では大体の方針は決まったかな」

日が傾いてきた頃、議題のほとんどにけりが付いた。

王国が管理していた『C－2』、搭載されていた機材のすべてを岡に返却するものとし、今後は岡に管理権限、使用権限、委託権限があるものとしてザメンホフ27世から認められた。

解散後、岡は王宮科学院院長トルビヨンとともにラスティネーオ城から出ると、次は王宮科学院の工房がある地区、ラボレーオ区へと馬車で移動する。

■ラボレーオ区　王宮科学院　装備開発室　通称・工房

ラボレーオ区はセントゥーロ区、ノバールボ区と隣り合う地区で、王政府直轄の特別区である。

その敷地の建造物のほとんどはだだっ広い作業場を有する工場か学者や技術者たちの居住区で、

レガステロ区、セントゥーロ区に次いで安全な場所だ。

区の人口はドワーフ系の人種が6割を占め、エルフ系と獣人系が2割ずつ見られる程度。

もう夕方だというのにとんてんかんてんと槌を振るう音が聞こえてきて、職人たちが休む間もなく働いていることがわかる。

木の匂い、鉄の匂い、蒸気の匂い、硫黄の匂い。あらゆる工業的な匂いが漂っているので、工業科出身の岡はなんだか懐かしい気持ちになった。さすがに有機溶剤のような香りはないが。

岡を乗せた馬車が止まったのは、ラボレーオ区の中でもわりとしっかりとした、屋敷のような建物の前だった。

「ここは何です?」

「我が王宮科学院の装備開発室、私たちは『工房』と呼んでいます。王国で最新技術が生まれる場所で、セイ様もおられますよ」

トルビヨンが答えた。

要するに研究所である。中に入ると、ブラウスとスラックス姿の男たちが薬品を扱ったり、金属の重量や強度を調べたり、水を抱えて運んだりとせわしなく働いていた。

「まるで戦場ですね」

「オカ殿が来るまでに、できる限りの研究を進めようとセイ様が躍起になっていらっしゃいました」

「あ、あの……ひょっとしてオカ様、ですか……?」

目も髪も黒いエルフ風の男が、おどおどした様子で出迎えた。身長はわりと高めだが猫背で低く見え、その頭には黒いサークレットをはめている。

　岡が不思議に思っていると、トルビヨンが呆れた口調で叱責する。

「こらゼリム、お前には硝石の運び込みを命じていただろう。もう終わったのか？」

「はぁ……あの、半分は……」

「半分か……まぁいい、なるべく早く片付けろ」

　トルビヨンが手で追い払うようにジェスチャーすると、ゼリムは渋々奥へと消えていった。

「オカ殿、失礼しました」

「いえ、構いませんが。あの方は？」

「あいつはゼリムと言って、オキストミノ区の陥落と同時に逃れてきた住人の1人です。変な喋り方ですがお気になさらず」

　そんなに変だったかな？　と疑問に思う岡だったが、おどおどした喋り方がいつものことなら、確かにこの文明水準だと変に感じるかもしれないと流した。

「エルフっぽい方でしたね。このラボレーオ区……では珍しいほうですか？」

「エルフとドワーフのハーフらしいのですが、木を育てることや魔法を使うことだけでなく、鉄の加工や宝石の加工まで苦手なようでして……」

「人によって得手不得手はあると思いますが、そんなに極端な事例ってあるんですか？」

「普通ならエルフかドワーフのどちらか、あるいは両方の技能を持つはずですけどね。何故かどうにも鈍いのです。簡単な雑用ぐらいならできるから、ここに置いていています」

　珍しい人もいるんだなと思いつつ、岡はその後ろ姿を見送る。と、

「オカ君！　ようこそ我が台所へ!!」

岡の姿を見つけたセイが、目を輝かせて声を張り上げた。

（それは錬金術だろ）

内心で突っ込む岡。

セイの声に、学者たちが手を止めて岡に期待の眼差(まなざ)しを向ける。

「あれが導きの戦士様……！」

「我らに力を与えてくださる方か！」

岡は苦笑いして、セイに近づく。

「お邪魔します。自分の知識がどれだけ役に立つかわかりませんが、できる限り協力させていただきます」

「ずいぶんな嫌味じゃないか！　そういう謙遜も気に入ったよ！」

「いえ、謙遜ではなく……自分は一介の自衛隊員ですから、我が国の研究者や技術者には到底及びません。自分のような門外漢が本来こういう仕事に携わるのもおこがましいと考えています」

「何を言う、自分にできることで誰かが助かる。おこがましいと卑屈にならず、胸を張りたまえ！」

セイの考え方は、岡が出会った人物でたとえるとアメリカ兵のようにポジティブである。

そう、彼は王国の技術体系や文化の発展度と比較すると、非常に先進的なのだ。

自分に対して常に肯定的なので、こういう味方がいると人生が楽しそうだと岡は嬉しくなる。

「そうですね、頼りにしてくださる皆さんにも失礼ですしね。頑張ります」

「その意気だ！　さあオカ君、何から始める？」

セイに訊(たず)ねられて、岡がしばし考え込む。

「……一番重要なのは銃の改良と量産ですね。銃を誰にでも扱える武器にしましょう」

岡はまず、製鉄と加工を担当する部署の責任者を集めてほしいと頼む。

10分後、製鉄を取り仕切る職人長オスクをはじめ、集まった責任者らを工房奥の大会議室に招き、岡とセイの対話形式で会議を始める。

「お忙しいところ集まっていただき、ありがとうございます。この国の武器を鍛えるにあたり、最初に確認したいことがあります。皆さんはステンレスというのはご存じですか？」

「すてんれす……？」

「聞いたことはあるか？」

「いや……」

心当たりがないようだ。

ステンレスの歴史はかなり浅い。地球でも西暦１９１２年という近代になってからでないと登場していない。

岡が合金から着手しようと考えたのは、まず工作機械の精度と耐久性を高めるためだ。これは部品の精度と耐久性を高めることに繋がる。

「オカ君、すてんれすというのはどういうものかね？」

「鉄の合金です。鉄にクロムを18％と、ニッケルを８％混ぜるんですが」

岡にはクロムの存在に思い当たる節があった。

サフィーネが描いたという絵に使われていた、鮮やかな赤だ。あれは、クロムが含まれる紅鉛鉱ではないかと踏んでいたのである。

紅鉛鉱からは炭酸カリウムと塩酸で酸化クロムが取り出せる。それを鉄と石炭とともに溶かせば、ステンレス鋼が作れるのだ。

酸化クロムとアルミ粉末を混ぜて燃焼させる還元方法や電解する方法などもあるが、前者はアルミが簡単に手に入らない上に水酸化ナトリウムや炭酸ナトリウムは別の用途に使いたい、後者は高度な設備を要するので現実的ではない。

それにクロムがあるならニッケルも存在するはずだ。どちらも地球の歴史では18世紀に登場している。

「クロムってアレじゃないか？　何が火薬の原料になるか試してたときに偶然できた……」

「ああ、あの白銀の。あれを鉄と混ぜるんけ？」

やはりあったようだ。

クロムと言って通じるか不安だったが、該当する元素も現地の名前、素材名に正確に訳されて伝わっているようだ。逆にステンレス鋼はこの国でまだ生まれていないから、言っても通じなかったのだろう。

「クロムは鉄よりも融解温度が高いので、鉄を溶かす炉の耐火レンガの改良が必要です。クロムを溶かす約2千度まで上げることになりますが、可能ですか？」

ドワーフが温度を聞いて唸(うな)る。

日本の高品質な鋼は、4千度近い温度の炉で熱し、不純物を極限まで減らすために酸素を送り込んで完全燃焼させる。さすがにそこまでできないだろうと考え、素材を２千度まで上げることだけを提案した。

「２千度……」

「ずいぶん高いな。部材を魔法で強化する方法はどうだ？」

「常時２千度の熱に晒されるんだから、魔導師の体力に限界が来ちまうよ。原料か耐火レンガのどっちかに魔石を混ぜるしかないな」

ステンレス鋼の組成を理解している岡は、未知のものを混ぜると聞いて慌てる。

ただでさえケイ素などの不純物は鋼を脆くする原因なのに、純度を落とす混ぜ物はなるべく控えたいところだ。

「原料に石を混ぜると不純物になると思うんですが……大丈夫なんですか？」

「魔石は単なる石とは違うぜ。燃やすほうの魔石は〝月光石〟と言って、原料だけの熱を高めてレンガの温度を冷却する性質を持つんだ。燃えたあとは蒸発して消えちまうから不純物は残らねえよ。だが在庫があまりねえ……他に使い道があるからな」

「耐火レンガに混ぜる魔石というのはどんなものですか？」

「〝氷砂〟だ。こいつは気難しい魔石でな、ちょっとした熱で蒸発しちまうくせに火の中に放り込んでも燃えないっていう性質を持ってる。これと何かを混ぜて熱すると、それを保護するようにくっつくんだ。魔力を込めて練り込めば、強力な耐火性を得られるぜ。こいつなら溶鉱炉を作る分くらいは確保できるだろう」

「……わけがわからないですが、何とかなりそうでよかったです」

超高熱の炉にはマグネシウムなどの融点が非常に高い素材を含む耐火レンガを使うが、マグネシウムの加工を産業革命レベルの技術に求めるのは無理というものだ。

だがこの世界には魔法がある。岡の知識で補えば、技術革新を2段階も3段階も飛び越えることができる。

溶鉱炉の問題はそのまま製鉄担当のドワーフたちに任せ、彼らには現場に戻ってもらった。

そこでセイが疑問を呈する。

「オカ君、もしステンレス鋼というものが完成したら、それの加工はどうするのだ？　ハンマーなんかは単純な形状だからいいものの、普通の鉄よりも硬いのであれば切削も容易ではないだろう？」

「こういう工具を、タングステン合金で作りたいんですが、できるでしょうか？」

岡は黒板に、螺旋（らせん）の溝が刻まれた細い棒状のものやノミのような形の刃、それを取り付ける台などを描いていく。以前在学中に見て、実際に使ったことのある工具たちだ。

「普通の板状やすりなども必要ですが、この加工機械が必要です」

「ほう……切削工具を回転させて部材を加工するのか。これはなかなか大変そうだな」

大変そうだと言いながら、ますます目を輝かせるセイ。

「動力を何から取り出すかが問題ですが、多分蒸気や水圧を使えばいけるかなと思います。我々の国では電力、電気の力で動かしていたんですが、発電所がないといけませんしね」

ラボレーオ区に入ったとき、蒸気と煙が上がっていたのは目にした。蒸気機関があるなら、それを使えば問題ない。

「なぁに、我々にできる方法でやるさ。それに炉の熱も蒸気に変えれば常に機械を動かせるだろう。我が国は水が溢れるほど流れているからな！　他には何かないか？」

「そうですね……蒸気機関があるということは、水圧プレス機もあると思うんですが、さすがにそんなものはないですよね？」

金属加工のプレス技術は、地球では西暦1795年——産業革命真っ只中のイギリスにおいて、工芸家具職人であり鉄器製造加工技術者でもあるジョン・ジョセフ・ブラマが、水圧式のプレス機を使用したのが始まりとされている。

フリントロック式マスケット銃を作る技術があるなら、最低でも17世紀から18世紀前半くらいの技術力はあるはずだ。少々早いが、原形くらいはできていてもおかしくない。特にこの国は年中戦争状態なのだから。

「数年前にできたばかりだ。今は鎧の鉄板を作るのに使うことが多いね」

「ありましたか、では必要なものは以上となります。あとは作業環境を整えてからにしましょう」

会議が終わった頃には、外は真っ暗になっていた。

だがセイは終わったあとも研究室に籠もり、何かにとりつかれたように夜を徹して切削機械や動力を繋げる伝達装置の設計図を描き続けた。

岡もその夜はラボレーオ区に泊まったが、後日サフィーネに「ちゃんと帰ってこい」と叱られ、ラボレーオ区とノバールボ区を往復する日々が始まる。

■中央暦1640年8月7日　ノバールボ区

ラボレーオ区での研究が始まり、耐火レンガの生産や機械の建設にどれだけ急いでも5日はかかるため、岡は毎日顔を出しつつも別の仕事に取りかかることにした。5日でやってみせると言うセイたちドワーフの体力と精神力には心底驚くばかりだったが、身体を壊さないようにちゃんと休めと再三言い聞かせておいた。

岡の仕事の1つは超長距離携帯無線機の組み立てだ。元々陸自には、衛星中継で音声、データ通信を可能にする機材、衛星単一通信可搬局装置（JMRC－C4）や衛星単一通信携帯局装置（JPRC－C1）があるが、この異世界ではまだ使えない。Xバンドが飛んでいないからだ。

そこで、このJMRC－C4とJPRC－C1を突貫で改良し、新世界で打ち上げた衛星に対応した試作移動型基地局、JPRC－PC2が用意された。レーダー衛星の通信回線に割り込むことで、音声や重すぎるデータは無理だが文字情報程度なら送れる。しかし高緯度でも電波を届けるために出力を強くする必要があり、突貫で作った結果あまり小型化できなかったのが課題点だ。トーパ王国への先遣小隊派遣には間に合わなかったが、今回ようやく日の目を見たというわけである。

この移動型の衛星通信基地局の運用にはできれば3人くらいはほしいところだが、頑張れば1人でも組み立てられるし慣れれば1人で扱える。一方で、バッテリーも持ち運びできる程度に小型化しているため、通信可能時間が極端に短い。しかも太陽光による充電式なのと、衛星の位置が合わなければ通信できない点が問題だ。

実際、機械が正常に動くか判断するために試運転で電源を点けてみたところ、30分ほどで尽きてしまった。晴天が続けば1週間ほどで満充電となるだろうが、高緯度なので光が弱く、またここ最近はあいにくの曇天続きであった。

アンテナはなるべく高い位置に置きたいので、ノバールボ区とノブラウルド区を隔てる城壁の上に設置させてもらった。国王からは有害鳥獣駆除協力の一環で、国内のいずれの場所も好きに使っていいと許可をもらっている。

作業を終えた岡は、次の仕事にかかるため城壁から下り、ノバールボ区からエクゼルコ区へと向かう。

（早く日本と連絡が取りたいが……たとえ連絡がついたとしても……難しそうだな）

日本と連絡が付けば、『Ｃ－２』の墜落と岡の現状を伝えられるだけでなく、エスペラント王国救援隊を組織してもらえる可能性がある。だが時期が悪いことに、今はパーパルディア皇国戦の真っ最中のはずだ。

予定では昨日あたりに、『ＢＰ－３Ｃ』爆撃編隊が皇国本土の基地機能を叩いていることだろう。よほどのことがない限り、来月中にカタが付く予定だ。それまで不測の事態に備えて戦力を現地に置いているだろうから、エスペラント王国に回してもらえる戦力が残っているかどうか。

（いや、仲間を信じよう。それに、もしダメなら俺がなんとかしなくちゃ……）

つい弱気になってしまいそうな心を奮い立たせる。

驕（おご）るわけではないが、頼られてしまった以上は一兵卒だ何だと言い訳できない。自分からもやると言ってしまった。

だが自分の提案が波及してどんどん大きくなり、人々を動かす。この得体の知れない恐ろしさは、思い描いていた未来にきちんと届いてくれるかという不安に変わっていく。

　不安を抱えながら歩いていると、そろそろエクゼルコ区が近づいてきた。

「あ、あのう……」

「うわっ」

　急に背後から喋りかけられて、岡はびっくりして声を上げた。

　そこに立っていたのは、先日工房で声をかけてきたゼリムだった。

「ごっごめんなさい。そんなにびっくりするとは思わなくて」

「あいや、こちらこそすみません。どうかしましたか？」

「セイ様に、オカ様のほうを手伝ってこいと言われてしまって……今日は昼から何かやる予定だからと」

「はぁ」

「ああ、なるほど。色んな人に試してもらおうと思っていますので、一緒についてきてください」

　岡とゼリムは連れ立って歩く。

　しばらく会話もなく歩いていたが、ゼリムのほうから話を切り出した。

「あのう……オカ様は誰かにここへ来るよう言われたんで……？」

「へ？」

　質問の意図がわからず、岡が首を傾げる。

　広い意味で誰かに、と言うなら上官からの命令だ。元々はグラメウス大陸を調査するために派遣された。だが意図した場所に着陸したわけではないので、厳密には違う。

もしかしたら直近の意味だろうか。

「いえ、自分は自分の計画に沿って動いてます。ここでは誰の指示ももらえませんからね」

技術的なものはセイという天才がいるから、必要な知識と技術革新のアイディアさえ与えれば十分な成果を出してくれるだろう。

だが近代戦の知識は違う。こちらは一人一人に教え込んで、しっかりと力を付けさせる必要がある。そう、岡の次の仕事は、騎士団に戦い方を教えることだ。

国賓だからとふんぞり返っていられない。自分が現場を指揮しなければ、この国は滅びてしまう。

岡の返答に、ゼリムは表情を暗くする。

「そうですか……俺は次に何をすればいいかわからなくて。見てこい、探せとは言われるのですが」

昔の日本は、仕事は見て覚えるもの、探してするものというのが当たり前だった。このエスペラント王国はそんな古い感覚で動いているのかもしれないなと、岡はゼリムを気の毒に思う。現代日本はその体質をようやく改めつつあるようだが、ヒトの習慣は異世界だろうがそうそう変わらないのだろう。

「ゼリムさんは、戦うことは怖いですか？」

「いや……戦うだけなら何も考えなくていいので楽です」

「では自分と一緒にいるときは、言われた通りにやってください。向き不向きはありますから、つらかったら言ってくださいね」

「はぁ」

そんなことを話しているうちに、２人はエクゼルコ区の門をくぐる。

■エクゼルコ区　練兵場

エクゼルコ区は全体が演習場になっており、アルブレクタ大競技場のほかにも新兵兵舎や予備武器庫、軍用馬厩舎(きゅうしゃ)など、騎士団管理下の施設があちこちに建っている。

そんなエクゼルコ区の一角に、白兵戦闘の訓練を行う練兵場がある。

何百人単位で対集団の模擬戦を行うので、その広さは３万㎡もの面積を有する。

岡とゼリムが練兵場に着くと、大量に積み上げられた弾薬とマスケット銃、それと軍用馬が用意されていた。

さらに３００人ほどの兵士たちが集まっている。彼らは岡からの募集に応じて集まったうちの一部で、希望者はもっと多い。

「オカ！　遅いじゃないか！」

サフィーネの姿もあった。遅いと言うわりには機嫌はよさそうに見える。

「すみません、お待たせしてしまって。始めましょうか」

これから始まるのは適性試験だ。

今までは銃士しか触ることが許されなかったマスケット銃だが、すべての兵装に優先して新型銃を大量生産する予定なので、新規に銃兵が必要になる。

希望者は部隊を問わず応募でき、銃に適性があった場合、例えば剣士出身なら小銃手に、槍騎兵出身なら竜騎兵にと新設する区分に振り分ける。重騎士には現行のマスケット銃による三段撃ちを教えることも検討している。銃士にはそのまま狙撃兵あるいは陸自の武器を貸与する形で機関銃手にスライドしてもらう予定だ。

サフィーネら遊撃兵にはレンジャーの動きを、岡が覚えていて教えられる限りを覚えてもらう。

４日前、昨日と見た限り十分な体力と筋力を有しているので大きく変化しないと思うが、敵軍の横合いや背後を突く戦略の他、もし市街地戦にでもなったら必要になるロープを使った動き方などを覚えさせたい。

ちなみに魔導師、魔導弓兵の希望者もいる。彼らは特殊魔銃弾を使ったり、衛生兵として小銃手や遊撃兵とともに行動したりと、なるべく魔法を長く使える方法でサポートに徹することが議論されている。治癒魔法なら、攻撃魔法よりは魔力を極端に消費せずに済む。

軍用馬を集めたのは、近距離の銃声に慣れさせるためだ。徐々に近づけて、発砲音に驚かないよう教育しなければならない。

「では10人ずつ並んで、銃を構えてください！　的を狙って５発ずつ撃っていただき、その記録を取ります！　撃ったあと、面接を受けていただきます！」

最初の10人で例を見せ、記録係は撃ったときの表情や動作、的に何回当たったかなどを記録していき、その紙を本人に渡す。銃弾の装填は銃士に手伝ってもらっている。

ちなみに岡は言っていないが、的までの距離は75ｍ、的の大きさは70㎝四方の四角い木の板だ。素人がマスケット銃で当てるにはかなり厳しく、２発以上当てた場合は問答無用で銃兵に採用としている。

球形弾の命中率は非常に悪いので、当たらなくても発射の衝撃と硝煙、発砲音に耐性が認められた場合は優先して採用される。

面接では銃を撃ってみての感想や、改めて持って戦いたいかを訊く。最終的に6千人いる正規軍人のうち、５００人程度に持たせられればかなりの戦力増強になる。

「お手伝いいただけて感謝しています、ザビルさん」

この場にはザビルも来ていた。戦闘時に行動をともにしたいというのは聞いていたが、ここまで協力的になってくれるとは思わなかった。

「なに、我々も王国の危機を前に貴族の誇りがどうのと言っていられないからね。私がいればオカ殿も動きやすくなるだろう」

銃士たちは当初、平民の出でも銃を持たせることや適性試験の手伝いをすることに不満を抱いていたが、王国最強の銃士ザビルが率先して協力しているので、渋々動かざるを得なかった。だが彼らも自衛隊の装備の貸与とともに別の役割が与えられると聞いて、態度を一変させた。現金なものである。

「しかし……貴殿も人が悪いな。そのような超高性能銃を持っていれば、王国の銃なぞに勝つのは当たり前だ」

岡が常に肩から提げている、89式小銃に視線を送るザビル。

いつどのようなタイミングで必要になるかわからないので、岡は王国内では常に小銃を携帯するようにしているのだ。

「すみません、信頼を得るためには一番手っ取り早いと思いまして」

「ふふ、少し意地が悪かったね。私も貴殿の技量や銃の性能に懐疑的だったから仕方ない。それにこれで王国は救われるかもしれないんだ、感謝しているよ」

「ですが、ザビルさんの信頼を毀損したのは確かです。ちょっと余興をやりましょうか」

「余興？」

岡は適性試験中、小休止と称してザビルと的当て勝負の再戦を実施した。それも両者、89式小銃を握ってだ。

ザビルは３００ｍどころか89式小銃の有効射程である５００ｍでも岡よりもはるかに高い命中率を叩き出し、本物の天才だと証明してみせた。この勝負はザビルの信頼回復と岡の誠実さを裏付けるものとなり、後日ザメンホフ27世の耳にも届いたときには「何故その場に余も呼んでくれなかったのか」と周囲の者は恨み節を聞かされることになった。

ザビル自身も小銃の威力と命中率、射程距離に驚愕（きょうがく）していた。また、自分の力量に自信を取り戻せたことと、岡にはその機会を与えてもらったことに感謝した。


――パァァン!!

「ひっ、ひぃぃぃぃぃ!!」

発射の瞬間、一際大きな悲鳴を上げた男がいた。

「何でしょう？」

「さぁ？」

岡は面接席にいて、ザビルやサフィーネらと面接者の中間チェックをしていた。

その場は彼らに任せ、試験場に走る岡。

「どうかしましたか？」

「今の悲鳴ですか？　オカ様がお連れになった方ですよ」

岡は「誰か連れてきたっけ？」と見てみると、試験者の真ん中辺りに注目を浴びるゼリムがガタガタと震えて立っていた。

「大丈夫ですか？　ゼリムさん。怪我はないですか？」

「お、オカ様……こいつはダメです、こんなもん撃ってたら身体がぶっ壊れちまいます……」

極端に怯えているので、２発目以降は撃てそうになかった。

実はゼリムの他にも、騎士団以外から参加した者が何人かいる。だが彼らは特に怯えるような様子もなく、普通に試験を終えている。

彼らに話を聞いてみると、どうやら予備役だったらしい。火縄銃が誕生した当時、国中で話題になっていたので、その憧れがあると語っていた。

ということは、ゼリムは騎士団に所属した経験がないのだろう。

岡は銃を扱えずショックを受けた様子のゼリムを慰め、工房に戻るよう勧めた。


辺りが薄暗くなる頃、この日の試験はすべて終了した。

希望者数千のうちの、まだ３００人だ。試験官たちが慣れてくればすべて任せることもでき、もっと効率的に、もっと短時間で選考を終えられるだろう。

岡はこのあとジルベルニク家に戻り、サフィーネとともに試験結果から採用不採用を決める。

「なぁオカ、銃って意外と重いんだな。反動もすごいし、煙も目に痛いし。私はなんだか弓矢でいいような気がしてきたよ」

帰りの道すがら、サフィーネが何となしに切り出した。

「いやいや。銃弾は弓矢と違って貫通力に優れますし、矢よりも風の影響を受けません。矢の体積は大きいので、弾(はじ)かれる可能性も高まります。それに銃は、なんと言っても手軽なのが最大の売りなんですよ」

「手軽？　あの装填に時間がかかるのがか？」

「銃の改良が進めば理解してもらえると思いますが、たとえば私の銃なんかは、銃弾を詰めた弾倉をいくつか用意するだけで無駄な手間はほとんどありません。矢は再利用できる点は優れていますが、持ち運びに難を抱えていますよね。銃弾は何十、何百発を手軽に持ち歩けるのも特徴です」

「そうか……命中率が高くて何百発も持ち運べて、簡単に装填できるなら確かに強いな」

ちなみにサフィーネは5発中3発命中させ、文句なしの合格判定だった。これにはザビルや銃士たちも素直に驚いていた。

彼女が銃を持って戦う遊撃隊長になれば、かなり高度な戦い方ができるだろう。陣形など組まずにチームで敵に当たる遊撃部隊は、元々近代の戦闘方法に近い。岡は彼女らを、特殊部隊のような立ち位置で運用することを考えていた。

ジルベルニク家に着くと、日は落ちて暗くなっている。

バルサスがすでに帰宅しており、食事の用意をして待っていた。

食事を取ったあと、サフィーネと書類の整理に取りかかる。○×以外に読めない文章はサフィーネに読んでもらい、岡が判断する。そうして基準通りの人材を選別して、後日各部隊長などにまとめて通達を出すのだ。

およそ300人分の書類を選考するのに、バルサスが手伝ってもその日の夜遅くまでかかりきることになった。

基準を周知させればこの試験工程は自分の手から離れるので、2、3日の辛抱だと岡は奮闘するのだった。

■ マルノーボ区

セントゥーロ区の北側、フォンノルボ区とを隔てるこのマルノーボ区は、ノバールボ区に比べて建築物が古びており、人口は多いもののあまり裕福ではない。オキストミノ区、ノルストミノ区が陥落して避難民の一部が押し寄せたこともあり、空気はピリピリしている。

この市街は夜中、うんざりするほどの暗闇に包まれるが、現在は厳戒態勢であちこちに魔石松明が焚かれていた。

だが民家にはほとんど灯りがなく、ぽつぽつと薄明かりがあるだけだ。

町外れに佇むぼろいこの古民家にも当然、灯りはない。

「――はイ、そウデす……あノ銃トいうノハ危険でス。アンなもノを扱ウコの国の下等種ドもは、明ラかニ――」

『貴様はどこまで愚かなのだ……下等種の銃の性能などとうの昔に知っておるわ』

「エっ、えエ……？」

古民家には地下室があり、古く涸(か)れた下水道が近くに通っている。この下水道からフォンノルボ区に向かってトンネルが掘ってあり、それはノルストミノ区まで続いた。

トンネルにはやや太く黒い線がいくつか走っており、片方には魔導通信機が、ノルストミノ区側は地上の魔導力機とアンテナへと繋がっている。

アンテナからは電波が飛んでおり、バグラ山とを結んでいた。

「で、デスがダくシるど様……」

『まったく、マラストラスと比べて出来損ないにもほどがあるぞ。ようやく連絡を寄越(よこ)したと思ったらそんなことか。ビーコンの位置は特定したのか？』

「イえ……マだでス……」

『～～～……つくづく使えない奴(やつ)だな貴様は。とっととビーコンを探し当てねば計画に差し障るだろうが』

「そ、ソう仰(おっしゃ)ってモ、王城の周囲にハ衛兵ガたクサんいテ、簡単ニは近づケなイノです……」

『何故そんな簡単な潜入もできないんだ……相手は未開の地の猿だぞ。——ああ、貴様も未開の地から出てきたんだったな』

「……」

『よく聞けゼルスマリム。3日後に鉱山区の隣、北の水源区を攻める。北の水源から貴様の仮住まいのある旧市街を隔てて、王城のある区まで一直線だ。前回と同じ威力偵察の戦力しか出さんが、さすがに下等種どもも本気で抵抗してくるだろう。そうなれば、王城の守りも薄くなるはずだ。その機に乗じて調査しろ』

「承知しマシた……」

『それと、例の空からの闖入者というのは一体何者だ？　素性はわかったのか？』

「にホん国陸上自衛隊トいウ組織の人間ダソうでス」

『日本……日本だと？　確かか？』

「間違いアりマセん。的当テ勝負ノ会場でモ、そウ紹介しテいまシタ」

『……わかった。もし妙な動きをするようなら、すぐに連絡しろ』

「ハい」

無線通信が切られた。

「腹……減ッタ……」

闇の中、まるで昼間のように歩き回る男は、貯蔵庫から何かを取り出し、調理もせずかぶりつく。

「食料、マた集めナいト……」

それはオキストミノ区、ノルストミノ区の戦いで戦死し、回収や埋葬もされなかった王国兵の遺体だった。

■　バグラ山

ゼルスマリムへの指示を終え、無線機を切るダクシルド。通信室から出て会議室へと向かう。

夜も更けていたが、部下たちはゼルスマリムから通信があったと聞いて集まってきていた。

「ダクシルドさん。ゼルスマリムは何と?」

「ビーコンについては進展なしだ。これは予想通りだったがな……」

「じゃあもうしばらく様子見ですね。やはりやれるだけやらないと、もしものことがあったら評価に響いてしまいますし」

「当然だ」

いくらアニュンリール皇国内に必要数のビーコンが揃っているとはいえ、魔法帝国に関する遺産を丁重に扱うのは、アニュンリール皇国だけでなく世界的に常識である。

もし乱雑な計画を遂行しているのが本国、それも中央に知られてしまったら、魔帝復活庁などという弱小庁の薄給部署は簡単に左遷の憂き目を見ることだろう。だから一応は慎重にことを進めているのだ。

「では南側の威力偵察についてはどうだったのですか? あの鬼人族が1体とはいえ倒されたというのは、かなり不可解ですが」

「あれは空からの闖入者……日本の軍人がやったものと言っていた。あの出来損ないの言うことだから信用できんが」

「日本の……?」

つい先日、ノスグーラが倒されたことについて日本の存在を疑ったばかりだ。新興国家の干渉にしては話ができすぎている。

「だからもう1度、威力偵察を送り込む。今度は確認の遅れる南側ではなく北側、水源の区をな。あそこを攻めれば中央市街までもう一息となってしまう、奴らも死に物狂いで抵抗するはずだ。そこで鬼人族を殺した奴が何者なのか、判断できるだろう」

「威力偵察……数を増やさなくていいのですか？」

「そんな余裕はない。来月頭には計画の申請期日が来てしまうのだ、それまでにカタを付けねばならん。それに先進生物研究所と武器科からもデータを提出しろと矢の催促だ」

「下手に数を減らしてしまったら、データが減ってしまいますね……」

「倒されてしまったのは事実だからな。まぁ今回は観測員も付けよう」

「そうですね」

ダクシルドたちは話を終え、翌日に備えて休むことにした。

ノルストミノ区
フォンノルボ区
ノルンバーロ区
オキストミノ区
フミダゾーノ区
オキデンタバロ区
マルノーボ区
ラスティネーオ城
セントラクバント区
マルナルボ区
JPRC-PC2設置位置
レガステロ区
ノブラウルド区
オキンバーロ区
セントゥーロ区
オリエンタバロ区
エクセルコ区
アルブレクタ大競技場
練兵場
王宮科学院
ノバールボ区
ラボレーオ区
ランゲランド区
ペリメンタ区
スタンバーロ区

Illustration by Ryoji Takamatsu

第3章

敵と味方の境界線

■中央暦1640年8月10日　エスペラント王国　ラスティネーオ城　作戦会議室

朝。岡はこの日、製鋼設備が完成するであろうラボレーオ区に行く予定だったが、急遽王城に呼び出された。北から接近する敵部隊が発見され、それの対処のために作戦会議への参加を要請されたからだ。なので、朝から迷彩服だ。

サフィーネもついて来たがっていたが、部隊長の身ゆえに渋々南門防衛隊の詰め所へと向かった。

「おお、オカ殿！　朝からすまないな」

王が立ったまま出迎えの声を上げ、他の将軍たちもその場で岡に一礼する。

5日ぶりの作戦会議室は相変わらず雑然としていて、岡が現場で頑張っている間もあらゆる侵攻ルートの想定に腐心していることが窺えた。

「おはようございます。敵の数はわかりますか？」

「それが、妙なのだ。黒騎士1、オーク キング2、オーク10、ゴブリン200だと報告が上がっている」

「1週間前の南門襲撃部隊と同数ですね、確かに妙だ」

前回は『C－2』が墜落した南門への威力偵察が目的だったはずなので、その数に妥当性があった。だがそれを撃退したのだから、今回はもっと大戦力——たとえば師団級での襲撃とかでなければ、前回の消耗の割に合わない。

「で、敵はどこを襲撃すると見ていますか？」

「多分だがフォンノルボ区だろう。鉱山区に巣くう魔物、魔獣たちに動きがあったのだ。それぞれ隣接する区からの侵入を防ごうとするように固まっている」

南を襲撃した数と同じ数で、今度は北を襲撃しようとしている。

普通に考えれば、戦力をただ捨てるだけの悪手だ。

「もしかしたら、自分の存在が正しく伝わっていないのかもしれません」

「やはりそう思うか。こんなチマチマした戦い方、鉱山区を陥落させた相手とは考えられん」

「自分の考えですが……この作戦を指示した者は、おそらく戦闘の素人です。南門で正確な偵察ができなかったから、今回も同じ数で様子を見ているものと思われます」

「それでは、国内にいる間者も案外無能かもしれんということか？」

「おそらくは」

岡は敵将ダクシルドの戦略・戦術的な音痴ぶりを看破していた。

再度の威力偵察には「所詮下等種の集まり」という侮りがあり、「最終的に王国を滅亡させるなら細部はどうでもよい」という杜撰さが見え隠れしている。

「では今回もオカ殿の力を借りて……」

「いえ、それはまずいです。多分今回はこちらの戦術を正確に評価するために専用の観測員を配置するでしょうし、もしそこから自分が戦闘の中心になっているとわかれば、自分だけを警戒し、自分以外を狙うようになると思います。黒騎士を倒した力が何なのかわからないうちは、相手はこちらに手出ししにくくなる……時間を稼ぐためにも、自分は出ないほうがいいです」

「そ、それでは今回の黒騎士は我々だけで対処しろと言うのか!?」

「陛下、ご心配なく。自分に考えがあります」

岡はにやりと笑ってみせた。

■フォンノルボ区　西門北区防衛隊　騎士団詰め所

〝北の水源〟ことフォンノルボ区は、王国西側に水を供給する、国の生命線の1つだ。

セントゥーロ区までマルノーボ区を挟んであと1区画、ということを除いても、騎士団はここを死守しなければならない。オキストミノ区、ノルストミノ区を放棄せざるを得なくなった辛酸を、再び舐めることだけは避けたい。

「総長、今回の敵は威力偵察と聞いていますが、本当なのでしょうか？」

エスペラント王国騎士団総長モルテスは、部下からの質問に唸る。

「そう聞いている。南門防衛隊が当たった数だから、脅威ではないと」

「ですが黒騎士がいるんですよね？　あれは単体で何十、何百と怪我人や死者を生むんですよ」

「ああ。だから、その黒騎士を制するための作戦をオカ殿が考案してくださった。――ザビル殿」

――ギッ……。

名を呼ばれたザビルが手を挙げた。

「あ、あれ!?　ザビル殿!?」

なんと普段の軽装ではなく、フルプレートに身を包んでいた。兜で顔を隠していたので、誰も気づかなかったのである。

兜を脱いで汗まみれの顔を晒したザビルは、髪の毛を鬱陶しそうに振り払う。

「ふぅ、重騎士や槍騎兵の諸君はいつもこんな重い武装で動いているんだね。まったく感心するよ」

「どうですかな？　鎧の具合は」

「動けないほどではないよ。銃弾をも跳ね返す最強の装甲……可動域も考えられていて、さすが名工デジーンの逸品だ」

「あのデジーンの鎧、ですか!?」

鎧鍛冶師デジーンの鎧は、何層もの金属を重ねて打ち、焼き入れをして最適な強度としなやかさに仕上げた技術の結晶だ。言うなれば銃工房長ランザルが手ずから打った銃に並ぶ価値がある。

具体的には並の屋敷1軒、あるいは軍用馬10頭ほどもの価値に匹敵する。

ザビルが鎧を着て出撃するというので、デジーンが特別に用意してくれたのだ。

「オーダーメイドではないからぴったりではないが、近いサイズがあってよかったよ」

「何でまた、そんな高価な鎧を……」

「今回の作戦では、私がオカ殿の代役として参戦する必要があるのさ。敵が我々の戦いを監視している」

モルテスは岡から聞いた今回の敵の偵察目的を、部隊長たちに聞かせた。

「――つまり導きの戦士の存在を秘匿して、『我々が黒騎士を倒す方法を見つけた』と思わせないといけない、と？」

「それも、なるべく苦戦を装って、だ。今回は黒騎士に対する重騎士を多めに配置して防御を厚くし、被害を最小限に食い止める。そのために西門南区の防衛隊からも少々増援を呼んでいる。戦術はこうだ」

黒板に人形の絵を描き、その周囲を取り囲むように4人の重騎士を模した絵を描く。

「黒騎士の動きを四方から封じ、もし1人が負傷したら3人がシールドバッシュで気を逸らさせる。敵のスタミナが落ちてきたら、重騎士に守られた銃士2名が近づいて、斜めから銃撃する。ザビル殿が鎧を着ているのは、重騎士にカモフラージュするためだ」

「武器が銃だということは知られてもいいんですか？」

「敵は我々が銃を所持していることは知っているはずだ。だが、我々の使い方が間違っていたのだ。銃は本来、槍兵など前線に立つ人間にこそ持たせる武器だと、オカ殿が仰っていた」

「そうだったんですか!?」

エスペラント王国は、他国との侵略・防衛戦争を経験していない。常に原始的な武器を振り回す魔獣、魔物との戦いばかりだったので剣や槍、鎧が廃れず、ここまでやってきた。

弓矢の延長として考えられていた銃は、後方支援の武器だった。矢弾は尽きれば継戦能力が落ちる。数で押してくる魔獣の群れに対し、継戦能力を維持するのはただ1つ、近接武器による白兵戦だけだ。遊撃隊は例外である。

貿易と拡大した生産設備による大量生産の矢弾のある世界とは、事情がまったく違ったのだ。

「オカ殿は、今回の戦争を乗り切れば、日本との付き合いが始まるはずだとも仰っていた。だから矢弾を気にしなくてよいそうだ。敵には、我々が前線に消費武器を持ち込むことを覚えた、と思わせ、覚悟を決める時間を与えることがこちらの準備を整える時間になると仰っていた」

「じゃあ、これを耐えきったあとは……」

「そう、全面戦争が控えているはずだ」

フォンノルボ区とノルストミノ区を隔てる城壁の門前に、騎士団総長モルテス・ペレントリノ率いる西門防衛隊が集結した。

西門防衛隊の全体戦力は左記の通りである。

・重騎士　８００　・魔導師　３００
・剣士　１３００　・銃士　１５０
・槍騎兵　２５０　・魔導弓兵　２００
・遊撃兵　２００

このうち、重騎士５００、剣士４００、遊撃兵50、魔導師２００、銃士50、魔導弓兵50がノルストミノ区に突撃し、敵威力偵察部隊と衝突する。

残りは２つの鉱山区に隣接する３つの区に振り分けられ、防衛に就いている。

「来たぞ――――ッ!!　敵襲――――ッッ!!!」

城門の上で見張り員が叫んだ。

『よし、門を開けろ』

モルテスは城壁の上で、魔法通信で指示を出す。

これも岡から聞いて実践していることだが、モルテスは騎士団総長、いわば総司令官なので前線に出てはいけないらしい。本来は報告が入ってから決定権を行使するだけの存在で、こうしてよく見える位置から指示を出すのもかなり異例だそうだ。だが今まで騎士団西門防衛隊はモルテスの指示に従ってきたので、これから近代化していくための第一段階として、まずはモルテスが安全な位置から指令を出すことになった。

『予想通り黒騎士が先頭の偃月の陣だ。魔狼に乗っている。右翼、左翼のオークキング、オークが脇を固めている。重騎士隊、鶴翼の陣！』

「鶴翼！　第1中隊、黒騎士が来るぞ！　構えろ!!」

「第2から第4中隊は前進!!　オークキング小隊を止めろ!!」

――ドドドドドドドドッッ!!!

魔狼に乗った黒騎士が勢いそのままに突っ込んでくる。

「――オオオオオオオオオッッ!!!」

「耐えろ――――っ!!!」

――ドォォン!!!

今回の黒騎士は、長大な刀を握っていた。魔狼が先頭の重騎士に突撃したかと思えば、黒騎士はその直前に飛び上がり、重騎士第1中隊の上空から刀を振り下ろすように斬りかかる。

「……――！」

重騎士たちはその動きを読んで、頭上に盾を掲げるように構えていた。

刀が盾に弾かれ、バランスを崩したまま地面に落下する。

すぐさま体勢を立て直した敵だったが、周囲を盾でぐるりと囲まれていることに気づき、一瞬固まる。

「俺たちが！」

「相手だ！」

４人の重騎士が進み出て、一気に距離を詰める。

「ガァァッ‼」

――ヴゥン‼

黒騎士の刀が唸りを上げて軌跡を描く。

――ギィイン！

狙われた重騎士は攻撃の軌道に沿うように盾を構え、難なく弾いた。

「ハハッ……真っ正面から受けるだけが防御じゃないんだな！」

岡は黒騎士の攻撃を、弾くのではなく流すことを考えるようアドバイスした。

圧倒的な膂力（りょりょく）に耐えるほどの防御力を誇る重騎士でも、耐え続けるのは難しい。

だが力を受け流して方向を変えるだけで、消費する体力はずいぶん軽減され、装備品の耐久性も損なわずに済む。

さらに、攻撃したあとの黒騎士には隙が生まれる。背後から片手剣で一撃でも与えれば――

――ガッ！

「グッ……！」

多少なり体力を削れる。

ルーティンが生まれたのを上から見たモルテスは、すっかり感心していた。

「なるほど、徹底的に防御を厚くして初撃を防ぎきり、囲んでしまえばこちらの隊列も乱されることはない……今まで単純な敵とばかり戦っていたから、防御を横一列にしか考えられなかった。これは盲点だな」

「あの調子であれば、もしやザビル殿が出る幕もなく倒せるのではないですか？」

「いや、ダメだ。いくら受け流しを覚えたとはいえ、３発も食らえば装備のほうが持たなくなる。早急にけりをつけなければ負傷者や最悪死者を出す」

モルテスの言う通り、重騎士の入れ替わりはかなり激しい。

３発も耐えたら盾が砕け、仲間が介入して入れ替わる。このままでは持久戦にしてもかなり不利な状況だ。

「くっ……私も現場に出られたらと思う半面、こうして客観的に見るだけで様々なことが勉強できる……戦場を三次元的に考えるというのはこういうことか……！」

オークキング小隊は重騎士、剣士、魔導師の混成部隊で相手を務め、１体ずつ確実に削っていく。

遊撃隊と魔導弓兵、銃士は後方のゴブリン中隊に当たり、急速にその数を減じる。

『モルテス殿、私の出番はまだか？』

「ザビル殿、もう少し待たれよ。あの体力お化けはまだピンピンしている」

『了解した、指示を待つ』

ザビルはこれまで城壁の上から狙撃するのが仕事だったので、同一平面上の敵と相対することになってかつてない緊張感を抱いていた。

（オカ殿はいつもこんな緊張の中で戦っているのか……彼らの国ではフルプレートを着ている者などいないと言っていたが、あんな強大な敵を前に防御を捨てて戦って大丈夫なのか？）

銃の適性試験中、色んな話を聞かせてもらった。

岡がライバルだらけだと言っていた真意は言葉通りの意味で、岡のような訓練を積んだ者が彼の国には何万人といるという話だった。

その中にはザビルに匹敵する銃の名手もいれば、銃などなしに強敵を打ち倒す格闘術を習得した者もいたりと、世界の広さの一端を聞かされた。

もし、生き残れたら。

もしこの戦いに生き残って岡の国に行けたなら、そんな人々に会ってみたい。

平和を愛する民族の、すばらしい国だと語っていた。

あんなに勇敢な男が自慢するほどだ。実際に行ってみたら本当にいい国なのだろう。

『ザビル殿、前へ！』

「了解！」

盾を持った重騎士を伴い、輪の中心へと移動する。

黒騎士を取り囲む重騎士の輪は徐々に形を変え、射線を意識した半月状になっている。

――ギィン！　ガキィ!!

「……！」

間近に見る黒騎士の攻撃は猛烈の一言で、これからあの猛獣のような敵と相対するのかと思うと恐ろしくて足が竦（すく）みそうだった。

（あの化け物を相手に……重騎士は一歩も引かず……なんという度胸だ！）

ザビルは内心、彼らに強い尊敬の念を抱く。

２ｍを超える体格を持ち、獣人以上のパワーと俊敏性を兼ね備え、ありえないほどの持久力を誇る怪物。

己の手には、岡から借りた89式小銃。見上げるように狙いを定め、歩いて位置を調整する。

「モルテス殿、これで本当に弱っているのか!?」

――ガィン！　ガギィ!!

黒騎士はいまだ長刀を振り回して暴れ回り、重騎士を圧倒している。

『最初よりも動きが鈍っている、間違いない。いつ退却してもおかしくない！』

「本当かよ……！」

距離は約10ｍを切り、いつ飛びかかられてもおかしくない。護衛の重騎士を信用してはいるが、横薙ぎの一閃でも食らえば即死しそうだ。

（オカ殿もこの化け物に突撃したんだ……王国最強の銃士である私が怯んでどうする……！）

全身から汗が噴き出る。

鎧の暑さではない。革のベルトに締め付けられた部分や鎧の当たる部分はじんわりと冷たく感じ、下着まで濡れているのがわかる。

なのに喉はからからで、指先も震えそうだ。

刹那、ザビルの視線は黒騎士の目と合う。

黒騎士は何かに気づき、長刀を振りかざしてザビルを狙う。

「オオオオオオッッ!!!」

「私は――オカ殿に任されたのだ！」

『撃てぇえ――――ッ!!!』

――パァァン!!!

「ガァッ……!」

ザビルが発射した銃弾は黒騎士の右胸を貫き、さらにもう1人の銃士が撃った銃弾が黒騎士の頭に嵌(は)まっていたサークレットの端を削り落とした。

黒騎士は撃たれた衝撃で仰向(あおむ)けに倒れ、紫血を吐く。

「や……」

「やったぞぉぉぉぉ!!!」

「「「うおおおおおおおお――――ッッ!!!」」」

重騎士たちが咆吼(ほうこう)を上げる。

「ザビルが!　〝雷霆(らいてい)使い〟がやった!!!」

「さすが王国最強の銃士だ!!」

フルプレートを着込んだザビルは膝を突き、取り落としそうになった89式小銃を大事そうに抱える。

「はは……これは……全面戦争前に経験しておいてよかったよ……」

切り立った崖の上から戦況を見ていた鬼人族の男は、双眼鏡を下ろしてしかめっ面を露(あら)わにする。

「……なルほド、イくら烏合(うごう)ノ衆とイエど、死の窮地ニ立テば新たナ戦術ヲ閃(ひらめ)くカ……」

岡の予想通り、戦場を観測するためにバハーラの部下が派遣されていた。

ザビルと同じくフルプレートを着たもう1人の銃士の持っていた銃は、王国のマスケット銃だ。

発射炎も硝煙も派手で目立ち、男はそちらに気を取られてザビルの存在に気づかなかった。

「ばハーラ様に報告シなケレばな」

魔狼に跨がった男は踵を返し、バグラ山へと帰還していった。


「……ん？」

ザビルは倒れて動かない黒騎士を観察する。

かすかに動いたような気がした。

重騎士たちが次の指示を受けて移動を開始する中、ザビルは89式を構えて黒騎士に近づく。

半眼で虚ろな視線は空を見上げており、止まらない血が胸から溢れている。

「まさか……致命傷を受けてまだ生きているのか？」

「ザビルさん、どうしました？」

重騎士のバックアップである魔導師の1人が声をかけた。

「君はそこにいろ」

さらにゆっくりと近づくザビル。もう動かないとは思うが、用心するに越したことはない。

呼吸している。生き物だから当然だろう。

その呼吸は浅く、弱々しく、速い。

「……？　意識があるのか？」

青い瞳がザビルを捉えた。その腕がザビルの足首をぱっと掴む。

「――ッ!!」

「ザビルさん!!」

ザビルは引き金にかけた指に力をこめ――

『魔獣が怯んだぞ！　フミダゾーノ区隊、オキデンタバロ区第1中隊、突撃せよ!!!』

黒騎士が倒れたことで、ノルストミノ区に巣くっていた魔獣、魔物たちも影響を受けていた。

魔獣の群れは一番強いものの存在に従う傾向にある。

オークキングもすでに1体が討伐され、もう1体も限界に近い。

ゴブリン200のうち8割は駆逐され、遊撃兵、魔導弓兵、銃士らは野良魔獣の掃討作戦に移行しつつある。

この機に乗じてノルストミノ区奪還作戦を決行しようと考えたのは、騎士団総長モルテスだ。

『黒騎士は倒れた！　今ならノルストミノ区の魔獣は狩り放題だ!!』

「「「ウオォォォォォォォ――――――――ッッ!!!」」」

ノルストミノ区に隣接する区から、重騎士100、剣士300、槍騎兵100、遊撃兵100がなだれ込み、ゴブリンや魔狼、醜悪な魔物を駆逐していく。

槍騎兵が先頭を行き、今にも逃げ出しそうな魔獣たちを足蹴にし、踏み倒す。その後ろから重騎士と剣士が迫り、1体1体確実に息の根を止めていった。

遊撃兵が家々の間を縫って隠れる魔物を探し出し、これまでの鬱憤を晴らすかのように切り刻む。

士気の下がった魔獣どもの駆逐は容易く、あっという間に制圧は進んだ。

次いで、オキデンタバロ区に集結していたドワーフの石職人たちが、大きな岩を抱えて突入する。

ノルストミノ区とオキストミノ区を隔てる城壁に開いた穴を埋め、これ以上の魔獣の侵入を防ぐ応急処置を施した。

『城門の処置、完了！』

『3番街、制圧！』

『同じく2番街、制圧！』

次々と上がる報告に、モルテスは満を持して宣言を下す。

「ノルストミノ区……奪還、完了……！」

「「「ワアアアアァァァァァァッッ!!!」」」

各地で上がる歓声を聞きながら、モルテスは震える声を絞り出す。

「我々の反撃の狼煙が、今上がったのだ……！　鉱山区の2つを失ったのは、我々騎士団の失態であった……！　だが今、覆した！　我々は戦える!!　導きの戦士を称えよ!!　王国の戦士らよ、我らの力をこれより敵に示すのだ!!」

「「「うおおおおおおっっ!!!」」」

「エスペラント王国万歳!!　導きの戦士万歳!!!」

「王国に勝利を!!!　魔獣どもに死を!!!」

モルテスたちはこのあと夜までノルストミノ区鉱山に巣くった魔獣の掃討戦に集中し、都市機能を完全に回復させた。

報告を聞いた各区、そして城内では久方ぶりの勝利に沸き、お祭り騒ぎとなる。

■ラボレーオ区　王宮科学院

時間は少し戻る。

岡は王城で作戦会議を終えたあと、フォンノルボ区には行かずジルベルニク家に戻って服を着替え、ラボレーオ区に向かった。

新型炉を岡に見せたがっていたオスクら製鉄職人たちは、岡の姿を見て沸く。

「旦那！　遅いぜ！」

炉の周りにはランザルやデジーン、他にも多くの名だたる職人が詰めかけている。

「すみません、王城へ出頭していたもので」

「うぇ、大丈夫なのかい？　大事な用だったんだろ？」

「大丈夫ですよ。それより、新型炉の調子はどうですか？」

「旦那に言われた通り、内部温度は２５００度まで上がってる。鉄に18％のクロムと８％のニッケル、硫黄少々を混ぜたぜ」

「２５００度はすごいですね、バッチリです」

頃合いを見て、鋼を溶鉱炉から取り出す。頑丈な蓋が開かれ、傾いた炉から真っ赤に溶けた鋼が流れ出し、耐火レンガを敷き詰めて作った長い容器に注がれる。

熱いうちに工具類に必要な分と、テスト用の銃身分の細さ、長さに切り出して、静かに冷ます。

「こいつは……すげえ。こんなに硬くて粘りのある鉄は初めて見た」

ランザルがうっとりと眺めていた。

「こんな状態で見てわかるもんですか?」

「全然違うな。俺は初めて見るが、この赤みと色合いは……美しい鉄、いや鋼になるだろう」

岡は知識で知っているだけなので、さすがに部材を見ただけでは違いがわからない。

だが鉄とひたすら向き合ってきた者たちが言うことなので、説得力が違う。

ステンレス鋼を冷ましているところで作業場に行き、新型炉と同じく完成していた旋盤、フライス盤、ボール盤と、各種切削工具の検分に入る。

作業場ではセイとトルビヨンが最終調整をしていた。

「オカ君、やっと来たのか! 早くこいつを見てもらいたかったんだよ! どうだいこの切削工具、すばらしい出来だろう!?」

歯車がむき出しの、無骨な加工機材を誇らしげに指し示す。

蒸気や水力で得る回転動力にクラッチを挟み、足のペダルで力を調整できる、産業革命の技術力では到底作り得ない工具類だ。さらに回転するベルト型の鑢(やすり)まで用意されていて、もはや万全の態勢だ。

「おお……たった5日でここまでのものを作り上げるとは、さすがに驚きました」

「なぁに、職人たちが総出でこれに取りかかったからね! 王政府からの最重要案件、いわば国家事業だ。予算と人手が潤沢にあればなんてことはない!」

「このベアリングの精度もすごいですね。まさか手で磨いたんですか?」

各工具の軸受けにはベアリングを採用し、耐久性と精度を向上させている。岡の知識と職人たちの努力、両者のアイディアによって、19世紀の町工場程度の技術水準を実現した。

岡の実家にはこうした加工機材がたくさん並んでおり、さらに通っていた工業高等専門学校でも慣れ親しんでいたから提案できたのである。

「オカ君がなるべく真円に近いほうがいいと言ったからね。大きさを揃えて、輪に収めるのにだいぶ苦労していたようだよ。そんなことより、貴重で高価な油を湯水のように使うのが難点だな」

「すみません……日本と交易が始まったら安い機械油が大量に入ってくるでしょうから、それまでは我慢してください」

「いいね！　未来を見据えた会話だ！」

機材のチェックが済み、問題がなさそうなので実際の製作の話に移る。

火薬研究室へと移動し、１つの作業台をみんなで囲む。

ランザルが小さな木箱を持ってきて、その中身を作業台の上に取り出して置いた。

「さて。旦那がくれた設計図の通りに真鍮の薬莢、雷管のカップとアンビルってやつの試作品を作ったぜ。次の工程を教えてくれよ」

「……この細かい部品までもう作ったんですか？」

「試作品を作るのは当たり前だからな」

薬莢と、その底に嵌める雷管、つまり起爆薬の受け皿と発火金だ。大きさにして直径数㎜ほどの皿に点火薬とアンビルを入れ、銃のハンマーで叩くと発火金と当たって火花が散り、点火薬が激しく燃える。

雷管の火が薬莢の中の火薬に引火して爆発を起こし、爆圧が弾丸を押し出して発射される。

これが現代銃の仕組みだ。

（このカップが作れるなら……もしかしてフルメタルジャケット弾も作れる……？）

銃弾は鉛で作るものだが、銅合金で作ったケースに鉛を詰めたものをフルメタルジャケット弾と呼ぶ。銅という硬い素材で覆うことで威力が上がるが、反対に銃身への負担が高まる。

だがさすがにこれ以上、工程を増やすわけにもいかない。

時間は限られている。検証する点数が増えれば完成が遅れてしまう。

「ではステンレス鋼でプレス用の金型を作りましょう。薬莢とカップを1枚の真鍮板から押し出して切り抜き、エッジを鑢がけして仕上げます」

作るのはセンターファイアの穴が開いた、リムド型薬莢だ。

直径は7・62㎜とした。剣などの重い得物を持って戦う者が多いため、多少反動が強くても問題ないだろうというのが理由だ。

岡がプレス部分の図面を引き、ドワーフたちに加工を任せる。タングステンの切削工具もセイたちが頑張って作ってくれたおかげで、ステンレス鋼の加工もスムーズなようだ。

続いて、岡は火薬職人たちを大会議室に集める。もちろんセイとランザルも出席していた。

「次は雷酸水銀とシングルベース火薬の作り方を教えます。水銀は蒸発する上、猛毒なので絶対に吸い込まないでください」

これを聞いたランザルは、早速狼狽（ろうばい）する。

「あれって毒なのか!?」

「銃や鎧の装飾にも使われますよね。鉄に金を貼り付けるときとか。非常に危険なので、必ずマスクなどをして吸わないようにしてください」

「俺、ちょっとデジーンに教えてくる」

「ああ……だからあの職人には具合悪くなって仕事できなくなるやつが多いのか……」

水銀の毒性が知られるのは、地球でもかなり遅い。それだけあらゆる分野において有用かつ遅効性の毒なので、人類は気づかなかったのだ。

ランザルが戻ってきたところで、説明を続ける岡。

「本当は水銀を使わない爆薬にしたかったのですが、この国には石油がありませんからね……もし日本、クイラ王国と交易が始まったら、それ以降は水銀を使うのはやめてください」

「わかった、留意しておく」

前置きしてから岡はマスクを配布し、あらかじめ用意を頼んでおいた材料を並べる。

「雷酸水銀が雷管の中の火薬です。少しの摩擦や過熱、衝撃で爆発するので、取り扱いに気をつけてください」

濃硝酸の中に水銀を落とし、完全に溶けるまで放置する。それを無水アルコールに加えて反応させる。

「この反応中は非常に危険なガスが発生するので、吸い込まないように注意してください。できれば人のいない場所で作るのがいいですね」

「火薬工房は区の端のほうにあるから大丈夫だぜ」

「それなら安心ですね」

しばらく待って、粉末になったものを岡は注意深く取り出す。

「……この反応が終わると粉末の雷酸水銀になります。ちょっと叩いてみましょうか」

岡は出来たての結晶を取り出し、金床の上に載せた。それをハンマーで叩く。

――パンッ!!

「うおおっ」

「こ、こんな簡単に爆発するのか」

「この程度の衝撃でこの爆発、威力です。危険性がおわかりいただけたかと思います。この爆薬は水溶性なので、水には触れさせないでください。カップと薬莢で密閉するので大丈夫だとは思いますが、雨の日はなるべく弾薬を濡らさないように周知してくださいね」

セイや火薬職人たちだけでなく、ランザルも一生懸命メモを取っていた。

書き終わった頃を見計らって、次の火薬の説明を始める。

「では次にシングルベース火薬ですね。最終的な状態は膠化剤(こうかざい)や安定剤が入っているので安全ですが、途中の薬品を反応させる工程が非常に危険なので絶対に慌てず急がずを心がけてください」

そう言って、岡は硝酸が入ったガラス容器に少しずつ硫酸を加えていく。

混酸となって反応が始まり、熱を持ち始める。

「ここに綿を入れます。こうすることで、ニトロセルロースという物質に変化します」

「へぇ……ニトロセルロース……私も混酸を作ったことはあるが、こんな使い方があったとはね」

セイはやはり科学者だからか、岡の手元を面白そうに眺める。

綺麗(きれい)に洗った綿を入れ、静かに混ぜてしばらく置く。それを取り出し、今度は桶(おけ)に張った水で洗い始めた。

火薬職人のドワーフたちがそれを見て慌てる。

「あ、洗うのかい？」

「洗って乾かします。シングルベース火薬の8割以上はこのニトロセルロースです。これに、いくつかの薬剤を練り込んでいきます」

この火薬は、ニトロセルロースが大部分を占めている。だが1割程度のジニトロトルエンが含まれており、元となるトルエンは現代日本では製油加工あるいは石炭からコークスを製造する際の副産物から抽出するのが普通だ。

石油が手に入らないこの国でトルエンだけが心配の種だったが、王国内の森林区に生えているマツ科らしき種の木の樹液が、トルエンを得られるトルーバルサムという樹液に酷似していることがわかった。この樹液を乾留する方法でトルエンを取り出し、ニトロセルロースを作る混酸と同じもので硝化すればジニトロトルエンとなる。

残りの添加剤には、膠化剤としてトリアセチン、安定剤として炭酸水素ナトリウム、消炎剤として硝酸カリウムを適量混ぜ、完成したものを細かく砕いて顆粒状(かりゅうじょう)にする。

「大丈夫だと思いますが、静電気には気をつけてください。下手すれば引火しますから」

「お、おう……」

「これでシングルベース火薬の完成です。本当はもう少し材料を入れるのですが、とりあえずこの配合でいきましょう。では銃弾を組み立てていきます」

岡はカップに雷酸水銀とアンビル、湿気防止の薄い紙を載せて、薬莢の後ろの穴に嵌める。ボディにシングルベース火薬を注ぎ、弾頭を詰めた。

「これで完成です。ボディに火薬を詰めるときは、少し隙間が空くくらいにしておいてください」

「隙間を空ける意味は？」

「火薬の燃焼に酸素が必要だからですね」

弾薬の作り方、銃弾の組み立て方の説明が終わって、火薬職人のドワーフたちは岡の描いた図やメモした手順を見ながら議論し始める。

弾薬は自分の手を離れたなと考え、岡はランザルを呼んだ。

「すみません、ランザルさん。銃本体の設計に移りましょう」

「お、いよいよだな」

岡はランザルとセイ、銃職人を連れて、作業場に向かう。

作業場にも大きな黒板が持ち込まれており、周囲には王国の誰かが考えたらしき、新しいアイディアの銃の図面がたくさん貼られていた。

文字は読めないが筆跡が違うので、複数人が描いたものとわかる。

「これは？」

「我々が考案した銃だよ！　まだ実現には至っていないが、何かの役に立たないかと思ってね」

「銃の設計はセイさんだけが手がけていたのではないんですね」

「1人、あるいは1箇所ですべてを設計していると、必ず弱点が生まれるものだ。それは第三者の目で見てもらわないと気づけない。ランザル君が名工と呼ばれる所以(ゆえん)は、銃の品質が良いだけでなく、設計までも手がけられるからだよ！」

「よしてくださいよ、セイ様」

ランザルが照れていた。

いくつか眺めていると、前装式ではなく後装式も思いついていたらしい。

「このアイディアはどなたが？」

「俺だ」

ランザルが手を挙げた。

「すばらしいですね、この発想に辿り着いた時点で連発銃は目の前だったんですよ」

「本当かい？　そいつは惜しかったな、旦那が与えてくれた材料と切削工具があれば作れてたかもしれない」

どうやら天才はセイだけでなく、このランザルも同様だったらしい。

思ったよりも連発銃へのハードルは低そうだ。

「じゃあ自分が考え得る、〝最良〟の銃をお教えしますね」

岡は黒板に銃の絵を描く。

それは回転式の弾倉を備える、リボルビングライフルだった。

「そいつはリボルバーじゃないか」

「リボルバーはお飾りの銃で、実際には連射なんてできないぞ？」

岡はこの反応をすでに予想していた。地球の16世紀に初めて登場したリボルバーはマッチロック式で、すべてを手で動かさないといけなかったからだ。

だが岡の絵を見たセイとランザルは、「むぅ」と唸った。

「さすがセイさんとランザルさん、もう気づかれましたか」

「あの薬莢と簡単に反応する火薬を見たからな。つまり……」

「フリントロックの撃鉄で直接薬莢の尻を叩く！　そういうことだなオカ君!?」

「概ね正解です」

外観の横に、スイングアウトで弾倉を取り出す機構や、トリガーを引いたときのピンの動きや弾倉を回転させる方法とラッチで留める部分、撃針を叩く撃鉄、撃鉄を押し込むバネなど、基本構造を描いていく。

それを見た銃職人たちは、ため息を漏らした。

「こんな方法が……」

「はぁ～……美しい構造だなぁ」

岡は描きながら、趣味で調べていたことがまさかこんなときに役立つとは、と内心苦笑していた。

爆薬の組成を調べたことがあったのも、銃の構造を覚えたのも、すべて興味本位だ。それが勉強だとは思わなかったし、実際に作るつもりなど当然ない。だが、人生において何が役に立つかわからない。無駄なことなどないのだと、自分の〝興味〟に感謝していた。

「その銃身の中の螺旋は何だい？」

「セイさんならわかりますよね？」

「無論だ！　銃弾に回転がかかるのだろう!?　飛翔体は回転を得ると安定するからな、そのための線だ！　もっとも、この発想は以前からあったが、実現にはかなり難があったのだ」

「その通りです。これはライフリングと言って、着弾時の命中率を飛躍的に高めます。細長い棒に鉤がついたような工具があったでしょう？　あれを銃身の中に突っ込んで、銃身を少しずつ回転させながら削っていきます」

「あの工具はそのためのものかぁ。何に使うのかと思ったよ」

「また、この銃を扱うにあたり、銃身を支える左手には必ず革手袋をしてください。シリンダーギャップという爆煙で火傷、下手したら爆傷を負います」

「ということは、革工房に手袋を大量に発注しておかないといけないね！」

「お願いします」

描き上げた岡はチョークを置いて、大事な部分を指摘していく。

「重要なのは小さな部品の強度と、弾倉を動かすハンドの移動量、バネの強さです。これができていないと、この銃は作れません」

「そして、俺たちには全部揃っている……！」

「そうです。新型銃を量産することが、この国を救うことになります。何なら騎士団員全員を銃士にするぐらいの勢いで、ありったけの材料を使って作ってください」

「だが鉱山区は……」

ドワーフたちがしょんぼりする。

彼らも鉱山区の出身で、陥落した当時はかなり気落ちしていた。フォンノルボ区でも掘れなくはないが、材料調達の問題ではなく出身地を失ったことを悲しんだ。

「それなら多分大丈夫じゃないでしょうか」

「え？」

言ったか言わないかのタイミングで、兵が1人、作業場に飛び込んできた。

真っ赤な顔で、だがその表情はとても嬉しそうだ。

「お、オカ様!!　皆さん!!　ノルストミノ区を……鉱山区の1つを奪還しました!!!」

「な……」

「「「何だってぇぇぇ!?」」」

「鉱山区が!!」

「俺たちの故郷が、戻ったのか!!」

「お、オキストミノ区は!?　あっちはまだなのか!?」

ラボレーオ区はドワーフが多い。当然、ノルストミノ区、オキストミノ区の出身者も多いので、その動向を気にしていた。

「旦那！　もしかして朝、王城に行ってたってのは……」

「自分は黒騎士の倒し方をお伝えしただけで、奪還作戦についてはモルテスさんの立案です。ですからこの勝利は騎士団の皆さんの勝利ですよ」

「うおおおおお!!!　ありがとう、旦那！　そりゃ旦那が俺たちを勝たせてくれたってことじゃねえか!!!」

「旦那ァ!!　俺たちの故郷を救ってくれて……!!」

「もう心配することは何もねェ!!　俺たちはオカ様を信じて頑張るだけだァ!!」

岡はこうなることを予想して朝のことは何も言わないでおいたのだが、どうやら自分はこの国で祭り上げられる運命にあるらしいと苦笑いした。

騒ぎはすぐラボレーオ区全体まで波及し、ちょっとしたお祭り騒ぎのようになっていた。

そんな中、伝令にやってきた兵が岡の耳元で囁く。

「それで、オカ様。ザビル様がお話をしたいそうで、騎士団病院にご同行願えませんか？」

「ザビルさんが？　病院って、もしかして怪我でもされたのですか？」

「いえ、そうではないのですが……ちょっと厄介なことになっていまして」

「わかりました。――セイさん、トルビヨンさん、ランザルさん。自分は急用ができましたので、あとはお任せしてもよろしいでしょうか」

「ああ、構わないよ！　何かあったらまた使いを出す！」

「オカ様、どうぞお気をつけて」

「こっちは任せとけ！　旦那は旦那の仕事を頼んだぜ！」

岡と兵士が作業場を出ていった。

その姿を見送ったトルビヨンは、辺りを見回してぽつりと呟く。

「おや……？　そういえばゼリムはどこへ行った？」

■夜　ノバールボ区　騎士団病院

王宮科学院を出ると、美しい夕焼けのような、桃と紫が混ざったような空になっていた。

マルノーボ区と同様、冬から続く厳戒態勢のため松明や新型の魔法灯が街路沿いやそこかしこに設置されているが、どれも明かりは灯っていない。

騎士団病院に着くと、人だかりができていた。

「これは一体？」

「中に入ればわかります。……申し訳ありませんが、私はこちらで待たせていただいてよろしいでしょうか」

「？　ええ、構いませんが」

伝令の兵士はそそくさと人混みに隠れてしまう。

よくわからないまま病院に入ると中でも人が溢れており、ある一室を覗く人やざわざわと話し込む人でごった返している。

「ああ、オカ君。来てくれたんだね」

バルサスが岡の姿を認めて声をかけた。

「この騒ぎは何があったんですか？」

「ザビル殿がすごいものを運び込んでしまってね。その部屋で君を待っているよ」

指さす方向は、まさに人が覗き込んでいる騒ぎの渦中らしき小部屋だ。確か重篤な症状の者を隔離するための小部屋だったなと記憶している。

「失礼します」

「やあオカ殿。待っていたよ」

1つのベッドの脇にザビルが立っていて、そのベッドには誰かが――いや、何者かが寝かされていた。

「これは……捕獲に成功したんですね」

「ああ。オカ殿ができれば生かしたまま捕らえてくれと言っていたからな」

寝かされていたのは黒騎士の中身、鬼人族の男だった。

岡は今朝の会議で、ザビルが黒騎士を仕留めるのは確実だろうと考えていた。だから、もし生け捕りにできそうなら捕まえて連れてきてくれと頼んでいた。

「ずいぶんぐっすり寝ていますね」

バルサスが横から補足する。

「というよりは気を失っているんだ。魔法医の話では、この魔獣はヒト種と体構造が酷似しているらしくて、肺を損傷していた。一命は取り留めたが、いつ起きるか……」

「なるほど……」

話を聞いて、岡は考え込む。

オカルトの類いはあまり信じないタイプの人間だが、もしサフィーネが教えてくれた予言が本当だとしたら、〝悪意なき敵〟とは彼ら黒騎士のことではないかと考えていた。

王やモルテスからも、黒騎士は人類を食べないと聞いている。

操られているだけとするなら、救う方法があるのではないか。だからこそ、ザビルに捕獲を頼んだのである。

「バルサスさん、彼をどこかで匿(かくま)うことはできませんか？」

ザビルが岡の言葉を聞いて慌てた。

「魔獣を匿うのかい？　こいつは多くの同胞を殺した敵だぞ。私は賛同しかねるな」

「オカ君、私もあまり賛成できない。こうして治療を施して助けただけでもすでに強い批判が起こっている。君はもっと導きの戦士、英雄としての自覚を持つべきだ」

２人の反対意見を聞いて、そりゃそういう反応になるか、と岡は少し考える。

「これはお２人には理解しがたいかもしれませんが……世界の先進国は、敵国の兵を捕らえたら捕虜という概念で丁重に扱うことが義務づけられているのです。いくら敵対国の相手であっても、命令で戦わされている兵士だから、簡単に殺していいというわけではありません」

少なくとも日本は、であるが、おそらくこの世界の先進国も同様に捕虜はまともな扱いをするであろう。ロウリア王国は中世の倫理観で遅れすぎているのでノーカウントだ。

「ま、待ってくれ。人類同士で争っているのか？　世界はそんな野蛮な発展を遂げているというのか？　種族間連合の誓いはどうなったのだ？」

バルサスは、岡にエスペラント王国の外にも国があって人々が多く暮らしていると聞いたときとは真逆に、悲愴（ひそう）な表情を見せる。

「残念ながら、この世界でも戦争は起こっています。我が国も転移直後に1つの戦争に巻き込まれ、今また2つ目の戦いに身を投じています。……誤解しないでいただきたいのですが、自分たちは平和を愛する国ですので、どちらも降りかかる火の粉を払ったに過ぎません」

「それはオカ殿の振る舞いから見てわかるが……しかし捕虜か。本当にそんな概念があるのか？」

「本当です。自分が元いた世界でも古くは捕虜を好き勝手に処分していた時代もありましたが、個人の人権を尊重する考え方が生まれ、『そういうのはやめよう』という国際法が制定されました。この世界にもし国際法がなければ、我が国から先進国に対して呼びかけを行うものと思います」

国際法の制定には様々な理由がある。「どうせ殺されるなら道連れにしてでも」という自棄（やけ）を起こして被害が大きくなったり、報復を受ける危険性が高まったりといった負の理由もその1つだ。

また、非人道的な虐待・虐殺などが行われると問題視されて戦後処理で不利になるなど、政治的な理由も強い。

全部説明していると話が脱線してしまうので、その辺りは割愛した。

「理屈はわかった。だが我が国にそういう制度は整備されていないからな……それに、何と言っても相手は魔獣だ」

「理性のない、人を食べる魔獣かどうかは、話を聞いてみないとわかりません」

「言葉が通じるかどうかわからんぞ？」

「大丈夫です。自分の予想が正しければ、自分は彼らの言葉を理解できると思います」

この言い分にはザビルもバルサスも首を傾げたが、岡の言うことだから何か心当たりがあるのだろうと素直に受け止めた。

「これは……自分からの引き換え条件にしてもいいです。この国を救う代わりに、自分が助けたいと思った者を助けさせてほしい、と」

「我々に何も要求してこなかったオカ殿がそこまで言うなら、私から王に掛け合ってみよう」

「ありがとうございます、ザビルさん」

「……わかった。この魔獣は――いや、彼は我が家で面倒を見よう。ここでは人が多くて問題だろうからね」

「いいんですか？」

バルサスはやれやれとでも言いたげに顔を綻ばせる。

「その代わり、オカ君にも手伝ってもらうよ」

「すみません、感謝します」

捕らえられた黒騎士は、こうして岡と同じくジルベルニク家で世話されることとなった。

■　バグラ山

ノルストミノ区を偵察していた鬼人族が戻り、ダクシルドは書斎で報告を受けていた。

「何？　銃を至近距離で撃つことを覚えただと？」

「ソのようデす。鬼人族1人に対シ重騎士ノ多重包囲で攻撃ヲ受け、疲弊しタトころを銃撃サれテイマシた」

「さすがに貴様らでも、マスケット銃は致命傷か……」

マスケット銃の威力については諸説あるが、規定量の火薬で撃った場合、一兵卒の薄い金属板の鎧なら射程100m以内であれば余裕で貫通する威力を持つ。

銃に対抗するための重装甲の鎧なら話は別だが、そんなものは一般的ではない。

いくら生物離れした膂力を持っていても、有機質の肉体の耐久性にはやはり限界があるようだ。

「しかしそれなら偵察部隊を送るまでもなかったな。その程度なら全軍で攻め込めば対処できないだろう」

「でスがあノ武器を量産さレるとまズイのデは……？」

「鉱山区を2つ落としてあるのだ、材料が生産できなければ何の問題もあるまい」

ところが、偵察に赴いたこの鬼人族は「鬼人族がどのように倒されるのか見てこい」と命令されていたので、投入された鬼人族が戦闘不能になった時点で踵を返してしまった。だから戦闘終了まで戦況を確認していない。

2つある鉱山区のうち、1つが奪還されたことをダクシルドたちは知らない。

不完全な魔族制御装置と、命令の不十分さが招いた情報収集漏れである。

「よし、バハーラ。もうしばらく待機だ。全軍の訓練を念入りに行っておけ」

「承知シマシタ」

書斎から鬼人族２人が退室した。

ダクシルドはアニュンリール人の部下たちが待つ会議室へと向かい、入室してすぐ扉を閉める。

「あの鬼人族を倒すとは、未開の野蛮人にしてはなかなかやりますね」

「まったくだ。鬼人族がやられたとなると、水源区は多分落とせていないな……やはりあれの封印を解かねばならんか」

「よろしいので？　どれだけの被害が出るかわかりませんよ」

部下がダクシルドに、茶を注いだカップを差し出す。

熱い茶を吹いて冷まし、一口含んで口を湿らすダクシルド。続いて深いため息を漏らした。

「我々の身も多少危険に晒すから、最後の手段にしておきたかったが……まぁ第三文明圏ごとき壊滅したところで知ったことではない」

「それもそうですね。解除まで何日ぐらいかかりそうですか？」

「ノスグーラのときとはワケが違う。２週間は見ておいたほうがいいな」

「帰ってから休みが取れるといいですね……」

「ゼルスマリムからの連絡はどうだ？」

「まだ来ていません」

「またか……もう今日はいい、休もう。勤務時間外労働も甚だしい」

■ マルノーボ区

ヒトに擬態したゼルスマリムが、火の揺らめく道をふらふらと歩いていた。

彼は今日、ダクシルドから受けたフォンノルボ区襲撃の連絡と、その混乱に乗じてレガステロ区へ潜入せよという指令のため、セントゥーロ区へと赴いた。

朝、下城する岡と鉢合わせしそうになったのには肝を冷やしたが、彼がノバールボ区のほうに向かってくれたおかげで顔を合わせずに済んだ。

ただ、前回の南門で鬼人族を倒した岡がてっきりフォンノルボ区に向かうものと思っていたので、何故(なぜ)か正反対のノバールボ区に向かったのは不思議だった。忘れ物でもしたのだろうか。

とにかく、南門を威力偵察部隊が襲撃したときは、王国南門防衛隊の全力出撃だったのだ。王城の真北を攻めるなら王城からも兵を出すだろうというダクシルドの読みには感心したものだ。

だがそんな感心は、昼まで続かなかった。

（……？　あれ……？）

待てど暮らせど衛兵が加勢に行く様子がない。

ずっとセントゥーロ区にいると怪しまれるので、場所を変えておよそ1時間ごとに観察した。

状況はいつまで経(た)っても変わる様子はない。

戦況を調べようにもノルストミノ区と隣接するフォンノルボ区、フミダゾーノ区、オキデンタバロ区のいずれも戦区指定（王国内が戦場になる場合、一般市民を巻き込まないために発令される警告）のため立ち入りが禁じられている。

ゼルスマリムは仕方なくマルノーボ区に戻り、城壁に上った。

すると、フォンノルボ区とノルストミノ区を隔てる城壁辺りに兵や騎士が数十人いるのが見え、こちらもこっそり近づくこともできず、断念した。

夜になると戦区指定も解除となり、騎士団も半分以上が戻ってきた。

急いでノルストミノ区に向かったが、そこはなんと魔獣の支配から脱していた。

オキストミノ区とノルストミノ区の城壁が応急修理され、石工のドワーフたちが頑丈に補強する工事に取りかかっている。騎士団の残り半分は区の西部を警戒しており、鉱山の中の掃討も行っているようだ。

何らかの方法で、岡抜きで威力偵察部隊を退けたのだ。

それに気づいたとき、ゼルスマリムは恐ろしさを感じた。人類は急速に学び、発展し、進化する。

長寿を誇る魔族は、進化も発展も遅い。魔族同士の交流がほとんどないから当然だ。

これをダクシルドにどう報告すればいいのかわからない。

あの嫌みったらしい叱責をもう聞きたくない。なのに逃げ出そうにも逃げ出せない。

当初は食料だらけでここは楽園かと思ったが、「人類が束になると影竜よりも怖い」と考えるようになった。

しかも人類も、何かうまくできないとダクシルドのように叱責する。殺して食ってやりたいと思っても、命令で殺すことは禁じられている。

ただ1人、岡だけは違った。

ダクシルドに王国の外から来た人間と接触を図れと命令されたとき、最初は恐ろしくて仕方なかった。王国最強の銃士ザビルよりも圧倒的に優れた射撃の腕を持ち、王国の人々から称賛と期待を集めた人間だ。どんなに傲慢できつい性格をしているか、わかったものではない。

だが、その先入観が間違いだったとわかったのは、銃の適性試験に参加したときのことだ。

銃に驚いて震えてしまっても、岡はうまく扱えなかったことを責めたりしなかった。

それどころか、怪我しなかったかと心配し、他にできることがあるだろうから、そちらで仕事を探せばいいと優しくしてくれた。

彼と友達になりたい。彼の手伝いならしたい。彼の命令が聞きたい。

「デも俺はだメだヨな……ヒとを食ッチまっテる……ひトヲ食ってル……アの人ハどウシて人間で、俺は魔族ニ生まレちマッたンだ……」

ゼリムは極寒地域の魔族故に涙の出ない身体(からだ)で、声を震わせながら今夜もヒトの屍肉(しにく)を貪るのであった。

■ 中央暦1640年8月15日　ラボレーオ区　王宮科学院

エスペラント王国製リボルビングライフルの試作品が完成したと連絡があり、岡は昼間、適性試験を現場に任せてラボレーオ区にやってきた。

ここ数日は襲撃もなく、不気味なほど静かだ。

黒騎士を倒したのが自分の策略だとバレたのだろうか。

城の中にスパイがいるとは考えづらいので、その線はないと思っている。これほど物理的に閉鎖的な国・空間では人の入れ替わりが少なく、誰かを殺して成り代わったとしても不審な挙動があればすぐに看破される。いくら戦闘の素人でもそんな愚は犯すまい。

自分の策略だと相手に伝わっていないのだとすれば、何らかの準備をしているとしか考えられない。時間はできたが、できる限り国の戦力の増強を図らねばと焦りを覚える。

「オカ様がいらっしゃいました！」

職人の下積みらしきドワーフが叫ぶ。

「こんにちは」

「オカ君！　ついに試作銃が完成したよ!!」

目の下に隈を作ったセイが、工房からテンション高めに飛び出してきた。

「はい、そう伺って来ました。……もしかしてセイさん、無茶してません？」

「ん？　何故そう思う？　ああ、顔か」

髪も無精髭もぼさぼさである。ここ数日は新型銃の試作と調整で寝不足になっていたのだろう。

「ダメですよ、睡眠不足は。いい仕事の敵なんです」

「そうだな！　だが時間がないのは確かだろう？　ここ最近の魔物どもの様子はどうだ？」

どうやら何も伝わっていないらしい。それだけ作業に没頭しているのだろう。

「ノルストミノ区を奪還してからは襲撃が途絶えています」

「それはおかしいな？　せっかく鉱山区を潰して生産力を奪ったのに、それを取り返しにこないなんて」

「やはりそう思いますよね。スダンパーロ区で黒騎士を倒したあともしばらく襲撃はありませんでしたから、情報の伝達がうまくいってないような気がします」

「ふむ……だが……ああ、考えがまとまらん！　やはり睡眠不足はいい仕事の敵だな！」

「セイ様、まだ旦那に銃を渡してないんですかい」

遅れてランザルも工房から出てきた。

「そうだった！　いかんな、私はこのあとしばらく寝かせてもらうよ！」

（完全にランナーズハイだ……）

岡は口に出さず胸中で呆れる。

「まぁ持ってみてくれたまえ！」

「では失礼します」

セイが手渡してきた銃は、地球育ちの岡から見れば奇妙な形状だった。リボルビングライフルなのにアサルトライフルのようなシルエットで、グリップとストックが分かれている。全身が艶消しの黒に塗装されているのも、おそらく89式自動小銃に近づけたかったのだろう。

受け取った銃を握って構えてみると、89式に比べても遜色ない重量だ。手触りもよく、しっくりと馴染む。

「大きさは大、中、小の3バリエーションを用意しようと思っている。これは中だがどうだい？」

横からランザルが訊ねた。

「多種族国家ならではの配慮ですね、すばらしいと思います。89式も日本人の体格に合わせて作られているので、旧世界でもやや小さめなんです」

岡の地球の話は半分与太話として受け取られているが、話し方が生々しいのと「太陽神の使者伝承」もあるので、ちゃんと聞いておこうという姿勢の者が大半だ。

「この銃の設計もそうだが素材もすばらしいな!!　素材による強度が増した分、重量を若干だが軽量化できた！　これはいいものだな!!」

設計自体はセイとランザルの共同作業なので半分手前味噌(みそ)なはずだが、ステンレスへの絶賛を聞いて、岡は新世界技術流出防止法の偉大さ、日本政府の先見の明を痛感する。

岡程度の人間の知識でも、国に技術革新を起こせる。この力を正しく扱えればいいが、そうでない場合は混乱や破滅をもたらしてしまうであろう。

幸い、セイのようなそもそも革新的な考え方を生む土壌のある国家で、セイほどの地位の人物がきちんと倫理観を持っていたからよかったものの、どんな国であろうと安易に技術を渡すべきではないなと、改めて自戒した。

各部の動きをチェックすると、トリガーはそこまで重くなく、ハンマーの動きもスムーズだ。シリンダーを出してもガタつきはほとんどないので、ドワーフたちの加工技術がとても優れているのだろう。

シリンダーギャップから手や腕を守るための籠手(こて)も開発したらしいが、そもそもシリンダーギャップを極力減らす特殊な加工をセイが思いついたことで、あまり必要なくなったらしい。

「……すごいですね。旧世界の20世紀に片足突っ込んでますよ、この機構は」

「それは褒め言葉かい？」

「自分がこの王国にやってきたとき、この国の銃製造技術は我が国とは大体200年から300年ほどの開きがありましたが、これで120年くらいに縮まりました。正直恐ろしいほどです」

「むぅ、キリよく100年くらいまで縮めたかったな！」

この男ならやってしまいかねないだろう。彼が今後、どんなものを生み出すのか底知れない。

銃の検分が終わり、実際に撃って確かめてみることにした。

ラボレーオ区の南にペリメンタ区という地区が隣接しており、そこはラボレーオ区で作ったものの実験場となっている。ここで実験をしてから、兵に実際に配られて演習で使われるのだ。

■ ペリメンタ区

試作品を数丁と試作の弾丸数百発をペリメンタ区に運び込み、エクゼルコ区から呼んできたザビルとともに試し撃ちを実施する。

試作品を受け取ったザビルは、その出来映えにうっとりする。

「おお……これが新型銃……！　美しい、装飾など不要なほどに美しいね。オカ殿、この銃の完成度は貴殿の評価だとどのくらいかな？」

「文句なしの百点満点ですよ」

「やはり我が国の職人はすばらしいだろう」

「ええ。お世辞抜きですごいと思います。この短時間で、よくここまで仕上げてくださいました」

ザビルは王宮科学院や工房の職人たちを誇らしく思い、同時に彼らを褒めてくれた岡にも好感を抱く。

「ガスを吸い込まないように、マスクをしてください」

「危険なのかい？」

「ええ、命に影響しないほんの微量ですが毒性があります。あまり吸い込まないほうがいいです」

「なるほどね。弾を込めるのはどうやるんだい？」

「親指で近くのレバーを押し下げると、シリンダーが外れます。6発込めて、シリンダーを戻してください。あとはトリガーを引くだけです」

「それだけ!?」

あまりの手軽さに、ザビルは驚愕を隠せない。今までの前装式は、1発込めるのに10秒以上かかっていた。それが、6発も撃てる。すさまじい進歩だ。

「スピードローダーも試作してくださってます。これは戦場ではあんまり使わないかもしれませんが、試してみてください」

「こんなものまで……わかった、やってみよう」

ザビルは用意された的に向かって、新型銃を構える。

（不思議なものだ……100m先の的がやたら近く感じる……）

今回の的は100m、150m、200m先の的で、70cm四方の木の板だ。

「撃ちます」

言って、ザビルの右人差し指が引き金を引く。

シリンダーが60度回転し、発射位置に納まった銃弾の雷管を撃鉄が叩いた。

――パンッ！

爆圧を受けた鉛玉が薬莢から飛び出し、ライフリングを通過する際に回転を生じる。

銃口から音速を遥かに超える秒速750mで射出された鉛の弾丸が、100m先の的へと一瞬で飛翔し、ど真ん中を容易く貫通した。

手の中からびりびりと伝わる衝撃の余韻を味わい、ザビルは呆然とする。

「す……すごいぞこれは!!」

王国最強の銃士、しかも岡も認めた本物の天才が新型の銃を褒めたことで、職人たちも拳を天に突き上げた。

「「「よっしゃああああ!!!」」」

「煙も少ない！　オカ殿、本当にマスクが必要なのか!?」

「ええ、雷酸水銀という水銀を加工したものが爆発しています。水銀は猛毒なので、あまり吸わないようにしてくださいね」

ザビルは水銀が猛毒と聞いても、それ以上に進化した銃の性能に喜びが優ってしまう。

「旦那も撃ってみてくだせえよ！」

岡も射撃線に立ち、ザビルと同じ100m先の的を狙う。

「撃ちます」

――パンッ！

ザビルの残した弾痕の数cm横に命中した。

「衝撃はなかなかですが、とてもいい銃ですね。命中精度も非常に高い」

「次は連射してみるよ」

「どうぞ」

ザビルは１５０m先の的に、３発連射する。

――パンパンパンッ!!

どれも的の中に弾痕を残した。

そのあとも岡とザビルは２００m先の的にも連射して全弾命中させ、さらに３００m先にも的を設置して試し撃ちする。

スピードローダーも合わせて合計12発を連射しても、ガタつきや割れを生じることはなく、命中精度の面でも耐久性の面でも優れた性能を発揮した。

「オカ殿、もう十分だ。この銃はオカ殿の武器には優らずとも、すばらしい性能だと考える」

「そうですね。ではこれで完成としましょう」

「「「やったぁぁぁぁぁぁぁぁぁ!!!」」」

「完成だぁぁぁぁ!!!」

「よかったぁぁぁぁぁ……」

最後に力尽きたのは、叫びながら寝てしまったセイの声だ。

彼は王宮科学院の部下や職員たち、こっそりついてきていた侍従たちに担がれて、ノブラウルド区の邸宅へと運ばれていった。

その様子を見た岡は、彼もやはり王家の出身、貴族なのだなと変なところで感心する。

「そうだ。旦那、この銃に銘を付けてくれないか?」

ランザルに頼まれ、岡は首を横に振る。

「この銃は皆さんが作り上げたものです。部外者の自分が……」

「旦那がいなかったらこの銃はできなかった。だから旦那が名前を付けてくれ。セイ様もそう仰っておられたからな」

「そうですか……」

岡がザビルのほうをちらりと見ると、彼も頷(うなず)いた。

彼が使っていた銃は、確か〝殲滅者(アナイアレイター)〟シリーズ、固有名〝星火(スターファイア)〟だったなと思い出す。

「……では〝救国者(セイヴァー)〟でいかがでしょうか。固有名はなく、誰もが王国を救う戦士であると誇れる武器になればと思います」

「〝救国者〟か！　いい銘だ！」

ランザルら銃職人たちは喜んでその銘を受け入れた。量産される銃にはすべて銘が刻まれることになる。

「ようし、これから毎日3交代で量産するぞ！　ありったけの鉄をステンレスに作り替えるんだ！」

「鎧はもう必要ないからな、ラボレーオ区の全職人をかき集めろ！　全員で新型銃に取りかかれ！」

気合いを入れる職人たちの傍ら、ザビルは岡を連れて少し離れた。

「これがもし全兵士に配れたら最高なんだがな……敵はどのくらい時間を許してくれるだろうか」

ザビルの憂いを聞いて、岡も腕を組んで呻(うめ)く。

「うーん……偵察隊の話では魔獣は微増こそすれ、大幅に増える様子もないみたいなので、いつでも進軍を開始できると思うのですが……何をやっているんでしょうかね」

「何か機を見計らっているようにも感じるし、不気味だな」

岡はサフィーネから聞いた、あの予言をまた思い出していた。

堕つ者というのがわからないが、禁忌の封印を解くというあの一文は聞き逃せない。

まさかとは思うが、ノスグーラのような怪物が現れるというのだろうか。もし――報告で読んだ限りで実際のところはわからないが――あんな怪物を相手にしなければならなくなったら、いくら何でも倒せない。10式戦車（44口径１２０㎜滑腔砲）ほどの威力を持つ武器は、『Ｃ－２』に搭載した機材の中にもない。

ここからは時間が勝負だ。王国を守れるだけの防備を固め、敵の全軍を迎え撃つ武力を揃え、万全の態勢で臨むべく訓練を積む。

それしか、この国を救う方法はないのだ。

「ザビルさん、新型銃を適性者にテストしてもらうラインを作ってもらってもいいですか？」

「お安いご用だよ。オカ殿はどうするんだい？」

「ちょっと祈りの時間を増やします」

「祈り？」

■　ノバールボ区

城壁の上に設置した移動型基地局のところへとやってきた岡。

ソーラー充電器が墜落でいくつか壊れてしまったので、バッテリーの充電に時間がかかる。しかも出力の関係上30分程度しか稼働できず、人工衛星が見える範囲、角度を慎重に合わせないといけない。

あらかじめ入力端末でテキストを作っておき、電波を掴んだ瞬間に送信するという荒技を採ることにした。

「もうちょっとうまく作れなかったのかね……いくらバッテリーをいくつも運ぶのは安全上よくないと言っても、これじゃあ実用性に欠けるよ」

日本との経度差を考慮し、日本の頭上に現れるタイミングを見計らって機材の電源を点ける。

人工衛星の移動はゆっくりとしたものだが、アンテナが少々小さいので角度を合わせてやらないといけない。1人で何度もシミュレーションするが、懸念が残る。

「誰か手伝ってくれないかな……」

「俺でよければ……」

「うわぁっ」

ゼリムが岡の背後に立っていた。表情を見るに、またラボレーオ区から実質的に追い出されたようだ。

「ああゼリムさんか……びっくりしました」

「驚かせてすみません。何かお手伝いできることはありますか？」

「ちょうどよかったです。お願いできますか？」

アンテナの向きの調整と機材の電源を点けるのをゼリムに任せ、岡はテキストの作成と端末操作に専念する。

「自分が『３、２、１、今』って言いますので、そしたらこのスイッチを切り替えて、ほんのちょっとずつこの傘みたいなやつを動かしてもらえますか」

「そんなら簡単です」

手順をやってみせて、バッテリーを実際に接続する。

腕時計でタイミングを計り、岡が指示した。

「３、２、１……今！」

——パチッ。

アンテナに通電し、地平線から顔を出したであろう人工衛星の電波を捉える。

間もなく入力端末の画面に表示された、人工衛星の電波を示すアンテナマークが圏内表示になり、用意しておいたテキストを指定の手順で送信する。

「これで……よし、と」

電波を受信していれば、問題なく送信できるはず……と信じたい。

無駄な電力を使わないように、順次シャットダウンしていく。

「ありがとうございます、助かりました」

「い、いえ。こんなことでお役に立てるなら……オカ様、今のは何をされていたので？」

「今は祈ってました」

「い、祈り？　神にですか？」

説明してもよかったのだが、全部説明すると面倒だ。しかもゼリムは多分理解できないだろうから、何かいい誤魔化し方を考える。

「神様ではないですが……ま、〝星〟にですね」

星に祈ると言われて、案の定怪訝(けげん)な顔をするゼリム。

今回の報告では、『C－2』の墜落と生存者が岡だけであること、エスペラント王国という国に身を寄せていること、王国が魔獣の群れに襲われているので陸自と空自を派遣してほしいという旨を伝えた。

地上から見ても空に黒いもやはかかっていないことも、忘れずに記載してある。

（あれをすぐさまJAXAと防衛省が受け取っていれば、今日明日には緊急動議にかかるはず……そしてパーパルディア戦で手こずってなけりゃ、噂(うわさ)の爆装型『P－3C』は無理でも、『F－15』か『F－2』を2、3機は派遣してくれるだろう……）

しかしそんな都合よくいくか、不安が拭えない。

その不安から、岡はゼリムに思わず疑問を投げる。

「敵は……いつ襲ってくるでしょうね」

「え」

数万の大軍、下手すれば10万の規模になろうかという敵を相手に、正規兵数千と予備役で戦うのは心許(こころもと)ない。有り体に言えば分が悪い。予備役数万人分の銃と弾を用意できるなら話は別だが、頑張っても適性者分を用意できれば御の字だ。

『F－2』の航空支援を受けて陣形を崩せれば、数以上の勝負になるだろう。少なくとも、危険な前線さえ排除してもらえれば犠牲者数も――

――いや。

どれだけうまくいっても、確実に人が死ぬ。ゴウルアスとかいう一昔前の戦車並の火力を持つ存在がある。いくら岡が指揮しても、高機動車を駆使しても、守り切れない。人を守るために自衛隊へ入隊した自分の、力のちっぽけさを痛感する。

ゼリムに聞いても仕方ないのはわかっているが、この国の人物の中では距離感がやや遠いせいかつい訊ねてしまった。

いつの間にか背負っていた〝この国を守る〟という重責に、押し潰されそうになっていることを今になって気づく。

「オカ様、おつらいですか？」

「……すみません、今言ったことは忘れてください。自分が弱音を吐いたなんて知られたら、士気にかかわりますから」

暗い表情を隠しつつ、機材を片付ける。

ゼリムはそんな岡の背中を見て、押し黙った。

■日本　東京　防衛省　会議室

「グラメウス大陸調査部隊が全滅しただと!?」

「声が大きい……！　グラメウス大陸上空で大規模な磁気嵐に遭って、電気系が故障したらしい。そこから操縦不能になってバードストライクが起きたと……」

防衛省に届いた岡の衛星メールによる報告で、防衛省上層部は蜂の巣を突いたような大騒ぎになっていた。それもそのはず、今はパーパルディア戦が大詰めを迎えている。こんな状況で、士気がだだ下がりするような情報は流せない。

この一件は極秘扱いとし、殉職した隊員の家族と上層部、政府の一部の人間にしか共有されないことになった。

「唯一生存したというのは誰だ？」

「岡……伊丹（いたみ）所属の三等陸曹らしい」

職員の1人がグラメウス大陸調査部隊の名簿を調べ、その名を探す。

「あった。確かに派遣部隊の中にいる」

「エスペラント王国……にわかに信じがたいが、衛星メールは確かに届いたからな。衛星からの座標は……トーパ王国から北、少々奥地だな」

「しかし大問題だぞ。事故調査チームも派遣しなければならんが、この内容だとエスペラント王国というのが滅亡の危機という話だ」

「『C－2』の残骸も王国の領土内だから、どのみちこの要請には応じないといかん……許可取りで閣僚行脚だ。あとは派遣する日程か……」

「日程によっては航空支援に向かわせられる機数が変わるからな。支援の決裁は下りるだろうが、動きがあったら連絡するよう返信しておこう」

「機数のところ、空白のまま決裁通せばいいんじゃね？」

「それだ！　……いやダメだろ、白地小切手じゃないんだから。普通に首が飛ぶぞ」

「やっぱりダメかぁ……知ってた」

岡の報告は彼の期待通りに受け取られ、エスペラント王国支援の手も動き始めるのであった。

■夜　エスペラント王国　マルノーボ区

「ダくしルド様、スみマセん。報告ガ遅れまシた……」

『もういい、いつものことだ。それで城の敷地には潜入できたのか？』

「ソれが、だクシるド様ガ仰ッたよウに『衛兵も戦地ニ向かウ』ヨうなコとハなく、結果今回モ潜入デきませんデシた」

『何ぃ？　そんなバカな、南を強襲したときは中央もパニックになったと言っていたではないか。中央までの距離も北の水源区から中央までと同じ……いや、そうか。南で守り切れたから、北も守れると自信を付けたか』

「……」

　ゼルスマリム――ゼリムは岡のことを話そうかと考えたが、ダクシルドが勝手に誤解したために話すタイミングを失う。が、それはそれで安心した。

　そもそも話す気があったのかどうか、自分でもよくわからない。命令されれば身体が勝手に動くし話したくないことでも話してしまう。だから岡のことを聞かないでくれと内心祈る。

『まぁいい。貴様に最後の命令をくれてやろう』

「最後でスか？」

『ああ。それが終わったら貴様は自由だ』

数ヶ月間、強制的に命令を聞かされ続けたゼルスマリムは、それが嬉しいのかどうか理解できなかったが、岡ともう戦わずに済むと思うとホッとするような気持ちだった。

だが――

『今月末、総攻撃をかけることにした。そこで下等種族とともに死ね』

「ハい……えエっ……!?」

『貴様の能力の低さにはずいぶんウンザリしたが、それももう終わりだ。いつものように下等種に紛れて過ごし、その日を迎えろ』

「ソレじゃアびーコんハ……」

『ビーコンの回収は更地になったあとだ。多少は頑丈にできているからな、低次元な戦いごときで壊れることはなかろう。下手に下等種どもが見つけて解析されることが厄介だったから、こっそり運び出したかったのだが……貴様が無能だったおかげで、皆殺しにして回収するしかなくなった。どうせ存在すら知られていない辺境の下等種どもが全員死んだところで騒ぎにもなるまい。貴様のデータも死んだあとで回収してやる』

「……はイ」

命令には必ず了承してしまう。どんなに嫌な命令でも、指示された通りに動くしかない。自分がおかしいことに疑問も持てない。

だから、ゼリムにできることは――

■ノバールボ区

闇を照らす松明と魔法灯の光の中、男たちが見回りで歩いていた。

男たちは国内の治安維持を担う憲兵隊であり、火が切れた松明や魔法灯を管理するのも彼らの仕事である。そしてこの隊を率いていたのは、ノバールボ区憲兵署長、剣聖ジャスティードだった。

「まったく……あのオカとかいう男が来てからは散々だ」

「「「……」」」

部下は誰も反応しない。それもそのはず、ジャスティードの恨み節を散々聞かされているからだ。

重騎士、剣士が花形であった騎士団において、銃士の地位が急激に向上した。

王国最強の銃士ザビルとの御前試合で完勝した岡が、国内での名声や地位を獲得してしまい、騎士団の運営に噛むようになった。その一環として、装備の強化を銃偏重に舵切りしてしまった。

その影響で、銃士になりたい兵士が急増している。

「でも署長……適性試験受けたんですよね？」

「な、何故それを!?」

実はジャスティードもこっそり銃士適性試験を受けたが、的に1発も当てられなかった。自分はやはり剣に生きるしかないと、ふてくされ気味に覚悟を決めたのだった。

「憲兵隊のみんなも志願してますから……それに試験場には何百人もいるんですから、誰かしらから伝わりますよ」

「それもそうか……」

ジャスティードはため息を吐く。

もちろんそれだけではない。意中の人であるサフィーネと岡の距離が近い。非常に近い。

何せ同居している上、夜はちゃんと帰れと岡がサフィーネに叱られたという話まで耳に入ってきた。人から話を聞く立場の憲兵隊である以上、いらない情報まで入ってくる。

知りたくなかったが、ジャスティードはサフィーネを諦めざるを得ないのではないかと落胆する。

「署長、誰かいます」

「ん？」

部下の報告を聞いて、すぐさま頭を切り替えるジャスティード。

「あれは……確かゼリムとかいう、ラボレーオ区預かりの男ですね」

「こんな時間に何をしているんだ？」

「街角を曲がった。あの先は……」

間違いない、サフィーネらが住む家のほうだ。

ジャスティードたちはゼリムに気づかれないよう距離を保ちつつ、そのあとを追う。

ゼリムはジルベルニク宅の前に着くと、扉の前でうろうろしていた。

エスペラント王国民との不用意な接触は命令で禁じられている。ダクシルドたちに関することを喋（しゃべ）るのも禁じられている。他にも変身を解くことも、ヒトを食う姿を見られることも、魔族だと露見するであろう事柄のほとんどが禁じられている。

だから、エスペラント王国民ではない岡とは接触できるが、いきなりジルベルニク家の戸を叩けない。サフィーネ、バルサスと暮らしていることは周知だったので、彼らと接触できない。

そこへやってきたのはジャスティードたちだ。

「おい貴様、こんな夜中に何をしている!?」

ゼリムが本当にサフィーネの家にやってきたので、ジャスティードはもしかしたら彼女に会えるかもという若干の下心で、大声を出して呼び止めた。

「ひっ!?」

慌てて逃げようとするゼリムを、憲兵たちがすばやく取り押さえる。

「何故逃げるんだ！　誰に会いに来た!?」

「答えろ！　返答次第では――」

「何の騒ぎです？」

憲兵たちの恫喝(どうかつ)が聞こえて、家から岡とサフィーネ、バルサスが様子を見に出てきた。

サフィーネの寝間着姿を見てジャスティードは胸を高鳴らせるが、その隣にいる岡を見て不機嫌になる。

「サフィーネ……とオカか」

「あれ、ジャスティードさんにゼリムさんじゃないですか。どうしました？」

「これはオカ殿。この夜更けに家の前で怪しい動きをしておりましたので、捕まえて事情を聞こうとしていました」

ジャスティードの部下が答えた。

「お、オカ様ぁ……」

「なるほど、状況は理解しました。とりあえずゼリムさんを離してあげてください。そんな大勢で押さえられたら、怖くて話せないでしょう」

「む、しかし……」

「大丈夫ですよ、ゼリムさんはいい人ですから」

岡は自分が弱音を吐いたことを黙ってくれているゼリムを信頼していた。

「では、念のために逃げ出さないよう我々が見張る。それくらいは構わんな？」

「はい。お仕事ご苦労様です」

「ふん……貴様のためではない」

ジャスティードは岡に嫌味交じりに答えた。

「ゼリムさん、こんな時間にどうしたんですか？」

「あ、あの……すみません、どうしても話したいことがあって……」

「話したいこと？」

「敵が……31日に攻めてきます。総攻撃です。全軍でやってきます」

「な、何ですって!?」

こんな重要なことを、しかも唐突かつ緊急な内容を教えられて、その場にいた者全員の頭が混乱する。

ゼリムが何故この情報を伝えられたかというと、ダクシルドが口止めしていなかったからだ。

彼はゼリムに魔獣との戦争のさなかに死ねと命令したが、その未来は確定していない。万全の状態で迎え撃っても死ぬかもしれない。まさに魔族制御装置と命令不備の穴を突く形の漏洩だった。

「何で知ってるかは言えません……でも本当です。お願い、信じてください……」

「信じられるか！　魔獣どもが2週間ちょっとで全軍率いて攻めてくるだと!?　くだらない嘘も大

概にしろ!!」

　ジャスティードが激昂した。

「待ってくださいジャスティードさん。ゼリムさん、それは……確かなんですね？」

「嘘ではないです」

　岡は脈が急速に速まっていくのを感じる。この情報が本当なら、万全の対策ができる。だが、欺瞞情報だった場合は国が滅びる。それくらい危険な情報だった。

「……いくつか質問します。ゼリムさんだけがわかる予兆みたいなものですか？」

「違います」

「どこかで誰かに聞いた話ですか？」

「そうです」

「それは誰ですか？」

「……言えません」

「どこか、は言えますか？」

「……言えません」

　岡の質問と、それに答えるゼリムのやり取りを聞いていて、ジャスティードは苛立ちを募らせる。

「貴様……！　どこかの誰かに聞いたと言いながら、それが言えないだと!?　ふざけるな!!」

「ジャスティードさん、少し落ち着いてください」

「だが……！　むぅ……」

　導きの戦士として王国民から全幅の信頼を寄せられる岡に諭されては、ジャスティードも黙るしかない。

「ゼリムさん、あなたがこの情報を私に伝えるのは、もしかして大変危険なことなのでは？」

「いいのです。結果はわかりませんが、俺はどのみち……」

それ以上言わなかった。言えなかった。

ダクシルドに殺される。ダクシルドの存在を明かすことになる。

「わかりました。最後にゼリムさん……あなたは……」

岡は言い淀み、間が空く。

そしてゼリムにだけ聞こえるように、小さな声で訊ねる。

「……あなたは、私のことを慕ってくれていますか？」

「はい」

それだけ聞いて、岡はゼリムに家に帰るよう促す。

「ゼリムさん、また明日から頑張りましょう。忙しくなりますよ」

「すみません、オカ様……」

「はい。おやすみなさい」

ジャスティードは岡がゼリムを何もなしに帰したことで、露骨に不満そうな顔を向ける。

「何故帰した？　あいつはこんな夜中に、妙なことを言いに来ただけだぞ」

「いえ、大丈夫です。自分は彼を信頼していますから」

「後悔しても知らんからな」

ジャスティードは部下を率いて見回りに戻っていった。

「オカ、よくわからないがさっきのは誰だったんだ？　なんだかその……喋り方がちょっと……」

家の中に戻ってリビングの机を囲みつつ、サフィーネが訊ねる。

「ゼリムさんと言って、ラボレーオ区で働いている人です。自分の友人です」

「ふうん？　オカが友達と呼ぶなんて珍しいな。私にもそんなこと言ってくれたことないのに」

サフィーネが変なところで頬を膨らませた。

「さ、サフィーネさんは命の恩人ですから……」

「で、オカ君。彼に質問していたことは何だったんだい？　私にはどうも回りくどく感じたが」

バルサスに問われ、岡は少し悩んだ。

「……誰にも言わないでもらえますか？」

「もちろん」「当たり前だ」

「ゼリムさんは……多分、敵の間者です」

「「なっ……！」」

「それじゃあ、捕まえないとダメなんじゃないのか!?」

「待ってください。彼はもう危険ではありません。何故かというと、おそらくですが命令が終わったんです」

「どういうことだ？」

「総攻撃でゼリムさんも死ねと言われたのでしょう。どのみち、というのは死を覚悟したものです。もし死ななくても、彼はきっと殺される」

「その命令者が誰か、と言えなかったのは?」

「これはサフィーネさんに教えていただいた予言から推測したのですが……『悪意なき敵』というのは、何らかの方法で操り人形にされた黒騎士のことだと考えていました。ですがゼリムさんも同じく操られているのではないでしょうか」

「だから命令に逆らえず、禁じられていないことだけを伝えに来たのか」

「じゃあオカ、31日に敵が攻めてくると言っていたのは……」

「おそらくは、本当です」

「……なぁオカ君。もしゼリム君というのが操られているのだとして、何故彼を殺さなかった？　間者であるなら、危険ではないと言い切れないよ」

「彼がこの国で何をしていて、どんな情報を流していたかわからないからです。それに……」

岡が言いにくそうにするので、代わりにバルサスが続ける。

「……彼が魔族だと決まったわけではない、か」

「ああ、確かにヒトが操られているかもしれないものな。それを確かめる手段は今のところない、というわけだ」

「そういうことです。自分たちにできることは、31日に向けて少しでも準備を進めることです」

「よし。じゃあ早く寝て明日も頑張ろう！　オカ！」

「そうですね。今日のところは休みましょう」

3人は明かりを消して、それぞれ寝室に向かった。

意識を失ったまま目覚めない鬼人族は、地下室で眠り続ける。

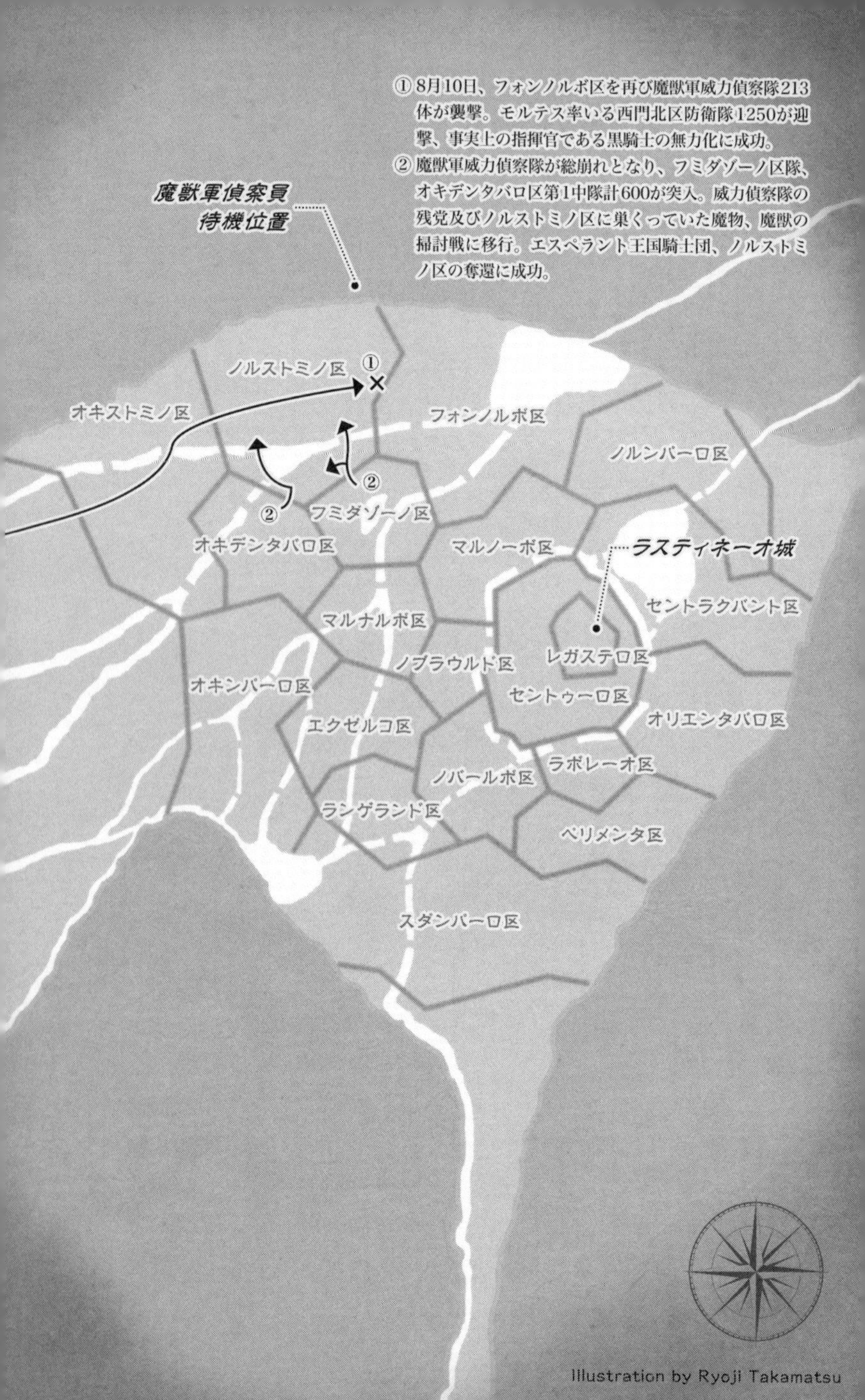

① 8月10日、フォンノルボ区を再び魔獣軍威力偵察隊213体が襲撃。モルテス率いる西門北区防衛隊1250が迎撃、事実上の指揮官である黒騎士の無力化に成功。

② 魔獣軍威力偵察隊が総崩れとなり、フミダゾーノ区隊、オキデンタバロ区第1中隊計600が突入。威力偵察隊の残党及びノルストミノ区に巣くっていた魔物、魔獣の掃討戦に移行。エスペラント王国騎士団、ノルストミノ区の奪還に成功。

魔獣軍偵察員
待機位置

ノルストミノ区
①
×
オキストミノ区
フォンノルボ区
ノルンバーロ区
②
②
フミダゾーノ区
オキデンタバロ区
マルノーボ区
ラスティネーオ城
セントラクバント区
マルナルボ区
レガステロ区
ノブラウルド区
オキンバーロ区
セントゥーロ区
オリエンタバロ区
エクゼルコ区
ラボレーオ区
ノバールボ区
ランゲランド区
ペリメンタ区
スダンバーロ区

Illustration by Ryoji Takamatsu

第4章

救国者の戦場

■ 中央暦1640年8月24日　ノバールボ区

ゼリムが来た翌日の16日、岡は登城して「国内の作業進行の区切りを30日に設定する」と王や宰相らに伝えた。

その根拠や作戦の進め方について細かく問われた岡だったが、ゼリムのことは言えないので「新型銃の量産に必要な資源が足りなくなる日程と、銃の必要数が足りてくる日が重なった」などと適当に答えておいた。

ゼリムはラボレーオ区に顔を出さなくなった。きっとジャスティードに一部始終を見られたために、身を潜めることにしたのだろう。どこに住んでいるとは聞かなかったが、元気でいてくれたらそれでいい。

岡は何をしているかというと、城壁の上で衛星メールを送っていた。16日に「31日に敵が攻めてくる」という情報を送ったところ、「必ず助けに行く」という返事があった。送ったあと、バッテリーが切れてしまって、また1週間ずっと充電していた。

「よいしょっと……」

衛星メールを1人で送る作業にも慣れてきた。この移動式基地局の使い勝手についても文句を言いたいところだが、それは日本に帰ってからのほうがいいかと我慢する。

「しかし――」

機材をいつも通り片付けたあと、岡は城壁の上から町中を眺めてぼんやりと考える。

敵はゼリムに31日に総攻撃を仕掛けると通達してきたらしいが、本当に31日に来るのだろうか。

ゼリムの素性はわからないが、真実を伝える価値がある人材なのかと疑問が残る。そんなに大事なら死なせないように配置を換えたり手元に戻したりするはずだ。わざわざ日付を伝えて〝死ぬまでそこでおとなしくしていろ〟などとかなり悪趣味に思える。いや、そういう意味では信用してもよさそうではある。

銃の量産は着実に進んでいる。ラボレーオ区の職人たちに教えた3交代制の労働環境の威力は凄まじく、連日ハイペースな生産を続ける。この調子なら30日までに必要分どころか、それ以上の数が揃いそうだ。

銃士の適性試験はとっくに終わっており、今は銃の扱いについての指導中だ。

岡が直接指導したのは最初だけで、あとはザビルら銃士たちに任せて問題なさそうだった。

戦闘指導はサフィーネに頼んだ。彼女は新型銃を受け取ってからというもの、その動きは洗練さを増しており、まるで曲芸のようになっている。空中で身体をひねるなど造作なく、その途中に銃撃して的に当てるという離れ業を披露している。彼女は生まれついての特殊部隊だなと感心するばかりだった。

「そういや……サフィーネさんのお母さんってどうしたんだろう」

バルサスと2人暮らしで、祖母がいたと言うがそれ以外の家族構成を知らない。

岡は元々、他人の家庭環境などの立ち入った話には踏み込まないようにしている。人にはみんな話したくないこと、触れられたくないことがある。無闇にそういうことを聞かないために、つまり円滑な人間関係の構築のために聞かないのだ。

そうではない人の目には「無関心」「人付き合いが悪い」「怠惰」などと映るらしいが、色んな考え方があるので割り切るしかない。

そういうわけで、ジルベルニク家でも踏み込まない。話してくれる機会があればそのとき聞けばいいと考えていた。

「おーい、オカー」

城壁の下から、岡を呼ぶ声がする。

「サフィーネさん？」

眼下に、手を振るサフィーネの姿が見えた。高低差30ｍもあるのに、よく自分だとわかったなと感心する。

城壁から下りてサフィーネに歩み寄ると、不思議そうな顔をしていた。

「最近よくあの上に登ってるな。何をしているんだ？」

「王からあの場所を使っていいと許可をいただきましたので、祈りを捧げる場所にしています」

「あの空飛ぶ鯨から持ち出したものが関係してるのか」

「そうです。何をしているかはまだ言えませんが……やれるだけのことはやろうと思いまして」

余計な気を持たせても、兵に油断が生じて一気に蹂躙されかねない。

あまり詳しいことは言わないよう気をつける必要がある。

「そっか、予言だと導きの戦士は祈るものだもんな。届きそうか？」

サフィーネから伝承を聞いたのだから、彼女にはバレるのは当たり前だ。もう少し表現を変えるべきだったと岡は反省する。

「まぁ……どうでしょうね。あまり芳しくありません」

「そうなのか。予言の全部が全部当たるとも限らないか」

彼女は岡の心中を察したらしい。頼りがいのある女性だなと素直に評した。

今日はこのあと、王城で作戦会議だ。

１週間後に迫った敵軍襲来の日に備え、当日の動きを確認しないといけない。31日に敵が来ると知っているのは岡と一部の者だけだが、幸いジャスティードはゼリムのことを信じておらず、下手なことは言わないようにしているらしい。岡のときからまったく成長していないと言えばそうだが、頑固な分慎重とも言える。いずれにせよ岡にとってはありがたかった。

「しかし、私も行く必要があるのか？」

「サフィーネさんには遊撃部隊を率いて変則的に動いていただきたいと考えていますので、是非出席してもらいたいんです」

「うーん……」

どうにも気乗りしなさそうな表情だ。

「もしかして王様と会うのは嫌でしたか？」

「そうじゃないんだ。ただ……うん、まぁいいよ」

作戦会議ではいくつかのパターンを想定した作戦を提案する予定なので、すべて頭に叩き込んでもらわないとならない。

それに現場指揮官として戦場を駆ける彼女から、何かしら意見も出るかもと考えていた。

気が引けるなら無理に連れて行かないほうがいいかと、再度「やめときます？」と聞いてみたが、「オカが来てほしいって言ったから行く」と言うのでサフィーネの意思を尊重することにした。

■ レガステロ区

岡とサフィーネがレガステロ区までやってくると、ザビルやセイの姿もあった。

2人とも、今回の作戦会議のために岡が呼んだのだ。

「オカ殿。ちょうどよかったな」

「やあオカ君！　いよいよ佳境だな！」

「ザビルさん、セイさん。これからですね」

岡だけでなく、ザビルもセイもその表情は緊張で引き締まっている。

だがザビルは、岡の隣に立つサフィーネを見て首を傾げた。

「おや、サフィーネ嬢。君も作戦会議に参加するのか？」

「ああ。オカにぜひ参加してほしいと言われてな」

「そうか……だが君は確か城が苦手と言っていなかったか？」

「いいんだ。私も向き合うときが来たということだよ」

「ふぅん？」

岡は2人の会話を聞いていて、やはり連れてこないほうがよかったのではという気持ちと、不思議な違和感を覚える。

「とりあえず入りましょうか」

「そうだな！　オカ君がいれば怖いものなしだ！」

セイの言い方には含みがあり、どういう意味だろうかと疑問に思う。

■ ラスティネーオ城

セイが言った意味はすぐわかった。

「おい、導きの戦士様のお出ましだ」

岡たち４人が城に入ると、戦機が近づいているせいか貴族がやたらと多く、そのうちの数名が近寄ってきた。

「導きの戦士様！」

「導きの戦士殿、どうか私をお使いください！　必ずや役に立ってみせますぞ！」

「貴様！　我がアレンベルナ家を差し置いて……！」

「あの、すみません。落ち着いてください。そこを通してください」

戦時に指揮官として登用されたがり、現場で勲功を上げるために自分たちの立場を守ろうと必死なようだ。

貴族は三王家の縁者の他、王国の歴史上様々な理由で勲功を上げた者の家系だが、基本的にエスペラント王国はエリエゼル家、ザメンホフ家、レヴィ家の三王家の力が一番強いので、貴族は区長となる以外に領地を持つことはできない。区の数も限られているので、大抵〝貴族街〟と呼ばれるノブラウルド区に居を構えている。

彼ら貴族としては、いくら岡が導きの戦士であろうが伝承の英雄だろうが、自分たちの地位を脅かす存在である。国民の好感度が高いから黙認しているとはいえ、腹の内はわからない。

「おやセイ様ではありませんか。王位を放棄された方がまだ出入りなさっているとは、もしや執着がおありなので？」

「そのようなお召し物をまた身に着けられて……もしや王家から勘当間近なのでは？」

「……」

セイはザメンホフ家の王位継承者ながら王位を放棄する考えを公言しているため、貴族入りする可能性が高い。天才科学者という実績もあって、ラボレーオ区の次期区長の座は堅い。

「御前試合での敗北を恥じていないのか？　アルーゴニーゴ家の跡取り息子殿。そのように導きの戦士様に金魚の糞のようにくっついて、まるで媚びているように見えるぞ」

「王国最強の銃士の名が泣くな。導きの戦士殿にその二つ名もお渡ししておとなしくしておればよいものを」

「黒騎士を倒したからと言って調子に乗らぬことだ。あれは重騎士らの功績だからな」

ザビルは元々貴族の出だが、岡という部外者に御前試合で敗北したこともあって、少々地位が落ちた。だが騎士団の運営に外部顧問として携わるようになった（傍目には口を出すようになったと見られている）岡と距離が近くなり、さらに岡に続いて黒騎士を倒した戦士として急激に株を上げている。

「なんだこの娘は？」

「まさか庶民の分際で、導きの戦士様に擦り寄ろうというの？」

「待て、導きの戦士様のお世話をしている娘ではなかったか？　遊撃隊とかいう野蛮な部隊の……」

サフィーネに至っては騎士団病院の医師の娘ということで、いわずもがな地位は低い。

これにはさすがの岡も侮辱が過ぎると思って口を出しそうになったが、サフィーネが制止した。

貴族でも若者だと前線に立つこともあるが、一定の年齢になると中隊長や作戦参謀など安全な位置に立つことが多い。その点、遊撃隊のサフィーネは時に最前線や敵の側面を突くなど、特に危険な任務で動くことが多い。それを野蛮と言うのは、到底聞き流せるものではなかった。

「いいんだ。私は大丈夫だから」

まるで気にした素振りを見せないサフィーネを見て、ザビルが我が身のように憤る。

「サフィーネ嬢の心中を察するよ。奴(やつ)らはいかに自分たちの立場を守るかしか頭にない連中だ」

「ははぁ……権力闘争はどこでも同じですね」

セイも真顔で追随する。

「まったくだ。私がもし王位を継ぐとしたら、貴族制度自体をなくしてやるのだがな」

「セイさんは民主主義を生み出しそうですね」

「何だねそれは？」

「君主が国を統率するのではなく、民の1人1人に政治を左右する力があるという考え方です。民が選任した代表者による議会制という制度がわかりやすいですかね」

「なるほど……それはいいな」

余計なことを言った気もするが、政治を革新するのは容易ではない。セイもそこまで無謀なことはするまい。

侍従にいつも通り案内されて作戦会議室に入ると、王や宰相、モルテスら要人が集結していた。

「遅くなってすみません」

「時間通りぞ、心配するな……ん？　そなたは……」

ザメンホフ27世がサフィーネの顔に目を留めた。

「はっ。騎士団南門防衛隊遊撃隊第5小隊長サフィーネ・ジルベルニクです。このたびはオカ様の要請を受けて作戦会議に参上つかまつりました。国王陛下におかれましては……」

「サフィーネ……ジルベルニクだと？」

「何か」

「……いや、何でもない」

やり取りを横で聞いていた面々は、王が何に引っかかったのかわからず顔を見合わせる。何でもないと言ってすぐ席に着いてしまったので、それ以上問うわけにもいかず皆も続いて着席していく。

「それでは仮称・魔獣軍対策作戦会議を始めます」

軍務長官ザンザスが開催を宣言した。

「まずは、北の山に向かっている密偵からの報告です。約20日前、総勢約5万ほどだった敵勢力は微増し、ゴブリン6万程度、ゴブリンロードが7千、オーク6千、オークキング2千となっています。漆黒の騎士については200体から増えていません」

「7万5千ですか。数の上ではかなりしんどいですが、黒騎士とオークキングさえ新設の銃兵部隊で駆逐できればあとは従来の重騎士、剣士でなんとかなりそうですね」

「セイよ、弾薬の備蓄はどのくらいある？」

「生産効率が大幅に上昇したおかげで、現在4万発はあります。あと1週間で6万発程度にはなるかと！」

「新型銃は何丁だったか？」

「昨日までに４００丁に達しました」

その数を聞いて、岡がびっくりした。

「生産を開始してまだ９日ですよ!?　この短期間に４００も作ったんですか？」

「我々の手にかかれば造作もない！　まぁラボレーオ区の職人全員に加え、インフラに回していた職人たちも総動員しているからな。かなり無理しているよ」

「戦いが終わったらみんなゆっくり休んでください……」

「そうとも。オカ君が休みをくれるその日まで、まさに今が我々の戦いなのだ」

セイが真剣な口調で言い切った。

そうだ、誰もが戦っている。

不安や弱音を抱えているのは皆同じだ。岡は重責から視野が狭くなり、忘れかけていたと気づく。

「オカ殿。そろそろ作業進行を30日に区切った理由を教えてくれんか。生産管理上都合がよかったなどと、信じられるわけがなかろう。今日この日に皆を集めたのにも理由があるのだろう？」

王が訊ねる。

岡も元より説明するつもりでこの会議を開催したので、ためらうことなく話し始める。

「陛下、嘘を吐いたのは謝ります。また、いくつか謝罪しなければならない事項もございます」

「聞かせてもらおう」

「実は……31日に敵の総攻撃があります」

「なっ――」

「何ぃ!?」

「お、オカ殿、そんな話は私も聞かせてもらっていないぞ?」

ザビルも岡の突然の打ち明けに狼狽(ろうばい)した。

「それはどういう、根拠があってだ?」

「陛下と謁見する前夜、敵の間者と接触しました」

「「何だとぉ!!?」」

岡とサフィーネを除く全員が目を剥(む)く。

「オカ殿、これは重大な背信行為ですぞ! 陛下や我らにそんな重要な情報を秘匿していたとは!」

敵の間者と接触したという事実は到底許されるものではなく、宰相は岡を睨(にら)みつけた。

「待て宰相。オカ殿、理由を聞かせてもらえるか?」

「もちろんです。まず、この情報は大変危険な情報でした。本当であれば我々の生存確率が格段に上昇し、欺瞞(ぎまん)情報だったら我々の滅亡もありうる。すぐに伝えれば混乱が生じますので、自分の判断で秘匿させていただきました」

「なるほど。理に適(かな)っている」

「すでに新型銃の生産は想定の7割に達し、勝算がかなり大きくなってきました。訓練も成熟してきていますので、我々もいつでも戦争に突入できます。この準備ができるかは賭けでしたが、30日を区切りとしたことで間に合ったと言ってもいいでしょう」

「うむ……そうだな。士気を下げるかもしれん情報を公開するよりは、心に余裕を持った状態で訓練したほうが上達も望めそうだ」

「そういうことです」

　宰相が口を挟む。

「敵の間者はどうしたのですか？」

「逃がしました。どうやら操られていたようですが、何らかの不備で我々に味方してくれたので」

「……敵は魔族ではなかったのか？」

「操られている以上、ヒトに化けた魔族かヒトそのものかわかりません。それに……間者はこの戦いの如何にかかわらず殺されます。尋問から確信を得ました」

「私もその場におりました。間者からは敵意を感じられず、害はないものと考えられます」

「サフィーネさんには自分から黙っていてくださいとお願いしていました。自分にすべての責任がありますので、彼女は関係ありません」

　岡が慌てて付け加えた。

「そうか。うむ……」

　王、宰相、ザンザスもモルテスも皆納得したようで、それ以上の追及はなかった。

「わかった。では31日をXデーとし、明日から常時戦闘態勢とすればいいのだな？」

「その通りです。ここまでは敵もおとなしくしてくれていましたが、いつ動き出すかわかりません。偵察の数を倍にして、細心の注意を払って探ってください」

「承知しました」

　ザンザスが頷き、地図を広げて続ける。

「では詳しい作戦の概要を決めていきたいと思います。我々が想定するルートはこちらです」

エスペラント王国の地図には、３つの矢印が書かれていた。

１つ目は西門北区、オキストミノ区からの侵入ルート。エスペラント王国騎士団の戦力温存のためにまだ奪還していないので、事実上敵の支配下となる。

侵攻時にはここにいる魔獣を加えてくるルートだ。

「これがもっとも確率が高いと考えます。ノルストミノ区を1度陥落させているから手順も理解しているつもりでしょう。そこから各区を撃破していく長期戦ですね」

「区壁が多いので敵としても本意ではないでしょうね」

「ええ。どこから横やりを入れられるかわかりませんから、なるべく1つずつ区を潰しにかかると考えられます」

２つ目は南門、スダンパーロ区からのルート。スダンパーロ区、ノバールボ区を破ればセントゥーロ区に入れるので、距離が短い。

「ここは多分入ってこないと思いますが……大回りな上、狭い渓谷を進んでこなければなりませんから嫌がるでしょう」

「ですが奇襲としてはもっとも効果が高い……無視はできません」

３つ目は北東の農地、ノルンパーロ区からのルートだ。

エスペラント王国の北側は山を採掘した結果切り立った崖のようになっているが、東側も針葉樹林の広がる険しい山々だ。大軍を通すには障害が大きい。

「こちらもあまり考えられないルートです。南門からと同じく、ノルンパーロ区からセントラクバント区を通ってセントゥーロ区に到達するので最短距離にはなりますが、巨大な湖があります。ここを軍に通過させるのは至難の業です」

「この湖は無理でしょうね。来るとしたらマルノーボ区からじゃないですかね」

「ここから入られたら一巻の終わりではありますす」

岡は地図を眺めながら、王城の位置を見て「うぅん……」と唸った。

言いながら、岡は敵がそんな策を弄してくるのだろうかと内心疑問に思う。

何せ威力偵察で同じ規模の部隊を送り込んでくるような指揮官だ。全軍突入と言ったら本当に全軍一塊でぶつけてくる可能性が高い。

想定外の事態も考慮しなくてはならないので、一応は対策しておくことに越したことはない。

「……陛下、戦闘時はどこにおられますか？」

「うむ……王は王らしく先頭に立って、と言ったのだが、こっぴどく叱られてしまってな」

「最高指揮官である陛下には、きちんと作戦本部に残っていただかないと困りますね」

苦笑いするザメンホフに釣られて、岡も笑う。

「ではこの王城におればよいのか？」

「いえ、王城はあえて捨てましょう。代わりにここはどうですか？」

岡が地図のある1点に指を突き立てる。

「――ここか、なるほどな。確かによいかもしれん」

「ご不便をおかけしますが、その代わり安全は確保できると思います」

作戦本部の位置が決まったところで、それぞれのルートを想定した配置を決めていく。

基本的にはオキストミノ区からのルートとし、南門、北東からの奇襲を考慮して部隊を残す作戦を採る。奇襲に備えるのは基本的に憲兵隊と予備役だが、正規兵がすぐに駆けつける指揮系統も岡が次々とアイディアを出す。

敵軍の最大の部隊を迎え撃つ正規部隊を、騎士団総長モルテスを総司令官に据えたモルテス連隊とすることが決まった。残りの2つのルートから奇襲を受けた場合、いつでも部隊を分けられるように南門防衛隊隊長グリウスと西門南区防衛隊隊長ペンッティを隊長にした大隊を2つ設置する。

また、新型銃の配備によって騎士団正規兵の全体的な構成を変更する。

現状の生産速度が維持されれば、左記の通りとなる予定だ。

・重騎士　　　　　　　1500　　・遊撃兵　　　　　　　　　100
・剣士　　　　　　　2000　　・遊撃兵（新型銃装備）　200
・鉄砲隊（元剣士）　　500　　・銃士（新型銃装備）　　190
・槍騎兵　　　　　　　300　　・魔導弓兵　　　　　　　400
・竜騎兵（元槍騎兵）　100　　・魔導弓兵（新型銃装備）200
・魔導師　　　　　　　500

鉄砲隊は旧式のマスケット銃装備、竜騎兵は新型銃装備である。

魔導師については戦闘には積極的に参加せず、岡の指示で衛生兵を務めることになった。予備役からも衛生兵、通信兵を担当する者を多数配置する。

ザビル以下銃士10名は岡預かりの部隊となる。彼らはすでに銃の訓練指導を離れ、岡とともに別の訓練を開始していた。

あとは敵軍の動き出しを密偵に伝えてもらったあとの、迅速な展開能力の訓練を重ねることになる。数十㎞あるので王国まで到達に２日、密偵が戻ってくるまで１日はかかるはずだ。28日に北の山（バグラ山）を出発すれば、31日に間違いなく総攻撃が始まる。１日ですべての準備を終えられるよう、徹底的に態勢を見直していく。

「これで全部ですかね」

岡はまとめにかかった。

「あの……１ついいでしょうか」

手を挙げたのはサフィーネだった。彼女の表情は硬く、注目を浴びてやや目を伏せがちにする。

「何でしょう？」

「私を、オカ様と同行させてください」

急な申し出に、出席者たちは顔を見合わせた。

岡としては、全幅の信頼を置いているサフィーネに全遊撃隊長として活躍してもらうつもりでいた。だからこそ一番驚いたのは岡である。

「それはまた、急にどうして？」

「どうしてと言われると……たとえば不測の事態に陥ったとき、オカ様がお一人だと対処できない場面も出てくるかもしれませんし……」

「オカ殿には我ら精鋭銃士隊が付いているから大丈夫だと思うが……」

ザビルはしどろもどろのサフィーネに首を傾げる。

だが思わぬ横やりが入った。

「よい、余が許そう」

「陛下？」

「確かにオカ殿は導きの戦士、我が国の賓客。誰かが常に支えなければならんことを、我らは失念していたようだ。オカ殿からの信頼厚きそなたなら、きっと役に立ってくれるであろう」

「はっ！　ありがたき幸せにございます！」

何となく釈然としない気分の岡だったが、それ以上は聞かないことにした。

遊撃隊はサフィーネと同等の能力を持つ遊撃隊第1中隊の中隊長に指揮を任せることになった。

「では残り1週間、気を引き締めて参りましょう」

「王国に勝利と安息を」

こうして仮称・魔獣軍対策作戦会議は終了した。

■レガステロ区

岡とサフィーネ、ザビル、セイが城から出ると、バルサスが迎えに来ていた。サフィーネの父だということでここまで入れてもらえたらしいが、さすがに城に入ることまでは許可されなかったらしい。

「ああ、オカ君。会議は終わったのか？　今いいか？」

「どうしたんですか？」

「ここでは話せない。とにかく来てくれないか」

「はぁ。ええと……」

サフィーネはいいとして、ザビルとセイの顔を見る。

「ちょうどいい。ザビル殿とセイ様にもお越しいただきたい」

「「「？」」」

■ノバールボ区　ジルベルニク宅

バルサスは何も言わずに、セントゥーロ区の前に停めてあった馬車に4人を乗せる。

向かった先はジルベルニク宅。道中も何も説明せず（というよりバルサスは御者台にいたので、話すのが難しかった）、降りたところでようやく口を開いた。

「いいですか、決して慌てず、落ち着いてください」

「どうしたの父さん？　何に慌てちゃいけないのかわからないよ」

「ああ……そうだな。とにかくついてきてくれ」

バルサスに続いて家に入り、地下室へ下りると、全身真っ黒な生き物が立っていた。

「――!!」

「オカ君！　セイ様！　私の後ろに！」

「伏せろ！　両手を頭の後ろに回せ!!」

バルサスとザビルが半ばパニック気味に叫んだ。

真っ黒な生き物は怪訝な表情を見せ、小首を傾げる。

〈何を言っているんだ……？〉

岡にはそれの言葉が理解できたので、バルサスとザビルを制止して進み出た。

〈やあ、目が覚められたのですね。私の言葉はわかりますか？〉

できるだけ平静を保ちつつ話しかける。

〈うむ……そちらの男と女の言っていることはわからんが〉

〈自分は岡真司と申します。あなたのお名前は？〉

〈オカと言うのか、よろしくな。私はヤンネ、〝景星のヤンネ〟と呼ばれている。ところで……ここはどこだ？〉

突然意味不明な言語で会話を始めた岡を見て、ザビルたちはぽかんとする。

「お、オカ殿……その者の言葉がわかるのか？」

「はい。彼はヤンネさんと仰るそうです」

「これは驚いた……本当に意思疎通が取れている」

日本人にはどういうわけか、この世界の人々との間に自動翻訳の力が働いている。

それはクワ・トイネ公国との接触以来公然のこととして広まり、日本人は新世界の人々と接触しても意思疎通に困ることはないというのが常識となった。

もし相手に意思疎通の気があるのなら、どんな相手でも会話が成立するはずだ。岡はこの得体の知れない黒い人型生物であろうと、例外ではないはずだと考えていた。

岡の想定は間違っていなかったのだ。

〈ヤンネさん、ここはエスペラント王国と言います。ヤンネさんの国はどちらですか？〉

〈私の国は鬼人の国、ヘイスカネンだ。エスペラント王国……エスペラントということは、人類の

国か？〉

〈そうです。グラメウス大陸のやや南側となりますね。ヤンネさんは――貴国(ヘイスカネン)はこの国と敵対関係にあるのですか？〉

〈敵対……？　いや、常闇の世界にあるヘイスカネンと人類の国に、現在接点はない……うっ……頭が……っ。これは……そうか、思い出した！　ダクシルド……奴が、奴が我が国を……!!〉

不完全な魔族制御装置の副作用だった。

脳に直接作用して、思考や言語を強制的に書き換えるため、強い負荷がかかる。装置を外したときにその負荷から急に解放されるため、頭痛を引き起こす。

ヤンネはこれまで気を失って脳の機能がほとんど停止していたが、活動を再開すると同時に覚醒し、副作用が発生してしまったのだ。

頭痛を訴えてうずくまるヤンネを見て、岡はとっさに支える。

「バルサスさん、彼の体構造は人類に似ていると言ってましたよね？」

「あ、ああ。血液は紫色で体表面も黒いが、どうもヒトに近いようだ」

「すみませんが水を持ってきてもらえますか」

岡は肩に提げていた鞄(かばん)から頭痛薬を2錠出し、水と一緒にヤンネに飲ませる。

〈楽になると思います。少し横になりましょう〉

ヤンネの気分が落ち着くまでしばらく時間をおくことにして、5人は地下室から出た。

「オカ君、君はどこまでもエキサイティングだな！　科学知識が豊富なだけでなく、まさか聞いたこともない言語で会話するとはね!!」

「まあちょっと色々ありまして……それよりも、ヘイスカネンという国はご存じないですか？　彼らは自分たちを鬼人と言っていますが」

「鬼人……ヘイスカネン……どちらも聞いたことがない。しかし魔獣ではなかったとは」

ザビルは深刻な表情で唸った。

「ということは、ダクシルドとかいう人物が今回の敵ですね」

「それも彼が言っていたのか？」

「はい。彼の国、そして彼らはダクシルドによって何らかの干渉を受けたものと思われます」

そう話していると、地下からヤンネが上ってきた。まだ頭痛は治まっていないようで、冷や汗をかいて具合が悪そうに見える。

〈すまないオカ……話の途中で……〉

〈自分のことは気にしないでください。それよりまだ具合が……〉

〈いいんだ……それより、君に大事なことを伝えたい。この国に危害を加えているのは我々だが、我々はダクシルドという男に操られていた……。奴は頭に奇妙なサークレットを嵌め、それによって私たちを操り人形にするのだ〉

〈サークレット？　どのような見た目ですか？〉

〈魔石をいくつか嵌め込んだ、黒いサークレットだ。頼む……！　我ら鬼人族を救ってくれ……！きっとサークレットを破壊すれば洗脳は解ける、私のように……そして我が国の姫を……〉

黒いサークレットと聞いて、岡は心当たりがあった。

ゼリムの頭部にもあった、奇妙な黒いサークレット。あれが彼らを苦しめる正体だったのだ。

〈わかりました。ヤンネさん、回復するまでこの家で休んでいてください。きっとあなたたちを助けます〉

再び気を失ったヤンネを、男４人で抱えて地下室に運んだ。

そして岡は彼から聞いたことを全員に話す。

「――なんと、そんな事情があったとは」

「サークレットはゼリムさんも頭に付けていたものだと思います。セイさん、覚えてますか？」

「もちろんだ、悪趣味な形のサークレットだったからね。あれは魔法具の一種だったというわけか」

「バルサスさん、申し訳ないのですがもうしばらく彼をここに置いてあげてください。自分はこのことを城に戻って伝えてきます」

「私も同行しよう」

「私もだ。ここは我々の証言もあったほうがよかろう」

ザビルとセイの申し出をありがたく受け、３人で再度ラスティネーオ城へと戻った。

３人は黒騎士の正体と彼らを救う方法を王や軍務長官に伝え、鬼人族を助ける作戦を追加することとなった。

■中央暦1640年８月28日　バグラ山

「魔獣軍が動き出した！　本当に出兵が始まったぞ！」

エスペラント王国から放たれた密偵たちは、バグラ山南東付近にある監視小屋におり、慌ただしく移動準備を始める。

彼らは魔獣の軍勢が前日から整列を開始したのを確認し、いつ動き出してもおかしくないと監視を強めていた。

本国からは「おそらく28日に動き出すものと思われる。敵軍がすべて出陣しきったら、火口の敵本拠地を探れ」と命令を受けている。もぬけの殻になったところで、敵の正体に繋がる何かを探るのだ。

「よし、俺たちは北から回り込む。お前たちはすぐに本国へ戻って状況を伝えよ」

「了解！」

■ **中央暦1640年8月31日　日本　青森県　三沢基地**

早朝。

航空自衛隊北部航空方面隊第3航空団第3飛行隊所属の『F－2』5機が、タキシングを行っていた。

管制室でその様子を見守る管制官たちが、今回の作戦について会話を交わす。

「『C－2』が墜落した原因、わかったのか？」

「大規模な磁気嵐が直撃した可能性が高いって話だ。幸い、先立ってトーパ王国に向かった陸自と気象学者からの報告では、ここ数日そういった現象は起きていないらしい」

「無事に帰ってきてくれよ……」

彼らはグラメウス大陸に向かう隊員たちの無事を願っていた。

全機、６００ガロン増槽を2つ積載し、Ｍｋ.82（５００lb爆弾）12発と90式空対空誘導弾（ＡＡＭ－３）２発を装備している。

また、２機の『ＫＣ－７６７』空中給油機も燃料を満載にして離陸準備に入っていた。

空中給油機は『Ｆ－２』をグラメウス大陸まで送り届け、帰りの燃料を給油するために海上で待機する予定だ。『Ｆ－２』の航続距離がフェリー飛行でおよそ片道分しかないので、２機の空中給油機が彼らの生命線となる。

離陸位置に着いた各機が、管制塔からの指示を待つ。

『——Cleared for Take-off』

離陸許可を得た順に、１機ずつ大空へと舞い上がる。

今日もまた厳しい残暑が予想される中、エスペラント王国有害鳥獣駆除航空支援隊が北へと向かっていった。

■　エスペラント王国　オキンパーロ区

密偵の第一報が届いたのは29日の深夜だった。複数の密偵を道中のいくつかに分けて配置し、リレーすることで疲労を軽減しつつ迅速に情報を伝達する手段を使ったのだ。

情報が届いたあと、岡の訓練を受けた騎士団の動きは速かった。

西側ノルストミノ区、オキデンタバロ区、オキンパーロ区と、南側スダンパーロ区に広がる区壁の外に障害物を設置し、各区の区民を中央9区に避難させた。

30日中に予備役の招集を終え、作戦概要を説明する。最終的に剣や槍、弓などを装備した予備役3万が、憲兵とともに戦区防衛に就くことになった。

そして迎えた今朝、敵は密偵の情報通り西側から現れた。

だが想定とは違い、敵はオキストミノ区ではなく西門南区、オキンパーロ区の城壁前に陣取った。

ノルストミノ区とオキデンタバロ区には予備役で構成された守衛隊を残し、主力をオキンパーロ区前の城門に整列させることにした。

オキンパーロ区の城壁の上から双眼鏡を覗く岡は、敵軍を観察して首を傾げる。

「おかしいですね。密偵の方々からの報告では7万5千と聞いていたのに、こちらには5万前後しかいません。しかもゴウルアスとかいうやつの存在が見当たらない……偵察隊から何か連絡はありませんか？」

「連絡はないな。数え間違いか、隠しているわけではないのか？」

「いや……多分夜中のうちに南に回りましたね。モルテスさん、グリウス大隊に南門に回るよう指示してください。自分も南門へ向かいます」

「承知した！」

まさか敵が本当に隊を分けるとは思わなかったが、昨日のうちに準備したものが役に立ちそうでよかった。

岡は無線機を使って、ザビルに連絡を取る。

「ザビルさん、南門へ行きますよ。こっちはモルテス連隊とB部隊に任せましょう」

『いいのかい？　こっちは数がかなり多いようだが』

「黒騎士……じゃなかった、鬼人族の数が１００人ほどしかありません。残りの１００人は多分南に行ったんだと思います」

『そりゃまずい。オカ殿、先に行くぞ。Ａ部隊、南門へ全速力だ！』

ザビルが指示を出すと、城壁の下で唸り声が響いた。

ザビルを含め５人が乗った高機動車が、オキンパーロ区からエクゼルコ区に向かって駆け出す。

『Ｃ－２』に搭載されていた高機動車は３台のうち２台が無事で、ザビルたち精鋭銃士10人を５人ずつに分けて乗せている。その中には自衛隊の武装が満載してあり、彼らは遊撃兵よりもさらに強力な高機動強襲部隊として戦闘に参加する。１台に取り付けられていた１２０㎜迫撃砲ＲＴは邪魔なので外した。

中距離多目的誘導弾が搭載されているものは墜落の衝撃で足回りが損傷したのか、あまり速度が出せない。仕方なく、邪魔にならないようエクゼルコ区に移動させておいた。

岡とサフィーネも城壁を下り、偵察用バイクに２人乗りする。サフィーネも岡の同伴となったことで89式小銃を携えており、タンデムステップのない偵察用バイクの後部座席に器用に乗る。

「なるべく安全運転しますが、つらかったら言ってくださいね」

「問題ない、行ってくれ！」

――キュルルルルッブルルッブァンブァアッ！

カワサキ・ＫＬＸ２５０の心臓に火が灯る。大抵の悪路を難なく走破してしまう偵察用バイクが農地を走り始め、スダンパーロ区へと急行する。

「さて、まずは小手調べといこうか」

城壁の上でモルテスが呟いた。

(不思議なものだ。突如現れた国外の青年1人が、あれほどまでに心強い存在となり、いなくなるところも心細くなるとはな)

『重騎士全隊、前進――――!!』

角笛とともに戦闘が開始する。

敵全軍の陣形は密集陣形のようで、先頭に黒騎士を横陣で配置している。この黒騎士を真っ先に無力化することが、重騎士たちの役目となる。

「「「ゴァァァァァァァァッッ!!!」」」

雄叫びを上げながら、生物離れした速度で全力疾走で突っ込んでくる黒騎士たち。

「おっそろしい――なっ!」

――ドォォン!!!

重騎士隊の先頭に、黒騎士の一団が衝突した。

剣、刀、ハンマー、鉄球、メイス。ありとあらゆる凶悪な武器を携えた黒騎士の初撃を、重騎士は臆することなく受けて、受け流す。

「その頭のやつが、お前たちを操る魔法具か……確かに悪趣味だなァ!!」

――ガィン!!

重騎士の盾が、黒騎士の顔面を捉える。シールドバッシュを受けた黒騎士はぐらりとふらつき、サークレットに嵌め込まれた魔石が割れて地面に散らばる。

〈うぐっ……！〉

サークレットを破壊、あるいは弾き飛ばされた黒騎士たちは呻き、その場で膝を突く。

「導きの戦士様が言っていた通りだ！　サークレットさえ破壊すれば怖くねえ！」

「よぉし、全員目ぇ覚まさせてやるぜ!!!」

黒騎士は西門側にたった１００人しかいない。重騎士が黒騎士を嬉々として引き受けてくれるので、攻撃を担当する部隊は後続の部隊に向けて射撃を開始する。

『鉄砲隊、重騎士が黒騎士の相手をしている間に、一気に前進してゴブリン以下雑魚を蹴散らせ！』

３列横隊に列を成すマスケット銃を持った鉄砲隊が、重騎士よりも数歩引いた位置でついていく。

彼らは元々剣士で、その証として背中には剣を２本背負っている。装備したマスケット銃は新型銃採用によりお払い箱になったものであり、岡はマスケット銃も剣士に持たせておくことで、被害をかなり抑えた状態で全軍衝突するだろうと考えた。

もちろん、長篠の戦いにおける織田軍の三段撃ちがモデルだ。ただし、史実では使われていないというのが有力な論説だが。

マスケット銃なら引火の心配も少なく、別に一斉射にこだわる必要もない。魔狼に乗った騎狼兵でも、距離１００ｍなら接近まで７秒ほどかかる。１人目が討ち漏らしたら２人目が撃ち、それでも討ち漏らしたら３人目が剣で迎撃するという流れだ。

「十分引きつけてから撃てよ！」

「っっ撃ええええええ―――――――――――ッッ!!!」

――パパパパパパァァァン!!!

連続する花火のような音が響き、向かってきていたゴブリンの前線が総崩れになる。

「っしゃあ！　これならいけるぜ!!」

「前進しつつ交代だ！　怯むな!!」

新型銃を携えた竜騎兵、遊撃兵も飛び出して、左右から攻撃していく。鶴翼のように変形しつつ、敵前面と側面から押さえ込む作戦だ。射程が格段に伸びた新型銃〝救国者〟のおかげで、ゴブリンたちが面白いように倒れる。

さらに南側から、１台の鉄獣が飛び出した。

――ガァァァァァァ!!!

岡の指揮下の銃士５人、Ｂ部隊を乗せた高機動車だ。３００ｍほど距離を取り、

「どれほどの威力か、試させてもらうぞ！」

荷台からＭＩＮＩＭＩを構えた銃士が顔を出し、数千いるゴブリンロード、オークの群れに向かって掃射する。

――ダダダダダッダダダダッダダダダダダッ！

有効射程６００～８００ｍの５・56㎜ＮＡＴＯ弾が、曳光弾を交えて魔獣の群れに着弾した。

「ギャアッ！」

「グギィィ!!」

圧倒的な連射速度、狙った場所へと届くブレない弾道、そしてとてつもない貫通力。どれも自分

たちの国の職人たちが作った銃の性能の、遥か上を行く。

当たった魔獣たちは血飛沫を上げ、断末魔の叫びとともに地に伏した。

「す、すげえ……なんて威力だ」

無事だった上位魔獣が高機動車を脅威と認識し、高機動車に向かって隊を分けて殺到する。

「来た来た来たぁ！　オカ様の指示通り、反対方向に走れ！」

追いつかれるか追いつかれないか、ギリギリの速度に落とし、荷台から教わった手順で手榴弾を投げる。

――ボォンッ!!

「ギュ――」

「ガヒ――」

敵の真ん中で炸裂した手榴弾の爆圧と破片で、半径３ｍ以内にいた魔獣たちがズタズタになって倒れ伏す。

「……マジか」

自分たちの扱っている武器の威力の高さに、絶句する。訓練で使ってみたときは、エクゼルコ区の何もない場所で標的もなしだった。あまりピンとこなかったが、今ならわかる。

この強力な武器を以て、敵軍を殲滅する。それ以外に、王国が助かる術はない。

「側面、後方からどんどんかき乱せ！　攪乱して被害を食い止めるんだ！」

「ハァ……ハァ……ハァ……くそ、俺だって……！　――あァ！」

――パンッ！

アビシ・アレンベルナは、アレンベルナ家の跡取り息子である。貴族ながら隊長経験のない彼は、新型銃〝救国者〟を手に戦場を駆けていた。

「死ね！　死ね!!　死ねぇ!!!」

――パンッ！　パンッ！　パンッ！

ダブルアクション機構の銃の手軽さはすさまじく、銃の扱いに関してほとんど素人の彼でも、密集状態の上位魔獣を容易く討ち取れる。ただし致命傷を与えられれば、だが。

貴族特権でようやく掴んだ余剰生産分の1丁。

練習する暇もほとんどなく実戦で使うことになり、しかも新型銃装備の銃兵隊として最前線へと放り込まれた。

周囲の元銃士や元魔導弓兵が着実に仕留めていく傍ら、アビシは腕や胴など無駄な部分に当てる銃撃も多い。

銃士は元貴族出身の者がほとんどなので話は別だが、魔導弓兵は平民が多い。彼らに戦果で負けるわけにはいかない。

「くそっ……僕はアレンベルナ家の嫡男だぞ……！　こんなことが……こんな……」

――パンッ！　カチッカチッ。

「あ……!?　た、弾切れか……給弾、給弾しなくては……！」

最前線でのリロードは生きた心地がしない。

何せ鎧も盾もないのだ、リロードの間無防備になる。

周囲の兵の射撃だけが頼りな分、信頼関係が構築されていなければならない。

だが焦りはミスを生み、ミスが死を招く。

「あっ！」

大事な銃弾を取りこぼし、屈(かが)んで拾おうとするアビシ。

そこへ、銃撃をすり抜けたオークキングが迫った。

「ゴガァァァァァ!!」

「ひ、ひぃ！」

――パンッ！

アビシに襲いかかったオークを、元魔導弓兵のラジロアが討ち取る。ラジロアはアビシに手を差し伸べ、彼を気遣った。

「大丈夫か!?」

だが貴族の誇りと、足手まといになっている自覚で精神的に板挟みとなり、命の恩人であるラジロアに暴言を吐く。

「も、もっと早く助けろよっ！　僕を誰だと思ってる!!」

「はァ!?　さっきからどれだけ助けてやってると思ってんだ！　死にたいなら１人で突っ込め!!」

獣人のハーフであるラジロアは優秀な銃士だ。ゴブリンロード、オークキングに怯むことなく立ち向かい、正確に銃撃を叩き込む。魔導弓兵時代は曲射部隊に配属されていたが、その豪腕と獣人の血が濃い身としては珍しく豊富な魔力量から放つ直射は強力無比で、曲射部隊を幾度も救ったことがある。

彼は新型銃〝救国者〟の誕生で、まさに才能が開花したと言ってもいい。

だがそういう存在だからこそ、アビシの劣等感を強く煽ってしまう。

「平民の分際で、ぶ、無礼だぞ！」

「戦場の仲間に無礼もへったくれもあるか！　貴族の肩書きがお前を助けると思ったか!?　残念だったなそりゃ大間違いだ！　どうせ貴族特権で手に入れた銃だろ、それ！　お前みたいなのは邪魔なだけなんだよ!!」

ラジロアは激怒しながら、魔獣に向かって銃撃を続ける。1体、また1体と着実に仕留めていく。

図星を突かれたアビシは、自分の情けなさを認めたくないあまり、さらに家のために手柄を立てなければならないために、魔獣の群れに向かって突進する。

「う……うわあぁぁぁぁぁぁぁ!!!」

「お、おいバカ！　よせ!!!」

アビシの後ろ姿に向かって叫ぶラジロア。

1人突出したアビシはオークキングとゴブリンロードを1体ずつ倒すが、蛮勇空しくすぐに叩き潰されてこの世を去った。

「……なんて野郎だ、後味悪ィ」

■ スダンパーロ区

岡とA部隊がグリウス大隊よりも先にスダンパーロ区に来ると、予備役からなる守衛隊が大騒ぎしていた。

「あ、導きの戦士様！」

「皆さん、状況はどうなってますか？」

「こっちに敵軍が向かってるって情報が……その数約2万とか！」

「2万？　2万5千の間違いではなく？」

「偵察隊は確かに2万と……それと、ゴウルアスが3体も！」

「確認されているゴウルアスは5体のはず……おかしいですね、数が合わない」

だがまずは南門を守り抜かないと、グリウス大隊だけでは手に負えない。たった1千の正規兵と予備役だけではどうにもならない。

「ザビルさん、敵の動きが妙ですが、まずは南門を守ります。城門の外でゴウルアスを迎え撃ってください。グリウス大隊が来たら、鬼人族の対処を！」

「了解！　だが全員助けられるかは……」

「我々の命が最優先です。怪我させても構いません」

「……承知した！」

ザビルたちをその場に残し、岡はサフィーネと、南門から3㎞南下した場所の渓谷に向かった。

渓谷に草木はなく、むき出しの土や突き出た岩々、灰色の大地が広がり、まるで地獄のようにも見える。開拓時代、スダンパーロ区からここまで切り拓いたあと、谷が道となって魔獣の襲撃を受けるようになり、戦いが頻発するようになって開発を放棄されたのである。

岡とサフィーネはバイクを降り、敵に見つからないよう岩陰に偵察用バイクを隠すと、準備を始めた。

隠しておいたケーブルと箱を掘り出し、箱の中に仕舞った装置を取り付ける。

「昨日、埋めたあれを使います。ゴウルアスと黒騎士が通過したタイミングを見計らって、教えた通りにやってください」

「わかった！」

サフィーネの声は少し震えている。

「緊張していますか？」

「ああ……ちょっとだけ」

岡とサフィーネは二手に分かれて山の上に身を潜める。

渓谷に吹きすさぶ風が汗を蒸発させ、湿った首筋や唇も乾燥させる。

夏だというのに涼しく感じる。痛いほどの静寂の合間に、風切り音だけが聞こえた。

徐々に緊張が高まる。

一時が経過した頃——

——ドウン……ドウン……。

禍々(まがまが)しい太鼓の音が聞こえてくる。

「来た……！」

岡は双眼鏡で、音の方向を確認する。

先頭をゴウルアス、黒騎士が進み、後ろからゴブリン、ゴブリンロードと中、上位魔獣が続く。

ゴウルアスは細身の大型四足歩行獣らしく、巨大な犬のように見える。頭部に角が生えており、退化した翼は銀色の体毛に覆われてきらきらと輝く。

「……化け物だ」

化け物たちは行進の速度を緩めず、徐々に近づく。

気づかれれば作戦は失敗し、南門を、ひいては王国そのものを危険に晒す。

緊張はピークに達していた。

ゴウルアス３体と黒騎士50体が、目印の位置を過ぎた。

岡はサフィーネのいる辺りに向かって携帯ライトを照射し、手で何度か遮って合図を送る。

５秒後。

――ドッ――ゴォォォォォォォォォォッッッ!!!

魔獣軍の頭上で猛烈な爆発が発生し、崩れた土や岩、木が粉塵をまき散らしながら、化け物の群れに押し寄せた。

「ゴアァッ!!」

驚きの表情のまま、逃げる間もなく押し潰されるゴブリンやオークたち。

前日のうちに、岡は騎士団の手の空いている者に手伝ってもらって、渓谷の斜面に大量のＣ－４爆弾を埋めておいた。いざとなれば『Ｃ－２』すら粉々にできるほどの量のＣ－４を大盤振る舞いしたので、まるでダムを造るような量の土砂や岩石が崩れ落ちた。

「ピアァァァァッ!!」

こだまする不吉な悲鳴。何が起こったのか理解できない魔獣たちは、四方八方に逃げ惑う。

ゴウルアスと黒騎士も大混乱に陥り、一目散に王国南門へと突撃した。

「来たな！　あれがゴウルアスか！」

地響きが聞こえるほどの体躯を目の当たりにし、一瞬の恐怖が宿る。

ザビルは84㎜無反動砲を抱えたまま、高機動車の屋根に颯爽と飛び乗り、ゴウルアスの1体に照準を合わせる。距離400mほど、装填したHE441B榴弾の時限信管はセット済みだ。

「当たってくれよ……！」

一撃に祈りを込める。

揺れる車の上で、無反動砲の砲身の揺れを最小限に抑えるよう努め、敵の未来位置に狙いを定めてトリガーを引いた。

――ドパァッ!!!

旧式戦車であれば、一撃で破壊できるほどの弾丸が猛烈な速度で前方に射出される。

人間では抑えきれないほどの反動を、後方に猛烈なガスを噴出することによって相殺する。

ゴウルアスへ着弾した弾丸はその威力を解放した。猛烈な爆発音が響き渡り、空気を震わす。

一瞬で四肢を撒き散らし、粉々に砕ける大型魔獣。自分が絶命したことすら理解できなかっただろう。

「いっ一撃!?」

その様子を荷台から見ていた銃士たちは、そのあまりの威力に絶句した。

「1匹仕留めた！　攻撃が来るぞ、回避運動――!!」

ザビルが叫ぶ。

生き残ったゴルアウスは高機動車を脅威と捉え、狙いを定める。

雷属性の爆裂魔法を発射した。

――ジジジッ……ドォンッ！　ドォンッ！

閃光のあと、雷撃がいくつも繰り出され、土煙が上がる。

「うわわわわわ!!」

運転を担当する銃士が必死で高機動車を右へ左へ操り、ゴウルアスの攻撃から回避を続ける。

「何なんだあの威力！　この鉄獣でも食らえばひとたまりもないぞ！」

「ざ、ザビル殿！　早く次の攻撃を……！」

逃げ惑う高機動車、追いかける２体のゴウルアス、その後ろから偵察用バイクで疾走する岡とサフィーネが急激に距離を詰めた。

「サフィーネさん！」

「やってみる！」

時速80㎞で走る偵察用バイクのシート上に立ち、89式小銃を構えてゴウルアスの１体を狙うサフィーネ。ゴーグル越しにスコープを覗く彼女は、ためらわず連射する。

――タタタタッ！　タタタタタタッッ!!

連射された弾丸は、ゴルアウスに吸い込まれていった。

ゴウルアスの背後からいくつもの血の線が飛び散り、背中の腱が切れたのか喉から地面に叩きつけられる。

「ゴギャアアアッッ!!!」

地に伏し絶叫する２体目にザビルが無反動砲を叩き込み、確実に息の根を止めた。

「あと1体――しまった!!」

高機動車を狙って放った3体目のゴウルアスの火球が、南門の城壁にいくつも着弾する。

着弾と同時に火球は爆発し、少しずつ壁面を削りつつ、ヒビを走らせる。

「あれ以上はまずい……！　城壁から離れて!!」

「退避！　退避――――ッ!!」

大隊長グリウスが叫ぶと同時に、壁の一角が崩れ落ち、兵の何人かが巻き込まれて命を落とす。

「くっ……！」

岡は悔しさのあまり、唇を食い破る。

「オカ！　黒騎士が来る！」

「しっかり掴まっていてください!!!」

グリウス大隊の重騎士は、本隊1100に対し200しかいない。こちらに見える鬼人族はざっと50人ほど、かなり危うい。岡は重騎士に急接近する鬼人族の1体に、バイクに乗ったまま突撃をかけた。

――ズザザザザッドンッ!!

「失礼！」

倒れ込んだ鬼人族の頭を、銃床で強打する。サークレットが外れて、鬼人族は気を失った。

「導きの戦士様を守れ――――ッッ!!!」

「「「ウオォォォォォォォォ!!!」」」

グリウス大隊が城門から打って出る。残りの鬼人族と重騎士がぶつかり、派手な乱戦に突入する。

サフィーネは持ち前の機動力を生かし、重騎士とぶつかった鬼人族のサークレットを的確に外し、あるいは破壊する。

縦横無尽に飛び回るその姿は、まるで蝶(ちょう)が舞っているようだった。

背後を見ると、高機動車の荷台に乗った銃士たちがＭＩＮＩＭＩをゴウルアスに向けている。

――ダダダダッ！　ダダダダッ!!　ダダダダダダッ!!

「ギィイイイイッッ!!」

正面から銃弾の嵐を浴び、最後のゴウルアスも絶命した。

「これで全部……か？」

グリウスが岡に歩み寄る。

南門を襲撃した鬼人族は全員倒れているが、崩れた土、岩を上って中級、下級魔獣が押し寄せてきていた。

主力を潰したので、あとは数の問題だ。

「あれを全部倒せば多分大丈夫です」

「しかしおかしいな、黒騎士もゴウルアスも倒した。なのに、何故(なぜ)奴らは逃げ出さない？」

下位の魔獣は、最上位の魔獣に従う傾向にある。黒騎士は無力化し、ゴウルアスも仕留めた今、立ち向かってくる勇気はないはずだった。

話をしていると、ザビルを乗せた高機動車がやってきた。

ザビルが降車し、険しい表情で口を開く。

「オカ殿、どうも奇妙だ。西門にもし鬼人族が残っていたとしても、こちらに影響はないはずだ。

迫ってくる敵が止まらない！　どこかに敵が残っていないか!?」

「……まさか、北東から!?」

そこへ、通信兵が走ってきた。

「た、大変です!!」

「あなたは……その腕章はマルノーボ区でしたか？」

「マルノーボ区第7守衛隊通信兵です！　敵が、敵が現れました！　城壁が攻撃されています!!」

言うが早いか、岡とザビルたちは偵察用バイクと高機動車に乗り込んだ。

「グリウスさん！　ここはお願いします!!」

「任された!!」

■西門　オキンパーロ区外　戦場　魔獣軍後方

「そロソろ北東方面の奇襲部隊ガ到着し夕頃カ？」

「はい。今頃は城壁を破っている頃かと……」

バハーラの予測を、補佐のオークキングが肯定する。

魔獣軍の最後方、ダクシルドに将軍として指名された鬼人バハーラが、全軍指揮を担っている。

ダクシルドは戦闘に関してはからきしの素人で、直接指示された偵察部隊の派遣以外、ほとんどバハーラに任せきりだった。

今回のエスペラント王国壊滅作戦において、バハーラは軍を3つに分けた。

１つは本隊である西門南区攻撃部隊。北区から侵入すれば南区からも攻撃を受け、２正面作戦となってしまうので、それを嫌った――ように見せかけるために最大の部隊を配置した。

もう１つは南門襲撃部隊。こちらは陽動で、昨夜のうちに隊を分けて移動させた。

王国側の監視がいることも想定されたが、西門前に陣取っていれば王国に出入りするには山の中を通らなければならない。山の中にも野良の魔獣が巣くっているので、到着はさらに遅れるだろう。

そして最後の１つ。エスペラント王国に来る途中で隊を分け、山中から王国北東部へ送り込んだ奇襲部隊だ。険しい山の中を強行させ、もっとも手薄な背後を突く。これで国内は大混乱となり、西門も南門も総崩れとなるはずだ。

どうせ万全の準備を整えて迎え撃ってくるのは予想できた。

西門に主力を押し出してきたので、作戦は半分成功したも同然だった。

「さァ、ココカラが本番ダ。エすぺらんト王国ヨ、何時間耐エらレルかナ？」

ババーラは特に何の感慨もなさそうに、王国の城壁に向かって呟いた。

■ マルノーボ区

「くそっ！　やめろぉぉ!!」

――ガァン!!　ゴガッ!!　ドゴッ!!　ドドォッ!!

「もう持たないぞ！　離れろ!!」

「応援はまだなのか!?」

西門で戦闘が開始されてから2時間が経過しようかという頃、マルノーボ区とノルンパーロ区を隔てるごく狭い壁から、何かがぶつかる衝撃音が鳴った。

岡が「一応ここにも警戒が必要だ」と言って守衛隊を配置してもらったのだが、配置された予備役たちはまさか本当に襲撃してくるとは思っていなかった。

戦闘に参加できず、愚痴を漏らしていた守衛隊は肝を潰して通信兵を西門と南門に放った。

だがすぐにその壁が破られることになる。

——ジジジッ——ドゴォォッ!!!

壁が崩れ、外から現れたのは黒騎士50体、ゴウルアス2体、ゴブリンやオーク約5千だった。

「う、うわああああああ!!! がっ——」

「ひぃぃぃぃぃ——ぐっ」

壁を守っていた守衛隊300人はあっという間に惨殺され、大量の魔獣が侵入を開始する。

■ セントゥーロ区

ノルンパーロ区、マルノーボ区から侵入した魔獣が、セントゥーロ区へとなだれ込んでいた。

「うわぁぁぁぁぁ!!」

「きゃぁぁぁぁぁ————っ!!!」

悲鳴が上がり、一般市民は逃げ惑う。

憲兵と守衛隊は一般人への被害を抑えるため、魔獣に勇敢に立ち向かっていた。

ゴウルアスの爆裂魔法が家々を焼き、建造物を破壊し、人を燃やす。

騒ぎを聞きつけてノバールボ区から応援に来たジャスティードたちは、すでに戦場と化したセントゥーロ区の町並みを見る。

「お、おのれ魔獣どもめ!!」

敵勢力には上位魔獣が含まれている。戦力比はどう見積もっても絶望的であり、死の恐怖が宿る。

「お……俺は……」

戦場を経験したことがないわけではない。しかし、絶望的な戦力比に加え初めて対峙する上位魔獣を前に、ジャスティードは足が震えた。

いざというときは命を投げ出す覚悟もあったはずだった。騎士団の誓いに偽りはない。

しかし実際の戦場に身を置くと、魔獣の出す妖気が足を竦ませ、容赦ない死を自分に重ねてしまう。部下の前だというのに、腕が、体が動かない。

こんなはずではなかった。自分はこれほど臆病者だったのか。

入り乱れる感情、今なお聞こえる悲鳴の中、ただ己の矮小さに打ち震える。

ふと彼は視界の端に、1人の女性の姿を捉えた。

腰を抜かしたのか立てなくなっており、今にも殺されそうだ。

「いやああぁ……誰か、誰か助けてぇぇ……」

涙混じりに助けを求める悲鳴が耳に届く。

(そうだ……私とて人を助けるために騎士を目指したのだ！　あの男のように……！)

ジャスティードは剣を強く握りしめ、眼前の命を救うために単身で突進した。

「うおぉぉぉぉ!!!」

――ギィインッッ!!

ジャスティードは女性の前に立ち塞がり、重騎士でもなければ受けきれない黒騎士の剣圧を、高ぶった感情と研ぎ澄まされた感覚で弾き飛ばす。

「我こそは剣聖ジャスティード!! お前らの好きにはさせん!!」

黒騎士の凄まじい剣撃をまともに受けては剣が負けるので、すべて弾く。

「おい! 何をしている、早く逃げろ!!」

背後の女はまだ腰を抜かしている。

「で……でも……あなたが……」

「いいから早くしろっ!!」

「は……はいっ」

相手は黒騎士、押し負ける可能性が高い。

他の憲兵も群がる魔獣に対処中で、自分が負ければこの女は死ぬ。

剣聖の名に驕ることなく、剣の鍛錬は1日も欠かすことはなかった。その努力の結果が、今の彼を支えている。

斬り合ううちに、ゴウルアスの爆裂魔法が飛び火して足下に瓦礫が撒かれた。

黒騎士はその瓦礫に躓き、体勢を崩す。

一瞬の勝機が見え、黒騎士の懐に飛び込むと、その胸を貫いた。

〈ガフッ――〉

「ジャスティード殿！」

部下が叫ぶ。

「――!?」

体勢を崩す黒騎士の肩の向こうに、火球が見えた。

ゴウルアスの口内で形成される火球は輝きを増し、今にも放たれようとしている。

「なっ――!!」

目線を後ろに向けると、女がまだいた。

這うようにして逃げ出しているが、もう間に合わない。

無意識に、彼はゴルアウスの火球から女を守るため、手を広げて立ちふさがった。

「きゃあっ――」

「ぐおおおおおっっ!!?」

不意に、首元から猛烈な力で引き込まれる。

バイクに乗った岡とサフィーネが女性を、高機動車から手を伸ばしたザビルがジャスティードを掴んで射線から逃がした。

目標を失った火球は一直線に建物に激突し、派手な爆発を起こした。

「ジャスティードさん！　市民の救助と避難誘導をお願いします!!」

「わ、わかっている！」

間一髪助かったことと、自分たちを救ったのが岡とザビルだとわかり、動揺からついぶっきらぼうに応えてしまった。

岡に頼まれ、ジャスティードは走り出そうとした。その裾を、女性が掴む。

「あ、あの……！」

「!?」

「助けていただいて、ありがとうございます……ジャスティード、様」

ドワーフの血を引く、かわいらしい女性だった。ジャスティードは何かを言おうとして、一瞬言葉が詰まる。

「いやっ、これは責務で……そうだ、あなたも早く逃げなさい！」

「はい！　どうかご無事で……！」

ジャスティードは彼女のためにも、決して死ねないと己を奮い立たせる。


「ザビルさん、ゴウルアスを！」

「任せろ!!」

セントゥーロ区を荒らす2体のゴウルアスは、爆裂魔法を撒き散らす災厄と化していた。

高機動車の荷台に乗った銃士たち4人は、まだ市民が残っているかもしれない状況で銃弾を連射するわけにもいかない。そこで、7・62㎜NATO弾を使用する64式小銃で狙撃することにした。

「いけますか?」

「この距離だ、外さないよ」

距離500、ザビルは運転手に停車を命じ、頭部を狙う。

再び火球を作り始めたゴウルアスに、引き金を引いた。

――パンッバゴォッ!!

ヘッドショットが決まると同時に火球が爆発し、ゴウルアスの１体が頭部を失って沈黙した。

「３秒動いてなけりゃ、当てられないものはない」

ザビルは呟いて、運転手に再度発進を命じる。

残るは１体。

「すみません、きっと助けます！」

岡とサフィーネは89式小銃で操られている鬼人族を撃ち、なるべく殺さないよう、行動不能にしてサークレットを剥がしていく。

その数は20人を超え、もうあと半分ほどというところまできていた。

「きゃあぁぁぁ――――ッッ!!!」

マルノーボ区を蹂躙していたオークやゴブリンたちが、セントゥーロ区にも入ってくる。

「まずい……この数は……！」

西門に５万、南門に２万、残りの５千はこっちにいる。５千を、岡とザビルたちで処理するにはあまりにも劣勢すぎた。

「オカ、どうする!?」

「離れないでください！　ザビルさんたちと合流しましょう！」

「わかった！」

だがザビルたちと少し離れすぎた。数体の黒騎士に囲まれ、絶体絶命に追い込まれる。

「くそ……っ、このままでは……！」

残りのマガジンは2本しかない。偵察用バイクまでたどり着ければ弾の補充もできるが、それは鬼人族を振り払うことができたらの話だ。

着実に死が近づく。

「オカ殿!!」

もう1体のゴウルアスもなんとか仕留めたザビルが、岡の窮地にようやく気づく。

「待ってろ、今――はっ!?」

急激な攻撃用魔力反応の上昇を肌で感じ、敵か味方か、どこに着弾するのかと視線を彷徨（さまよ）わせる。

「「「――アルケイン・エクスプロージョン!!!」」」

数人の詠唱発動句が重なり、セントゥーロ区に響く。

次いで巨大な多重魔方陣が出現したかと思うと、ゴブリン、オークの群れのど真ん中に大爆発が起きた。

――ズドォォォンッッ!!!

魔導師には衛生兵の役目を頼んでいるので、攻撃魔法が飛び出すのはあまり考えられない。緊急的に放ったにしても威力が高すぎる。

岡たちを囲んでいた黒騎士も衝撃で体勢を崩したので、岡は慌てて彼らのサークレットを壊して回る。

「サフィーネ、怪我はありませんか?」

凜（りん）とした声が、戦場にこだました。

声の方向は頭上で、岡もザビルも思わず見上げる。

「お、お母様!?」

王城を囲む城壁の上に、数人の人影があった。

どうやらサフィーネと同じエルフのハーフやクォーターらしく、顔もよく似ている。魔導師らしく高貴なローブを身に纏い、岡には聞き取れない言葉で呪文を詠唱してファイアボールやウィンドブレードを放ちまくる。

「あれがサフィーネさんのお母さんですって？」

「導きの戦士殿！　呆けている場合ではありませんよ!!　奴が来ます!!!」

怒濤の展開に理解が追いつかない。

だがその〝奴〟というのは、とんでもないものだということだけはわかった。

――ゴゴゴゴゴ………ドドドドド………ズズズズズ………。

奇妙な地響きが聞こえてきて、心なしか地面も揺れている気がする。

魔獣も、黒騎士も、西門も南門も、すべての戦いが止まっていた。

■バグラ山

火口より離れた、やや下り坂の辺りで、ダクシルドたちは詠唱の締めに入っていた。
〈――おお、その世にありて悪夢を体現せし者よ。苦悩、懊悩、憂悶、嘆きを司る悪竜の王。千の悪句、万の辣言を弄し、悦びを灼熱に、慈しみを氷獄に、魂を永遠の煉獄へと閉じ込めん――〉

いくつもの魔方陣が寄せ木細工を解くように動き回り、やがて火口の面積に匹敵するほどの大きな魔方陣が、解錠されるがごとく組み変わっていく。

〈――地上に安息はなく、怨嗟は天上を蝕み、地界の神は己が宮殿を明け渡すだろう。生ある者に死を、死せる者は奴隷に。病を、痛痒を、瘴気を、あらゆる毒を杯に注いで祝福せよ――〉

大地が微震動を始め、小石が転がってカラカラゴロゴロと音を立てる。

魔方陣がバラバラになったかと思うと、少しずつ出現していた光の鎖が連鎖的に砕け始めた。

光翼人が邪竜をこの地に封じるために使用した、上位封印魔法が解除される。

〈来たれ暴君――アジ・ダハーカ！〉

長い長い詠唱が終わり、休火山の冷え固まっていた火口がみるみるうちに熱を帯びる。

そのうち、ダクシルドたちが暮らしていた館も、魔獣たちの住処も、すべて火の中に溶けていく。

「さて……我々はそろそろ退散するとしよう。近くにいては危険だからな」

「何日くらいで更地になるでしょうね」

「さあな。すべて終わるまでしばらくかかるだろう、それまでは本国でゆっくり過ごすとしよう」

「休暇ですねー」

アニュンリール皇国の有翼人たちは必要な荷物だけを持ち、馬に乗ってバグラ山を離れ、さらにはグラメウス大陸からも離れていった。

ダクシルドたちがバグラ山から避難した直後、古の魔法帝国でさえ手に負えず封印した〝山より来たる災厄〟〝破壊の権化〟、３つの頭を持つ邪竜アジ・ダハーカが、１万数千年の時を経て地上に姿を現した。

■エスペラント王国　ノブラウルド区、マルナルボ区、エクゼルコ区　壁上　作戦本部

「な……何だあれは!?」

作戦本部で、ザンザスが北の方角を指す。そこでは、大規模な噴火が起こっていた。

――ドゴォンッッ!!!

「ゴアアアァァァァァアァッッッッ!!!」

遅れて爆発の衝撃波が到達し、黒と赤のグラデーションの禍々しい竜が、稜線（りょうせん）から這い出るように蠢（うごめ）いている。

「ドラゴン!?　一体どこから現れた!?」

「こっちを見ている……まさか敵が呼び出したのか……？」

「敵は我々を滅ぼすために、あんな怪物まで使うというのか……！」

ザメンホフ27世は顔面をびっしょりと汗で濡（ぬ）らす。

選択を迫られる。この国を放棄して逃げ出すか、この国とともに心中するか。

いくら導きの戦士がいると言っても、あの規格外の竜が相手では話が別だ。あれほど距離が離れているのに、頭が3つあるのがはっきりと確認できる。

「オカ殿を、呼び出せんか？」

「少々お待ちを！」

ザンザスは岡が念のために残していった無線機を使って、岡を呼び出す。

しばらくしてから、岡とサフィーネ、ザビル、サフィーネの母が作戦本部に駆けつけた。

セントゥーロ区の戦いはゴウルアスと黒騎士を処理したため、あとは西門から応援を呼んだペンッティ大隊と憲兵隊、守衛隊に任せてきた。

岡は区壁に上った時点で北から近づきつつある竜の姿に気づいたため、作戦本部に着くなり質問を投げる。

「陛下！　あのドラゴンは一体!?」

だが当のザメンホフ27世は、サフィーネの母の顔を見て目を見開いた。

「そ、そなたは……！　ああいや、そんなことは後回しだ。あの竜の正体はわからぬ！　地響き、地鳴りのあとに山が噴火し、その中から現れたようだ！」

「くっ……！」

頭の中で考えがまとまらない。距離と大きさから推測するに、身長１００ｍはありそうだ。

巨大な翼を広げて、ゆっくりと空に浮かぶ黒い竜。

人が多い方向がわかるのか、エスペラント王国に向かって真っ直ぐ飛来してきている。

あんなものに対抗する武器は持っていない。１２０㎜迫撃砲ＲＴで頭部を狙えばひょっとしたらと考えるが、不規則に動く生物に対して放物線を描く武器は命中率が絶望的だ。そもそも運用するための人数が足りなさすぎる。

「なぁオカ……あれは何だ？」

「えっ？」

サフィーネが南の空を指さす。青い空に、５つの点が見える。

「あれは……まさか！」

――………イイイイイイイイイイイイシュゴオォォォォォォォ!!!

蒼空から飛来した、青き鎖蛇。

日本国航空自衛隊が誇る、赤い円が翼に描かれた戦闘機。５機の『Ｆ－２』が飛来した。

「なっ――なんだあれは!!　新手の魔獣か!?」

「なんて速さだ！　化け物めぇ!!」

その場にいた者たちは、『Ｆ－２』戦闘機の姿を見て驚愕の声を発する。

「あれは味方です!!　陛下、助けが来ました！　あれは我が国の戦闘機、空の戦士です!!」

岡が歓喜の声を上げ、王も宰相も目を見開く。

「み、味方？　なんと！　オカ殿が乗ってきたものも面妖な姿であったが、あれもまた……」

「あれは！　あの赤い円!!　まさに伝承に残る太陽神の使者そのものではないか!!」

岡は通信機の場所へ走り、電源をつないで航空自衛隊で使うバンドに合わせる。

「こちら陸上自衛隊伊丹基地所属、岡三等陸曹です！　救援に感謝します！」

『航空自衛隊三沢基地所属、福井二等空佐だ。岡三曹、よく頑張った。とりあえず周辺の魔獣を掃討する。あのデカいのは報告になかったから俺が相手しよう』

「お願いします。あれは自分も初めて見たので……モルテスさん！　兵を引かせて防御態勢を取らせてください！」

「わ、わかった！　モルテス連隊！　一旦態勢を立て直す!!　城門前まで退却せよ!!」

乱戦に移っていた西門、南門の兵が、城門の前に整列するように引き上げる。

魔獣の軍勢は急に背を向けたエスペラント王国騎士団の行動を訝しんで、こちらも陣形を整える。

その直上から『Ｆ－２』編隊後方３機が高度を落とし、満載したＭｋ．82、５００lb爆弾を、西門や南門の魔獣の群れに投下した。

――ドドォォッ!!!　ドンッドドォンッッ!!!

猛烈な爆炎がいくつも発生する。満載した５００lb爆弾による爆撃を受けて、その数を急速に減じていく魔獣の軍勢。

「な、なんと……これがオカ殿の国の力だというのか……！」

磨き上げられた剣技、最新式の銃、最新式の陣形、すべてが児戯に等しく思えるほどの圧倒的な力の投射を前に、誰もが絶句する。

「凄まじい……太陽神の使者の力がこれほどとは！」

「我々は古の伝説を今、目の当たりにしているのだ……そしてこれは新しい伝説となる！」

■　西門　魔獣軍　最後方

「何ダ!?　何が起コッテいル!!?」

「わかんねえでさあ！　なんか北の山から三つ首の黒い竜、南の空からは羽ばたかない青い竜が来たって!!」

「南北からラ竜ダと!?」

ババーラは突然の事態に、目を白黒させていた。

奇妙な地鳴りがしていたかと思うと、北の山では噴火が起き、轟音(ごうおん)が鳴り響いた。

さらに南からは超高速の何かが飛来し、魔獣を攻撃している。

立て続けに起こる爆発、肌を焼く爆炎、飛び散る魔獣の肉片。

悲鳴を上げて逃げ惑う魔獣は、青い竜が吐く神速の光弾にずたずたに引き裂かれていく。

「えエイ、落チ着け！　落ち着かンカ!!」

魔獣軍の指揮系統はもはや壊滅している。

四方八方に散ったせいで、再度陣形を組むことも難しい。

「南門からラノ連絡ハナいノか!?」

「それどころじゃねえんで――がぁっ！」

補佐のオークキングにも光弾が当たり、左肩から先が吹き飛ぶ。

もう命が尽きるのは時間の問題だ。

「ドうすレば……どウすればバ……だクシるど様、ゴ指示――うグっ」

――ドンッ！

バハーラのすぐ近くに、５００lb爆弾が着弾した。

爆圧を受けて弾き飛ばされる、バハーラの体躯。地面に叩きつけられると、その頭に嵌められていた魔族制御装置が割れて外れる。

彼はそのまま、暗闇の中に意識を手放した。

■　エスペラント王国　北部　空中

編隊前方２機の『Ｆ‐２』パイロットはアジ・ダハーカに向かって飛翔を続けるが、異様な大きさの竜に嫌な予感を覚える。

『よくあるファンタジーものだと、こういうドラゴンってのは大抵火を噴くよなァ』

『色が金色だったら引力光線ですかね。でも――来ます！』

３つの頭の鼻先から魔方陣のような円の模様が直線的に並んで、少しずつ大きくなるように出現し、『Ｆ‐２』もその範囲内に入っていた。

２機がとっさにロールして範囲外に出ると同時に、攻撃が発動する。

――ドッ――――バァン!!!

魔方陣の範囲内、直線放射状に衝撃波が走り、雲が削り取られるように消滅した。

『なんだ今の攻撃!?』

空間断裂と超強力な振動波である。もし範囲内に『Ｆ‐２』が残っていればペシャンコになって爆発していただろう。間違いなく危険な生物であると判断し、２機はアジ・ダハーカの頭上から５００lb爆弾を投下する。

『ボムズ・アウェイ！』

――ドドンッ！　ドドドォォッッ!!!

様子見で１発ずつ２発当てるが、首の付け根の股や背中に多少大きな損傷を与えた程度で、致命傷というには弱かった。

残りの６発が連続して命中すると、大量の爆煙が邪竜を包む。

「ギギャアアアアァァァァァァッッッッ!!!」

アジ・ダハーカの首の1つがもげ落ち、翼が破れて山中に墜落した。

苦痛を司る邪竜が、苦痛によって咆吼を上げる。傷口から溶岩のように赤く光る体液を散らし、痛々しい姿を晒す。

山の斜面をのたうち回って、その表面をボコボコに削った。

『これで首1本か、厄介だな』

『そうですね。爆撃重視で出てきたんで、誘導弾2発しかないから無駄遣いできない……は!?』

――メリメリメリ……メリメリ……。

落ちた首が塵となって消えたかと思ったら、もげた根元から急速に再生を始める。筋繊維がタイムラプスで再生する樹木のように伸び、破れた翼も含めて徐々に元通りになる。

そして何事もなかったかのように再生した身体をくねらせると、再び空へと舞い上がり、エスペラント王国への侵攻を再開した。

『おいおいおいおい』

『まずいですね、対空誘導弾で攻撃してみます！　ＦＯＸ２！』

福井の部下が90式空対空誘導弾を発射し、福井も続けて発射する。

――ドッ――バァンッッ!!!

首が1本落ち、胴体にも突き刺さったミサイルが爆発して体表を大きく削り取る。

しかしまたもや何事もなかったように復活し、アジ・ダハーカが一斉に目を見開いた瞬間、再度3つの首から魔方陣が出現し、衝撃波が放たれる。今度は山の峰が範囲に入っており、轟音とともに山が削り取られたように消えた。

『なんつうヤバい生物だよ！　本当に生物かこれ!?』

『食らえぇぇぇぇ!!』

２機の『Ｆ‐２』が機銃を掃射し、アジ・ダハーカの首や身体、翼に大穴を開ける。

燃えるように光を放つ血を撒き散らしたかと思うと、やはりその傷も塞がっていく。

『岡三曹！　応答せよ！　攻撃に効果が認められない！　首を落としても再生するぞ!!』

■エスペラント王国

「く、首を落としても再生するですって!?」

岡は無線を受けて、慌てふためく。

首を落としても、５００lb爆弾を投下しても、機銃で全身蜂の巣にしても効果がなかったという。

いや、実際に傷つきはしたが、瞬く間に再生して侵攻を止められないらしい。

暴虐の竜はエスペラント王国のすぐそばまで迫っている。

早く対処法を見つけなければ、こんな怪物のためにすべての努力が水泡に帰してしまう。

「どうすれば、どうすれば……！」

「オカ、落ち着け！　きっとあれだ！　あの絵だ!!」

「絵!?　絵……そうか、サフィーネさんのおばあ様の!!　３つの首を同時に潰せばあれは倒せる！」

３つある頭のうち２つに２本の槍が１本ずつ、残りの１つには１本の矢が刺さっていた。

無線機を手にし、岡が叫ぶ。

「『F-2』に誘導弾は残っていますか!?」

『あ、ああ。だが残り2発しかない……』

魔獣掃討に当たっていた3機の90式空対空誘導弾も撃ち尽くしており、残されたのは2機に1発ずつ残ったもののみ。もう無駄撃ちできない。

「槍は2本……じゃあ1本の矢って何だ!?」

問答をしている余裕はない。焦る岡に、声をかける者がいた。

「オカ様……」

「はい!? あ……!」

姿を消したはずのゼリムが、そこに立っていた。

その腕には、念のためにと工房に残しておいたC-4爆弾を大量に抱えている。

「これ、すごい爆発するんですよね。昨日こっそり聞いちゃいました」

「もしや……昨日手伝ってくれていた人の中に……」

サークレット——魔族制御装置は壊したり外したりできないように命令されているが、隠すことは禁じられていなかった。岡が南門の谷間にC-4爆弾を埋める作業をする際、違う人の姿に変身して手伝っていたらしい。兜(かぶと)を被(かぶ)っていたので、サークレットにも気づかなかった。

「待ってください、それをどうするつもりですか……?」

「俺があの首の1つを潰します。あとの2つは潰してもらえるんですよね……?」

「それは……でも何でそんなことを……」

「俺は魔族です……あの邪竜アジ・ダハーカは魔族の世界でも嫌われる災厄で、光翼人たちが封印してくれたおかげで安心して暮らせるようになったんです。でも、時間が経つにつれ、封印がほころびるときがある。それを修繕するのは誰かがやらなきゃいけない役目でした。過去にも、封印が解けかけて大地震が起こったことがあります。……俺はその封印の様子を見に来て、ダクシルドに捕まりました」

現在では誰も知らないことだが、創始者予言第2章の『パラソリエルの大地震』は、そのときのものだ。

自分勝手な者が多い魔族社会において、この気弱な魔族は大変な役目を押しつけられた。

それがもとではぐれ魔族として捕まったのは、不運という他なかった。

「人類の国で大変な思いをしたけれど、俺はオカ様に会えてよかった……戦争に巻き込まれて死ねと言われたから、あの竜に殺されることはできます」

「ダメです!!　あなたは、あなたは、あなたは……!!」

「オカ様!　俺は人を食う魔族なんだ!!　あなたは敵である魔族に情けをかけちゃだめだぁ!!!　俺は頭が悪くて……〝しんかん〟っていうのの使い方がわからなかったから、お願いです……どうかい、い、い、い、い、い、い、い、い、いあなたの手で射ってください。もう時間がないから」

そう言って、ゼリム――ゼルスマリムは魔族の翼を出し、飛び上がった。ダクシルドの魔族制御の信号は、彼らが移動したことでとっくに途絶えており、「正体を隠さなくてはならない」という命令も消失している。だから、本当ならここから逃げ出すこともできた。

だがゼルスマリムは決めたのだ。唯一対等に扱ってくれた岡のために、岡が守ろうとするもののために死ぬと。

「ゼリムさん！　ゼリムさん!!　ダメだ、戻れぇぇぇ!!!」

『岡三曹！　もう時間がない!!　どうすればいいんだ!?』

岡は号泣しながら、無線機を手にする。

「うぅ……っく……福井さん……！　自分たちが真ん中の首に中距離多目的誘導弾を、撃ちます……！　それに合わせて、左右の首に誘導弾を……！」

『了解!!』

岡、ザビル、サフィーネは城壁から下りると、エクゼルコ区へと走る。

置いてあった中距離多目的誘導弾を動かし、北へと向けた。


フォンノルボ区、ノルストミノ区の北にそびえ立つ崖の上に、アジ・ダハーカが到着した。

ゼルスマリムは大量のC－４爆弾を抱えて、真ん中の首の元へと向かう。

「へへ……寝起きで腹が減ってるんだろう……？　俺は魔族だから、食えば魔力もたっぷり補充できるぞ」

アジ・ダハーカの真ん中の首が、飛んでくるゼルスマリムに狙いを定めて食らいつこうとしている。左右の首も、うらやましそうにゼルスマリムに視線を集中させていた。

「そうだ、こっちを見ろ……俺を……食え！」

アジ・ダハーカの真ん中の首が、大口を開ける。

（オカ様……また会えたら……友達に……）

ザビルは中距離多目的誘導弾の照準を担当しており、ゼルスマリムを正確に捉えている。

あとはオカの覚悟だけ、それだけだった。

「オカ殿！　いつでも発射できるぞ！」

「オカ!!」

一時の感情でこのチャンスを逃すわけにはいかない。

この一瞬、自分が躊躇ってチャンスを逃したならば、万単位の死者が出る。

解っている。押さなくてはならない、しかし――

感情があふれ出し、目から涙が落ちる。岡はミサイル発射ボタンを押し込んだ。

「……ゼリムさん……あなたは、私の親友です……！」

――バシュッシュウウウウゥゥゥゥゥゥ!!!


中距離多目的誘導弾は正確に飛翔した。

「今!!」

『F－2』戦闘機2機も少し遅れて90式空対空誘導弾を発射する。

中距離多目的誘導弾はアジ・ダハーカの真ん中の首の口中にゼルスマリムが飛び込んだ瞬間に着弾した。

1体の魔族が光の中に散る。

『F－2』2機から発射された90式空対空誘導弾も左右の首に同時に命中し、3つの首が爆発で四散した。

3つの爆発音が、邪竜アジ・ダハーカの断末魔の叫びとなった。

王国一帯に響き渡る轟音。邪竜アジ・ダハーカがゆっくりと崩れ落ちる。

――ズゥゥゥン……。

巨体が倒れ、付近に土煙が舞い上がる。

戦士たちの多くも、王国の歴史に刻まれるであろう戦いを刮目(かつもく)していた。

「や……」

「やりやがった!!!」

「すげぇ――!!」

「導きの戦士様と太陽神の使者が、あんな巨大な邪竜を……!! 我々は今、新たな伝説の証言者となったのだ!!!」

「うおぉぉぉぉぉ!!」

戦場に歓声が上がる。

アジ・ダハーカの死亡が決定打となって、魔獣軍の潰走が始まる。

エスペラント王国の死者数はセントゥーロ区とマルノーボ区に敵の侵入を許したことで1万人を超えてしまったが、当初の想定よりも遥かに少ない数字に王政府以下、国民の誰もが喜ぶ。

愛する人を失い悲しむ者たちもいたが、多くは命があることだけでも喜んだ。

『F-2』5機はアジ・ダハーカの沈黙を確認後、反転して日本へと戻っていった。

途中、空中給油機で補給を受け、無事に本国へと到着することだろう。

「……終わった、んですね」

岡の表情は暗く、声も重い。

背後からサフィーネが、岡の背中に手を当てて話しかける。

「オカ……私は全部喜べとは言わない、誇れとも言わない。でも私は、私たちは君のおかげで生き延びれた。そのことだけは喜んで、誇ってほしい」

ザビルも岡の横に立ち、あえて顔を見ずに言う。

「そうだ、オカ殿。この戦い、貴殿が居なくては我々もこの国も消失していた。だから礼を言わせてくれ。ありがとう」

「自分は……」

言葉が出ず、膝を突く岡。

２人は寄り添うことしかできず、しばらく遠くから聞こえる喜びの喧噪(けんそう)に耳を傾けていた。

そこへ、ザメンホフ27世やセイ、サフィーネの母がやってくる。

「オカ殿！　我が国の英雄よ！　そなたが我が国にもたらしてくれた平和は大きい!!　国民を代表して礼を言う!!!」

王の言葉に、座ったままでは失礼かと思って立ち上がる岡。敬礼で応えるが、どうしても涙が出そうになる。

「導きの戦士殿――いえ、オカ殿。この国を守ってくれてありがとうございます。……あなたの悲しみは痛いほどよくわかります。だから、つらかったら泣いてもいいのですよ」

サフィーネの母に慰められ、岡は顔をくしゃくしゃにして泣き出した。

「そういえばお母様、何故ここへ……？」

サフィーネが首を傾げる。

「国の危機は去りました。もう姿を隠す必要がなくなった以上、我々も戻ってきたということです」

「やはり、そなたらはエリエゼル家の者か」

「ええ。私はロヴィーサ・エリエゼル。サフィーネ・エリエゼルの母です」

ロヴィーサの名乗りを聞いて、その場にいる全員が仰天する。

「エリエゼル……エリエゼルって、三王家の１つではなかったですか？」

「サフィーネ嬢が、王女様!?」

「なんと。それはまことか」

口々に驚きの声が漏れ、サフィーネは小さく頷く。

「はい……」

「でも何でまた今まで……？」

「余から説明しよう。エリエゼル家はしばらく前から姿を消していたのだ」

三王家はこれまで代々、交代するように王位を継承してきた。ザメンホフ家の次はエリエゼル家、次はレヴィ家、次はザメンホフ家――と代替わりし、この国を守っていた。

だが数百年前、エリエゼル家は突如姿を消した。一族全員がいっぺんに消えると目立つので、２人、３人単位で消えていき、最後に本家がいなくなった。

「この王国の中に潜伏していれば必ず見つかる。だがエリエゼル家は見つからなかった。そしてザメンホフ家とレヴィ家も本腰を入れて探そうとはしなかった。我らは彼らから言付けを受けていたのでな」

「言付け、ですか？」

「うむ。『いつか創始者予言第7章の通り、王国に滅亡の危機が訪れる。そのとき、我らの子孫が再び王国に戻らん』とな」

「じゃあサフィーネさん――いや、サフィーネ様とお呼びしたほうがよろしいでしょうか？」

「違うんだ、オカ。私は……ごめん、黙っていて。今まで通りに話してくれ」

「わかりました。でも何故？」

「おばあ様からの言いつけだったんだ。『もし導きの戦士が現れても、自分から打ち明けてはいけない』と……」

「オカ殿、サフィーネが隠し事をしていたことは私からも謝罪いたします。すべてはサフィーネの身分を隠すためでした」

　エリエゼル家では、創始者予言を作るほどの強い魔力を持つ人材が多数生まれた。

　時は流れ、サフィーネの祖母よりさらに上の代に同じく強い魔力を持つ者が生まれ、サフィーネと導きの戦士の運命について予言する者が現れた。そのとき、エリエゼル家の本家筋は全員で東の森の中へと身を隠した。運命に逆らえば、王国は滅びてしまうと。

　時は流れ、サフィーネが生まれると、エリエゼル家に仕えていた1人の男が王国にやってきて、やがてノバールボ区に住居を構えた。

「本当なら、我々は王の責務を果たさなかった罪があるので蟄居(ちっきょ)していなければならない身。ですが、王国の危機とあっては隠れているわけにはまいりません」

「お父様は？」

「セントゥーロ区で人々の救出や負傷者の手当てに奔走しています。あとで会いにいきなさい」

「お父さんはバルサスさんでは……」

「バルサスは私の教育係だったの。だけど、私にとってはもう1人の父さんだよ」

なるほど、と岡は頷く。

「やれやれ。エリエゼル家の予言がようやく終わったのであれば、そなたらを再び王位に迎え入れねばならんな」

「陛下!?」

「ザメンホフ家の次はエリエゼル家……古くからの慣例で言えばな。レヴィ家とも相談せねばならんが、導きの戦士を救ったサフィーネ・エリエゼルの功績は大きい」

サフィーネが大破した『C－2』から岡を迅速に救出して命を救ったというのは、騎士団でも周知の事実だ。

身元不明の岡がサフィーネの元に身を寄せることを許可されたのも、彼女が騎士団内で責任ある小隊長を務めていたからである。

彼女が岡を救った。間接的に、エリエゼル家はエスペラント王国を救ったと言えるだろう。

「……貴族連中が黙っていませんぞ」

宰相が危惧する。

「構わん、どうせ貴族制度なぞ廃止してやってもよいのだ。権力闘争に明け暮れ遊惰に時を過ごす奴らなぞ、百害あって一利なしだ」

この伯父にしてこの甥ありかとセイに目を向ける岡。
当のセイは悪い顔で笑っていた。

① 8月31日、モルテス連隊およびペンッティ大隊計5千及び守衛隊2万、鬼人族100含む魔獣軍本隊約5万と交戦。岡麾下B機動部隊による遊撃により戦闘を終始優位に進める。

② 岡、サフィーネが山の斜面を爆破。魔獣軍南門襲撃陽動隊の前方、ゴウルアス3体と鬼人族50の切り離しに成功。

③ 岡、岡麾下A機動部隊とグリウス大隊1千及び守衛隊1万、ゴウルアス3体と鬼人族50と交戦。正規兵と守衛隊に数十の被害を出しながらも無力化に成功。グリウス大隊、南門襲撃陽動隊の残存戦力約2万の掃討戦に移行。

邪竜アジ・ダハーカ
侵攻ルート

× ⑤

魔獣軍奇襲部隊
侵攻ルート

フォンノルボ区
ノルストミノ区
オキストミノ区
ノルンバーロ区
フミダゾーノ区
オキデンタバロ区
マルノーボ区
ラスティネーオ城
セントラクバント区
マルナルボ区
④
中距離多目的誘導弾
配置位置
作戦本部
ノブラウルド区
レガステロ区
①
セントゥーロ区
オリエンタバロ区
魔獣軍本隊
侵攻ルート
オキシバーロ区
エクセルコ区
⑤
ノバールボ区
ラボレーオ区
ランゲランド区
ペリメンタ区
岡、A部隊
転戦ルート
スダンバーロ区
× ③
⑤
魔獣軍南門襲撃陽動隊
侵攻ルート
『F-2』飛行ルート
②

④ 岡、岡麾下A機動部隊、ゴウルアス2体と鬼人族50を含む魔獣軍奇襲部隊約5千と交戦。マルノーボ区守衛隊、セントゥーロ区守衛隊計5千のうち約4千3百が死亡する壊滅的被害を受ける。

⑤ エスペラント王国救援隊『F-2』5機、魔獣軍に爆撃開始。岡、岡麾下A機動部隊、エクゼルコ区より中距離多目的誘導弾を発射。『F-2』2機による90式空対空誘導弾2発とともにアジ・ダハーカに命中、エスペラント王国の防衛に成功。

Illustration by Ryoji Takamatsu

エピローグ

人類世界への帰還

■中央暦1640年9月17日　エスペラント王国　ノバールボ区

エスペラント王国防衛戦が終わった翌日の9月1日から、国中あげての片付けが開始された。

騎士団病院をはじめ、どこも病院はごった返しており、特に鬼人族は恐れられていたこともあって受け入れ先が見つからなかった。

王は仕方なく城の中に診療所を設置し、騎士団病院の医師であり鬼人族の治療実績のあるバルサスを招致して対応に当たらせた。

3日になって日本国陸上自衛隊の災害派遣活動部隊が到着し、太陽神の使者が現れたと言って盛大に迎えられた。ちなみにエスペラント王国から南にあった元魔王軍監視哨は、彼らの手によって王国を目指して進行するついでに完全に破壊された。ダクシルドらが離れた時点で魔獣たちはすでに統率の取れていない群れになっていたため、掃討する必要があったのだ。その後も魔獣が寄りつかないようにするため、監視哨は跡形もなくなっている。

「え、お咎めなしですか？」

「ああ。霞が関も市ケ谷も、エスペラント王国民を救うための措置として必要な行為だったと認定するらしい。岡三曹、本当にご苦労だったな」

部隊を率いる最高責任者の連隊長・桑原二等陸佐は、岡の『C－2』に搭載された火器および機材を無断で他国の国民に貸し与えた件に関する処遇を記載した書簡を持ってきており、そこには桑原の言った通り「不問とする」の一文があった。

除隊だけでは済まないだろうなと覚悟していただけに、岡は拍子抜けする気分だ。

『C－2』墜落事故による犠牲者の遺骨は無事に引き渡しが済み、日本へと送られる。遺族はその後、帰国した岡と対面する機会が与えられ、直接感謝を伝えることになる。

災害派遣活動部隊の到着から2週間がかりで瓦礫（がれき）の撤去や仮設住宅の建設、インフラの提供が行われ、この日になってやっと祝勝会が開催されることになった。

死者が出ている中で祝勝会は、と陸上自衛隊は固辞したが、王ザメンホフ27世の強い要望もあって参加することになった。

ノバールボ区も久しぶりの平和を享受するように、明るい雰囲気に包まれている。

そんな中を、岡とサフィーネは王城目指して歩いていた。

鬼人族の代表的な人物が目を覚ましたらしく、岡が日本を代表して話を聞きに行くことになったのだ。ヤンネは一報を受け、一足先に向かった。

岡は災害派遣活動部隊が念のためにと持ってきてくれた夏の制服を身に纏（まと）っているので、いつもと雰囲気が違う。

「なぁオカ……じゃなかった、シンジ。もう大丈夫か？」

サフィーネは、岡のファーストネームを「岡」だと勘違いしていた。というよりは国中の全員が勘違いしており、陸上自衛隊が到着してからようやく誤解が解かれた。

「そうですね。いつまでも塞ぎ込んでいられませんから」

岡はというと、この国を救うためにたった1人で奔走していたことを災害派遣活動部隊の皆が知っていたので、日本に帰るまでゆっくりしていろと言われたのだが、動いているほうが気が紛れると言い張ってずっと救助や復興活動に没頭していた。

今日は誰もが休みだと言われ、渋々承知した。

「シンジ、私はさ。導きの戦士だからとかそんな理由で君を助けたんじゃないよ。傷ついた君を見つけたとき、予言のことなんてすっかり頭から抜け落ちていた」

「サフィーネさん？」

「それと同じで、ゼリム君には彼なりの信念があった。彼の心を変えたのは、シンジの姿勢と気持ちだったんだと思う。だから彼は運命の犠牲になったわけじゃなくて、自分の信念に従ってこの国を救う選択をしてくれたんだ。シンジは彼の行動を悲しむんじゃなくて、称えてあげたほうがいいんじゃないかなって思うよ」

そこまで一気に言って、「でもヒトを食べていた魔族だから、そこは線引きが必要だと思うけど」と付け加えて苦笑いした。

気落ちしている通り、岡はまだゼリムの死に折り合いを付けられてはいない。

だがサフィーネの言うことはもっともで、運命という言葉で片付けるのは誰に対しても失礼だ。

予言はただ結果を言い表したに過ぎない。結果に向かって誰もが必死に戦い、迫り来る破滅に抗い、駆け抜けた人々がこの未来へと繋いだ。

ゼリムはたまたま魔族だった。ヒトを食料とする魔族が岡と出会い、奇跡を起こした。

それを岡が肯定してやらなければ、彼は報われない。

「そうですね……ありがとうございます。ダメですね、こんな調子じゃ。自分はサフィーネさんに支えられてばかりです」

「えっ、あっ、ああ……その……何だ、前向きになってくれたのならよかったよ」

サフィーネが顔を赤くして明後日の方向に向けた。

それを横目に見て、岡も自分の言ったことが感謝以上の感情を含んでいたと自覚した。

言葉少なに歩いているうちに、区壁の門を通り過ぎる。

■レガステロ区　ラスティネーオ城

臨時の診療所は城の1階奥、元は兵の待機所だった部屋が使われている。

意識を取り戻した鬼人族でいっぱいになっており、それを城で働く侍従たちが怯えながら遠巻きに様子を窺っているような状況だった。

（そりゃ無害と言っても最初は敵だったもんな……怯えるなって言うほうが無理か）

岡は複雑に思いつつ、侍従たちの横を通り過ぎて臨時診療所へと入る。

「やあオカ君。鬼人族の中心的な存在であるバハーラさん？　という方が起きたよ」

「あれ？　バルサスさん、鬼人族の言葉がわかるんですか？」

「君とヤンネさん、自衛隊の方々と彼らの会話を聞いていて、少しずつわかるようになってきた。独特の言語だが、我々の言葉に近い文法だな」

この人もある種の天才か、と岡は舌を巻いた。この国は侮れない人だらけだ。

「そうなんですか……自分たちはどなたと話をしても自国の言語に聞こえるのでわからないんです。何故か相手の方も我々の言語を理解してくださるので、どうなっているのかと不思議でした」

「傍で聞いていると君らも彼らの言葉で話していたが、それで彼らと会話が成り立っていたのか。

不思議なこともあるものだな」

話しながらバルサスに地下へと案内される。

仮眠室と武器庫を兼ねる地下室には簡易ベッドが多数並んでいる。ヤンネをはじめ多数の鬼人族が集まっているベッドがあり、その中心に寝かされたままのバハーラがいた。どうやら乱戦のさなかにあちこち負傷したらしく、痛々しい姿だった。

バハーラが岡の姿を見るなり、上体を起こして迎える。

〈む……これはこれは、日本国の方だな〉

〈どうぞそのままになさってください。自分は日本国陸上自衛隊、岡真司（しんじ）と申します〉

〈――――！　貴殿がオカ・シンジ殿か、私は神降ろしのバハーラと申す。我々鬼人族を助ける方法を見つけてくれたとヤンネから聞いた、貴殿にはどれだけ感謝してもし足りぬ。鬼人族を代表して礼を言わせてくれ〉

〈いえ、いいんですよ。皆さん災難でしたね〉

〈ダクシルドという者に操られて、不本意ながらこの国の人々に多大な迷惑をかけてしまった。しかもこうして治療までしてもらって……。何らかの罪滅ぼしがしたい。不躾（ぶしつけ）な頼みだとは思うが、貴殿にその仲介をお願いできないか〉

〈構いませんよ。元気になったら王に話してみましょう〉

〈それと……貴殿にも頼みたいことがある〉

〈何でしょう？〉

バハーラがベッドから下りて、膝を突く。そのまま両手まで突いて、深々と頭を下げた。

彼に続き、他の鬼人族も五体投地で岡に跪く。

〈ちょ……!?〉

〈頼む！　我が国と姫を助けてくれ。貴殿は強い！　貴殿の国も強い!!　薄れゆく意識の中だったが、空飛ぶ神の船の爆裂魔法には畏怖を感じた……あの力を操る貴殿らなら、きっとダクシルドという有翼人も倒せる!!〉

唐突な、それも前後関係も背景もわからない頼みに、岡は面食らう。

〈ま、待ってください……とにかくバハーラさんは身体を休めてください〉

バハーラを再びベッドに寝かせると、1つ1つ確認するように訊いていく。

〈エスペラント王国の偵察部隊の方々から、今回の黒幕はダクシルドというアニュンリール皇国の人物だという報告は受けました。彼について何かご存じですか？〉

王国騎士団の偵察部隊は、アジ・ダハーカを召喚する直前のバグラ山の館に入り、無事調査を終えて翌日に帰ってきた。回収した遺留物の中に大陸共通語に似た言語の資料があり、陸上自衛隊から外務省を通してクワ・トイネ公国やシオス王国に照会したところ、ミリシアル語に近い南方世界の言葉だということがわかった。アニュンリール皇国の位置と一致している。

岡とサフィーネは今回の戦争において重要参考人であるため、先に王城で報告を聞いていた。

2人も当然ながらアニュンリール皇国という国について聞き覚えがなく、自衛隊の上位階級の者だけが「外務省からそういう国が南方に存在するらしい、ということだけは聞いたことがある」と知っていた程度だった。ダクシルドについては名前だけしかわからない。

〈我々にも心当たりがない……奴らは我々の国へイスカネンに突如現れ、戦士たちを次々と操り、我が国の要である姫エルヤ様を攫っていった。神の巫女であるエルヤ様がいなければ、魔族の侵入から国を守る結界を再構築できない……おそらく今も魔族に荒らされ、衰退の一途を辿っているだろう〉

〈その結界というのは、ダクシルドという者の侵入も許してしまったのでしょうか？〉

〈綻びを作って入ったらしい。奴らは奇妙な魔法具を使う……我々を操ったことと言い、まるで伝承に残る光翼人のようだ。――そういえば、貴殿らの国はもしや太陽神の国なのか？　我が国に伝わる伝承に、赤い円を旗印とする軍隊が世界に降臨したという話が残っている〉

〈太陽神の使者の伝承、サフィーネさんやこの国の人たちもそんなことを言っていましたね。ですが我々はそういう話を聞いたことはないんです〉

「シンジ、彼らは何と言っているんだ？」

岡と鬼人族が腕組みして長く話し込んでいるので、サフィーネは気になって話しかけた。

岡はサフィーネに、バハーラたち鬼人族もダクシルドに操られていただけで、アニュンリール皇国に心当たりがないこと、むしろ姫を攫われたために敵対すべき相手であることを説明する。

また、太陽神の使者の伝承についても知っていることも付け加えた。

「……変だな。太陽神の使者を知っているのは、種族間連合である人間、エルフ、ドワーフ、獣人の4種族だけのはずだ。何故鬼人族が……？」

岡がサフィーネの疑問をバハーラに伝えると、バハーラは神妙な面持ちで語る。

〈種族間連合、その名も知っている。グラメウスの地に来た人類が南の大陸、フィルアデスへと引き返そうとしたとき、何十名かは吹雪の中で自分のいる位置を見失ってしまい、狩りに来ていた我らの祖先に保護されたのだ。彼らはヘイスカネンへと連れて行かれ、そのまま定住した。だから鬼人族には人類の血と言葉も混じっている〉

つまりエスペラント王国の仲間の恩人が、彼ら鬼人族にあたるというわけだ。

岡はそれがどれほど驚きに値することか理解できなかったが、サフィーネやバルサスに教えると、驚愕（きょうがく）の表情を見せていた。

「なんということだ……オカ君、これは我が国の歴史的に重大な真実だ。陛下にすぐ報告しなければ！」

バルサスはそれだけ言い残して飛んで行った。

〈ともかくオカ殿、貴殿らに救われたのは何らかの運命としか思えん。アニュンリール皇国がすぐ近くにあるのなら、我ら鬼人族の刃も届こう……だがフィルアデス大陸よりさらに南方、海を隔てた遠い国と聞く。我々に海を渡る力も、エルヤ様を救い出す手立てもないのだ……！　頼む！　こんなことを頼めるのは、貴殿以外にいない!!　見返りと言っては何だが、我々のすべてを貴殿と貴国に差し出す!!〉

〈どうか顔を上げてください。自分は一兵卒ですので、こんな重大な案件を決裁する権限など持っていません。ひとまず上官に話してみます〉

〈すまない……！　本当に助かる……！〉

あまり長く話し込んでいてもバハーラの気が休まらないので、岡とサフィーネは話を切り上げて臨時診療室から出た。

2人は2階へと向かう。

鬼人族と会うことも主目的の1つだったが、それともう1つ。

ザメンホフ27世、およびサフィーネの両親から呼ばれていたのだ。今日の祝勝会を開催するにあたり、賓客の岡と彼を支えたサフィーネには大事な役目があるという話だった。

すでに日本から救助隊が到着している以上、岡より上位階級の隊員もいるわけで、賓客としての立場を維持されるのは失礼にあたるからと固辞しようとしたが、陸上自衛隊災害派遣活動部隊の桑原連隊長から「構わん。行け」と言われて渋々やってきた。何か話を聞いていたみたいだが、それが何なのかはまだわからない。

「しかし大事な役目って何ですかね……」

「さ、さぁね……」

サフィーネの下手なとぼけ方を聞いて、何か知ってるなと半眼を向ける岡。

彼女は反対側に顔を逸らした。

「まぁ何でもいいんですが、なかなか騒動は収まりそうにないですね」

「それは仕方ないよ。国が滅びるところだったし、それをたった1人の異国の人が救ったんだ。英雄扱いされるのだって慣れなきゃ」

「この国を守ったのは自分だけではなく、皆さんもだと思うんですけどね……」

人間1人でできることなどたかが知れている。それを身を以て知っているからこそ、祭り上げられることに抵抗感があるのだ。実際、自分よりも多大な功績を挙げた者はたくさんいる。セイ、ザビル、ランザル、町を守ったジャスティードたちだってそうだ。

それに、魔族だったゼリムも。

誰もが賞賛されるべきであり、自分だけにスポットライトが当たるのは違うと考えていた。

「そういうところが、シンジのみんなから尊敬されるところだと思うよ」

「は、はぁ」

サフィーネのにこにこした顔を見て、岡は自分の顔が熱くなるのを感じる。

「あ、そうだ。ちょっと着替えてくるよ、待っててくれ」

「着替え？」

「戦いは終わったし、陛下に謁見するときは着替えないとね」

「なるほど、これからは王女様になるかもしれないですからね。わかりました、お待ちしてます」

待つこと20分。

サフィーネが着替えから戻ってくると、岡は彼女の美しいドレス姿にびっくりした。

今まで戦闘服か庶民の服しか見ていなかったせいもあるが、やはり高貴な身分は違うなとため息を漏らす。

「ど、どう……？」

「とても美しいです。そんな姿のサフィーネさんは初めて見るので新鮮というのもありますが、気品に満ちていますよ」

「えへへ」

岡に褒められたのが嬉しいのか、サフィーネは上機嫌で玉座の間へと向かう。

■ 玉座の間

衛兵が玉座の間の扉を開け、2人が名乗ってから足を踏み入れた。

「サフィーネ・エリエゼル、入ります！」

「岡三等陸曹、入ります！」

「よく来たな、シンジ殿！　我らが英雄よ！」

「ご足労おかけしましたシンジ殿、サフィーネ」

ザメンホフ27世、サフィーネの両親、さらにはレヴィ家の現当主が立ち上がって出迎える。脇には宰相とセイの他、モルテスやグリウス、ペンッティ、ザビルらの姿もあった。

先に来ていたバルサスは宰相の対面に立つ。

岡とサフィーネが王とエリエゼル夫妻の前まで進み出て跪いた。

「国王陛下、エリエゼル両陛下、レヴィ両陛下におかれましてはご機嫌麗しゅう」

「そう硬くならんでもよい。我々の仲であろう」

「いや、そう仰(おっしゃ)いましても……自分はただの一兵卒に戻るつもりでおりますから……」

「実はそのことで、シンジ殿をお呼びしたのです」

切り出したのはロヴィーサだ。

「何でしょう？」

「サフィーネ、あのことはもうお話ししたのですか？」

「……いえ」

サフィーネが顔を真っ赤にして俯く。

「まぁ、まだだと言うのですか!?　この2週間、何をしていたのです！」

「だってお母様！　自分の口から言えるわけないでしょう!?」

急に始まった母子喧嘩に、岡を除く誰もが苦笑した。

岡は状況が理解できず、恐る恐る訊ねる。

「あの……一体何の話ですか？」

「仕方ありません、私からご説明しましょう」

ロヴィーサは、サフィーネが岡に教えた創始者予言第7章に続きがあると言う。

□　エリエゼル家　創始者予言「世界」第7章　福音　全文

遠い未来、闇より悪意なき敵が現れる。

その敵は堕つ者に光を奪われ、呪いの言葉により死を恐れぬ人形と化している。

堕つ者が火の眠る地にて総力を結集し、滅びのラッパを吹くとき、その音色はエスペラントの地まで届くであろう。

人々の心に暗雲かかる頃、空より落ちたる鯨の腸から、太陽の血を引きし導きの戦士が生まれる。

その神の加護を受けたるがごとき勇猛さ、王国に並ぶ者なし。

導きの戦士を称えよ。彼は王国の戦士たちに力を与える者なり。

人形は呪いから解放され、闇の軍勢をたちまち駆逐せしめん。

だが堕つ者、禁忌の封印を破らん。いかに導きの戦士なれど、これに立ち向かうことあたわず。

しかし諦めるなかれ、嘆くなかれ。奇跡が我らに味方する。

導きの戦士の祈りが届き、太陽神の使者がエスペラントの地に、この世界に再び舞い降りる。

比類なき強大な神火が地を焼き、光の雨にて闇の軍勢を滅するであろう。

王国は太陽に照らされ、長きに亘(わた)る負の時代は去る。

人々の心にかかる影は払われ、光の時代が始まる。

導きの戦士を王位に迎えよ。空白の王女をその伴侶とすべし。

太陽の国と強き絆(きずな)が結ばれ、長きに亘る繁栄を約束されるだろう。

世界に再び闇が戻りしとき、王国は太陽を助ける力となる。


「――以上が、第7章『福音』です」

岡は絶句する。

さすがに説明されなくてもわかる。岡をエスペラント王国の王として迎え、王国から姿を消したエリエゼル家の王女サフィーネを伴侶とせよ、ということだ。

つまるところ、サフィーネはこれを知っていて黙っていたのだ。

おそらく余計な気を遣わせまいと黙っていたのだろうが、戦いが終わったあともゼリムの件や何やらで岡に余裕がなかったために言い出せなかったのかもしれない。ここ最近の変な態度はこれが原因だったのかと、己の弱さを呪う。

「ま、待ってください！　自分はただの平民ですよ!?　それを王家に迎え入れるなど、いくら予言だとしても正気ではありません！」

慌てた様子の岡に、セイが横から口を挟む。

「案ずるなシンジ君！　何も王国の政治すべてを任せるなどと言うつもりはない！　それに日本国は民主制だが、古くから続く王家があると聞いた。我が国もそれに則って、三王家を象徴としつつ民主制に移行しようと考えているのだ！」

岡はますます面食らう。

まさかセイに教えたことが、こんなところに繋がってくるとは思わなかった。要はエスペラント王国の象徴になれという話だ。

「余は十分任期を全うした、王国の危機をそなたとともに乗り越えられて誇りに思う。そろそろ隠居してもいい頃合いかと考えておったのだよ。それにセイも王位はいらんと言うし、レヴィ家もエリエゼル家の帰還を歓迎しておる。次代はエリエゼル家に託すと話は決まったのだ」

「シンジ殿、サフィーネの父としてもお願いしたい。どうか娘をもらってくれないか」

「私たちには、男の子が生まれませんでした。長女のサフィーネは必然的に次期女王となります。王位には――いえ、サフィーネの婿にはシンジ殿以外に考えられません」

桑原が王と謁見してこいと言ったのは、おそらくこのことを事前に聞いていたのだろう。してやられたという思いばかりが岡の脳をぐるぐる回り始める。

こんな大それた話、早く断らなければならない。

自分は王になる器などではない。ごく普通の一般家庭に生まれ、ちょっと変わった学校を卒業しただけの、陸上自衛隊三等陸曹だ。教育も足りなければ、品格も足りないという卑屈な考えが脳裏を駆ける。

だがこれを断った場合、日本との関係に遺恨を残す可能性もある。どうにかうまい断り文句はないかと必死に考えた結果、サフィーネに目をやった。

「そ、そうだ。サフィーネ様のお気持ちもあるでしょう？　自分以上に相応しい人が……」

「おや、サフィーネでは不満ですか？」

ロヴィーサに不満げな表情を向けられ、岡はさらにしどろもどろになって慌てふためく。

「めめめ滅相もない！　サフィーネ様は大変美しく、勇敢でいらっしゃいますし、聡明であり慈愛に溢れた素晴らしいお方です！　ただ、じ、自分が不釣り合いだというだけで……」

「ということは、サフィーネと我々が『2人は釣り合っている』と認めればよろしいのですね？」

「いや、いえ、あの、えっと……」

そして墓穴を掘った。

「サフィーネ、あなたはどうですか？　シンジ殿を夫として迎える気はありますか？」

「……はい」

耳も顔も真っ赤にしたサフィーネが、俯いたまま頷いた。

「満場一致で決まりましたね」

ロヴィーサをはじめ、三王家の面々の満面の笑みが決定打となった。

文官武官全員がわぁ、と歓喜の声を上げ、新たな王の誕生を祝福する。

この経緯は派遣部隊から日本政府に速やかに伝えられ、後日エスペラント王国、鬼人族の国へイスカネンと国交を締結する際に報道で大きく扱われた。

国交締結後、日本は『C-2』を墜落させた件について正式に謝罪を表明し、残骸撤去のあと様々な支援を開始する。

同時にエスペラント王国は日本のグラメウス大陸調査・開発の重要拠点として機能するようになり、また王国、日本からヘイスカネンへの協力も惜しみなく行われることになる。

鬼人族の話についても日本国防衛省、外務省に正確に伝えられ、アニュンリール皇国との接触の機会があり次第調査することになった。

トーパ王国との国交締結については、当初エスペラント王国側に種族間連合からの救助隊が来なかったことへのわだかまりもあったが、のちの研究で誤解だったことが発覚。以来活発に交流が進み、両国は義兄弟とも呼ぶべき親密な付き合いとなる。

■ 祝勝会後

岡は陸上自衛隊の同僚や上官、エスペラント王国の仲間や国民に盛大に祝われた。

慣れない衣装を着せられ、国民の前で演説までさせられたのは大変だったが、『C-2』がこの国に墜落してからのことを考えると、それほど苦でもないかと変にポジティブに考える。

夜も更けてきて着替えるために城に戻ると、町中と同じように城内どこもかしこも明かりが灯(とも)っている。こんな日だから明るくしていても不思議ではないかと奥へ進めば、ザメンホフ27世の他ザンザスや宰相らが玉座の間の端のほうに祝いの席を設けて、粛々と飲んでいた。

「おや、戻ってきたのか?」

「はい。いい時間ですので、そろそろ帰ろうかと」

「そうか、これから忙しくなるからその身を大事にしてくれよ」

ザメンホフは岡をもはや身内と思っているかのように接する。

ずいぶん気に入られたなという嬉しさ半分、複雑さ半分だ。

「ああそうだ。シンジ殿、太陽神の使者の実在を示す、我が国に伝わる国宝があると言っていたのを覚えているか？」

ザンザスに声をかけられ、岡は足を止める。

「そういえば……そんなことを仰ってましたね。見つかったんですか？」

「うむ。ちょうど今、陛下とその魔写を見て飲んでいたところだよ。こちらへどうぞ」

席に近寄ると、蜂蜜酒やエールの香りが漂ってくる。

飲み方が上品なせいか、ひどく酔っているというわけでもないらしい。というかこの国の人々は酒にはかなり強いらしく、顔があまり赤くない。

「これだ。見てみたまえ」

透明なガラスの板に挟まれた写真を手渡される。

指紋を付けていいのかと疑問に思うが、このガラスはあとから作られたものだから構わないと言われてそのまま素手で受け取った。

「拝見します。ずいぶん精緻な……絵……え……？」

岡は目を皿にして、ザンザスが魔写、つまり魔導機による撮影写真だと言うその図画を観察する。

「こ、これは……」

「種族間連合の危機に際し、エルフの神が太陽神様に祈りを捧げて遣わされた、太陽神の使者の〝神の軍船〟だ。当時、太陽神の使者が記念に撮ってくださったものを、我々の祖先が——今は失われた時間遅延式魔法によって現在まで保存した。数枚が連合幹部に配られたらしいが、その1枚がこれだそうだ」

「そんなバカな！　だってこれは……」

その写真には、大日本帝国が建造して先の大戦で失われた戦艦『大和』とそっくりな軍艦を背景に、帝国陸・海軍軍人とこの世界の人物らしき人間やエルフ、ドワーフ、獣人が並んで写っていた。

岡は許可を得て写真をスマートフォンのカメラで撮影する。

彼の帰国後、写真は上官を通して日本政府中枢へと届けられ、その存在は極秘扱いとされた。

そしてクワ・トイネ公国に残る零式艦上戦闘機とともに、要調査案件として長らく研究されることになる。

ヘイスカネン
グラメウス大陸
エスペラント王国
トーパ王国
ベルンゲン
輪状山
フィルアデス大陸
マオ王国
リーム王国
パンドーラ
大魔法公国
カルアミーク王国
アワン王国
第三文明圏
マール王国
ガハラ神国
パーパルディア皇国
日本国
フェン王国
エストシラント
シオス王国
クワ・トイネ公国
ル・ブリアス
クワ・トイネ
ロウリア王国
ロデニウス大陸
アルタラス王国
クイラ王国
ベスタル大陸

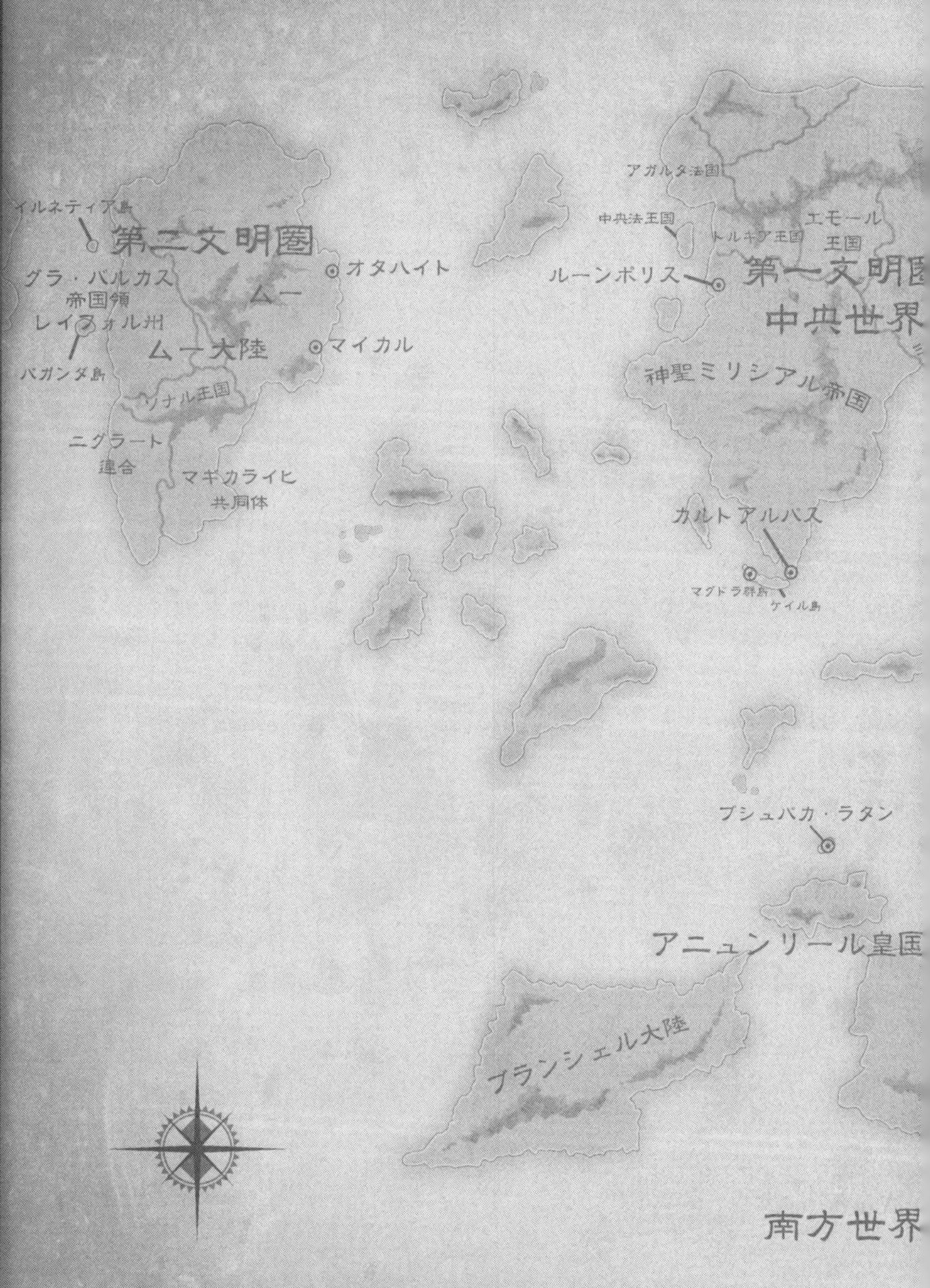
イルネティア島
第二文明圏
オタハイト
グラ・バルカス
帝国領
レイフォル州
ムー
ムー大陸
マイカル
バガンダ島
リナル王国
ニグラート
連合
マギカライヒ
共同体
アガルタ法国
中央法王国
トルキア王国
エモール
王国
ルーンポリス
第一文明
中央世界
神聖ミリシアル帝国
カルトアルバス
マグドラ群島
ケイル島
ブシュパカ・ラタン
アニュンリール皇国
ブランシェル大陸
南方世界

あとがき

こんにちは、みのろうです。

後日発売予定の『日本国召喚』本編6巻に加え、今回外伝の2巻も発売できる運びとなりました。ここまで来れたのも、偏に読者の皆様のおかげです。また、執筆してくれた編集担当の髙松さん、イラストレーターのtoi8様、高野千春様、ポニーキャャニオンの伊藤様、流通関係各社の皆様、書店の皆様、本当に感謝しております。ありがとうございます。

さて、この外伝2巻はエスペラント王国編ですね。当初、web連載版は単行本収録に堪える内容ではないと考えていたため、もし本編に組み込むとしたら全面刷新が必要と判断して採用を見送っていました。ですが髙松さんが相当な気合いを入れて一から書き直してくださったので、登場人物の名前こそ同じですが、内容、登場人物の人格、そして文章も完全に作り替えられ、昇華された「フルリメイク版」となりました。サフィーネに至っては完全に別の人格が与えられ、これまでになかった新鮮なキャラクター像で原作より遥かにアクティブとなっていましたね。新キャラも多数登場しており、私では思いつかないであろう内容で面白く読ませていただきました。

本編第4巻で登場し、のちに絡んでくるであろう「あの国」の者たちの動きも少し見えますね。今後の彼らの活躍も楽しみにしていてください。

物語はまだまだ続きます。これからも『日本国召喚』をよろしくお願いします!!

２０１９年8月某日　みのろう

お世話になっております、髙松です。

この原稿を書き上げたのが暑い盛りの8月上旬でしたが、諸般の事情で正反対の気温になってしまいました。申し訳ございません。あとこれが出る頃、生きていれば1つ歳を重ねているはずです。

校正さんに初稿を渡したあたりでバイトを始めました。実名で活動しているので職場にバレてるんだろうなと思いますが、今更気にしたってしゃーないかという諦めの境地です。食ってけないもんはしゃーない。安定収入万歳。

まぁそもそも今回の原稿に時間がかかり過ぎたのも一因です。着手段階で構想は大体出来ていたんですが、必要な資料を揃えるのに時間を要したのが敗因でした。地図も自分で作りましたしね。

普通の小説の作り方で書いたので、これまでの『日本国召喚』本編や前回のI巻と比べると、どれとも違う印象になってるんじゃないですかね。ちょっと古い異世界転生モノの要素を取り入れたりしつつ、ちゃんと『日本国召喚』らしさを出すには……ってところでだいぶ悩みました。みのろうさんにもアドバイスをいただいて、だいぶご迷惑をおかけしたと反省してます。おかげでツイッターでも呟いてましたが、なかなかうまいことといったんじゃないかという手前味噌な印象です。

アホほど設定を作り込んだので、また裏設定的なものをブログに書こうかなと考えてます。

興味があったら見にいらしてください。あんまり更新してなくて申し訳ない限りですが。

最後に、この本の出版に携わってくださった方と手に取っていただいたすべての方に感謝を。

ブログＵＲＬ：https://hermits-song.net

２０１９年８月某日　髙松良次

サフィーネさん!!
エルフは
いいです。
2019.
吉日
Toi8

F-2好き
高野千春

用語集

アジ・ダハーカ

エリエゼル家が予言した禁忌の封印の正体、〃山より来たる災厄〃〃破壊の権化〃〃邪竜〃。サフィーネの祖母セシーリャは復活が近いことを予言し、絵に残してサフィーネ（というよりは導きの戦士である岡）に王国を救う方法を示した。

邪竜種。体高100m、全長300m、翼を完全に広げた全幅320m。頭は3つあり、真ん中は死を、右は苦痛を、左は苦悩を司る。3つの頭はそれぞれ連動しているため、同時に破壊されると肉体的な死を迎える。

体色は黒から赤のグラデーションで、溶岩から生まれたために血も赤金色に輝く。外皮の防御力はそれほどないが、高速の復元力を持つ。復活時は怒りと空腹で我を忘れており、ほとんど喋ることはなかった。一応念話による会話は可能だが、意思が弱い者だと下手をすると一撃で廃人にされるほどの精神汚染も行う。

過去、光翼人がこの邪竜を使役しようと考えたが、傲慢なる竜は手に負えず、当時の光翼人は倒す方法を持っていなかったために仕方なく封印することにした。

攻撃方法は指定した範囲の空間断絶と、その空間内を強力な振動波で物理的に破壊する魔法。発動と同時に空間内の物質は分子断裂を起こし、結果としてぐしゃぐしゃに潰れる。

殲滅者（アナイアレイター）シリーズ

エスペラント王国製フリントロック式銃。設計者はランザル、18㎜78口径、重量約4㎏。火薬には黒色火薬を使用。オーソドックスなライフル形状で、体格に合わせて3サイズ用意されている。フリントロック特有の強い反動を軽減するために撃発機構が小型で、命中率はそれほど悪くない。その分、火打ち石の消費が早く耐久性に難があったり、不発や遅発も起こりやすかったりと、難点も抱えている。エスペラント王国は特殊な環境で、銃士は城壁から敵を狙撃することが戦術として確立されていたためにこれらの問題が顕在化することはなかった。

エスペラント王国には火縄銃も存在するが、国土の狭さ故、縄に使う木や木綿が貴重なため、豊富に採掘される石材を使うフリントロック式が主流になった。

アルブレクタ大競技場

エスペラント王国建国後、3千年経った頃に建設された闘技場。建設者は当時のエスペラント王アルブレクタ・レヴィ・エスペラント。上空から見ると楕円形の構造になっており、完成までに22年を費やしている。罪人の死闘の他、決闘や処刑などに使われ、〃血の闘技場〃と呼ばれる。幾度かの改修工事が行われ、現代まで残った。現代も建設当時と同じように娯楽目的で観客を集める。

収容人数は約4万8千人。日本との国交締結後、ラスティネーオ城共々耐震性に問題が発見され、補修工事が行われることになる。

エスペラント王国

グラメウス大陸中央やや南西寄りの山間にある、小規模国家。東西、南北の距離は約12㎞。人口約30万人、魔獣軍との最終決戦後は約28万人まで減少。20の区に分かれており、高さ約30mの区壁で区切られている。水源が非常に豊富で、冬でも一部が凍らないため漁業は一年中行われている。獲れるのはマスに似た白身魚やワカサギのような小魚など。川を遡上してくる魚もいる。原生種のライ麦に似た植物を改良し、その実の粉から作った黒パンが主食。キャベツや根菜も長い歴史の中の品種改良によって良質なものを作っている。

本編時間軸より1万年以上前に起きた魔王軍との戦いで、種族間連合から魔王討伐隊として送り込まれた兵たちが、道半ばにトーパの地へと引き返した際、吹雪に見舞われ道に迷って流れ着いた場所が現在のマルナルボ区だった。当時はオキンパーロ区の半分、マルナルボ区、フミダゾーノ区、オキデンタバロ区の範囲を生活圏としており、徐々に開拓を進めて現在の国土へと発展させた。

エリエゼル家

エスペラント王国三王家の1つ。初代王エスペラントが娶った3人の妻の1人、エルフであるヴェーラ・エリエゼルとの子、ウーノ・エリエゼル・エスペラントを祖とする。初代王の次にウーノが王位を継ぎ、持ち回りが始まった。

生まれた子はハーフエルフとなって魔力は若干劣るはずだが、初代王とヴェーラとの間には純血のエルフや竜人族に匹敵するほど魔力の強い子が15人も生まれ、さらに孫の代も同様に魔力が強かったため、『空間の占い』のような大魔法をなし得た。創始者予言はこの頃に執筆されたもの。サフィーネの祖母セシーリャも、先祖返りしたように魔力が強く、夢で未来のことを予知できた。

セシーリャから5世代上の代のエリエゼル家が邪竜アジ・ダハーカの復活と王国の破滅を予言し、それを救うためには一族が王国を離れ、子孫を平民として帰還させることが必要と知ったために王国東側の山奥に隠遁した。

影竜

常闇の世界に棲息する漆黒の竜種。体重はほとんどなく、光を吸収するので造形がわかりづらい。体長は30ｍほど、翼のない四足歩行のワーム型。鱗もなくベルベットのような質感の体毛が特徴。動きは緩慢で、呪詛を使い獲物の動きを封じ込めて狩りをする。知能はそれほど高くないが、サーモセンサーのような感覚器で獲物の位置を正確に捉える。

呪詛の他にも混乱や衰弱など、あらゆる精神汚染を得意とする。食餌された獲物は体内でゆっくりと闇に溶けていき、恐怖で思考が麻痺したまま死を迎える。大型獣、魔獣、魔族、鬼人族、種族問わず襲うため恐怖の対象となっている。

鬼人族

グラメウス大陸奥地、常闇の世界の領域に住む種族。いくつか部族があるが、ヘイスカネンは鬼人族でも最大勢力で、人口約5万人。

体格は寒冷地に適応するため大型化しており、常闇の世界がほとんど光のない地域であるため肌は保護色の黒となっている。頭部の額生え際に2本の角が生えている。魔力は人間よりちょっと強い程度、逆に膂力は獣人を大きく超える。トーパの地へと引き返した種族間連合からはぐれ、保護された人類の血が混じっている。

常闇の世界の領域外に狩りで出ることもあり、火を使う文化もあるので視力は明るい場所でも暗い場所でも問題なく機能する。主食は魔獣や大型獣。人類からもたらされた鉄鋼業の他、闇の中でも育つ作物を使った農耕文化もある。

魔族とは「翼あり」「翼なし」として明確にお互いを区別しており、敵対関係にある。

月光石

魔石の1つ。固体だが月夜でのみ液体に変化する。どちらの状態で使っても効果は同じ。

魔力を通すことで蒸発し、通電状態のペルチェ素子のように熱を移動させる性質を持つ。ただしエネルギーの動きとしては、「熱の移動を反転させる」という物理的にはまったく違う動きとなる。エスペラント王国では月光石の産出量は少なく、蒸気機関の燃焼機の保護材として使われている。

ザメンホフ家

エスペラント王国三王家の1つ。初代王エスペラントが娶った3人の妻の1人、ドワーフであるブランカ・ザメンホフとの子、オトマル・ザメンホフ・エスペラントを祖とする。王位継承の持ち回りで最後に回ったのは、国家運営が軌道に乗るまで鉱山、山地開発に専念するためだった。

ハーフドワーフは純血種よりも計画性に優れ、国土開拓がスムーズに進んだ。また、建築技術も急速に発展させ、堅牢な城壁に建築に成功する。

魔獣との戦いが激化していく中、弓矢より高威力の武器が求められるようになり、作中時間軸より300年前に火縄銃を生み出す。

試作衛星単一通信携帯局装置（JPRC-PC2）

新世界にて打ち上げたレーダー衛星を介して通信するため、衛星単一通信可搬局装置JMRC-C4を改良した移動型基地局と無線機のセット。中隊規模でも運用できるよう出力を保ったまま小型化したが、突貫の試作品だったことと人工衛星の仕様上、音声や画像データは送れないなど様々な制約がある。

星火（スターファイア）

殲滅者シリーズのザビル専用モデル。中サイズの選別品に装飾を施し、ザビルに合わせてバランスを調整している。また、多少の軽量化を施した他、銃身内に液化魔石を螺旋状に塗布し、風の精霊の加護を与えて命中率を高めている。

発砲時、硝煙の中に緑の輝きが尾を引くので〝流れ星の輝き〟という意味で星火の名が与えられた。

救国者（セイヴァー）シリーズ

岡がもたらした工業技術とアイディアによって作られた、6発シリンダーのリボルビングライフル。この銃の開発に伴って、エスペラント王国の工業力は飛躍的に進化を遂げた。銃身長は約49㎝、全長は95㎝と前後4㎝の3サイズ。

銃弾は直径7・62㎜、センターファイアのリムド薬莢、鉛弾頭。雷酸水銀、シングルベース火薬を使用したことで不発率は当然ながら劇的に低下し、威力も非常に高いものとなった。

創始者予言

エリエゼル家の出身者であるハーフ、クォーターエルフたちの手によって作られた1冊の予言書。王国の重大事案をまとめてあり、原典は獣皮紙だったがのちに紙の本として作り替えられた。

王国民の大多数が内容を知っており、これを元にした創作物も王国に広く出回っている。

予言書は全7章からなり、1章につき5から10の出来事が書かれている。最終章となる第7章は「福音」のみのため、予言の真偽について議論があった。

エスペラント王国に近代学校教育制度が導入される際には、王国史の科目にて必修となる。

パラソリエルの大地震

エスペラント王国建国から約3千年後、アルブレクタ大競技場の工事が始まる数十年前頃に起こった大地震。アジ・ダハーカの封印が自然崩壊しかけたことで、火山の活動が活発になって発生した。

王国は区壁の大半が壊滅する大打撃を受け、死者は2万人に上った。このときの結界は魔族ではなく鬼人族によって修復された。

パラソリエルとは、当時の王パラソリエル・エリエゼル・エスペラントの名から取られた。現在のマルナルボ区にあった王城が崩壊し、パラソリエル王が巻き込まれて死去したことにちなむ。

氷砂

魔石の1つ。常温で固体、非常に脆く一般的に砂ほどの大きさの粒子で扱われる。40～200℃の熱に晒すと蒸発してしまうが、それ以上の熱だと溶けず、魔力を通すことで接触したものと融合する性質を持つ。神聖ミリシアル帝国の魔光呪発式空気圧縮放射エンジンの部材の表面にも使用されている。

ヘイスカネン

グラメウス大陸北東にある、鬼人族の国。人口約5万人。神の巫女エルヤ姫を中心に、首長・月影のアハティが束ねる。エルヤの力によって築く、鬼人族のみが出入りできる防御結界をダクシルドに破壊され、侵入を許したことでエルヤと鬼人族の戦士200人以上が連れ去られる。

国家を形成するヘイスカネンは特に勢力を増大させる可能性があると、魔族から珍しく組織的な攻撃を受けていた。防御結界を再構築する術を失った現在、大規模な抗争が勃発し、作中時間軸までに約1万人が死亡する危機的状況にある。日本、エスペラント王国との国交締結で事態は好転する。

魔族制御装置

アニュンリール皇国が開発した魔導装置。原形はラヴァーナル帝国製の下等種制御装置。

黒いサークレット型の意思改竄器と呼ぶべき代物で、複数の魔石が埋め込まれている。アニュンリール皇国製は不完全なため、命令受諾が単純なものに限られたり、言語機能の不備が見られたり、対象の肉体に負荷がかかるなどの副作用が多い。

レヴィ家

エスペラント王国三王家の1つ。初代王エスペラントが娶った3人の妻の1人、狼人族であるレヴィとの子、メンダルシア・レヴィ・エスペラントを祖とする。レヴィは狼人族領ボルフェンク族長の娘。

メンダルシアの子バリトーレがウーノ王の次に王位を継いだ。レヴィ家がエリエゼル家のあとに王位を継いだのは、王国運営の基礎を人間族、エルフ族から学ぶためだった。その甲斐あって、バリトーレは他種族を統べた初の獣人族の血を引く人物として歴史に名を刻む。

日本国召喚外伝　新世界異譚　Ⅱ　孤独の戦士たち

原作・みのろう／著・髙松良次

ぽにきゃんBOOKS

2020年1月17日　初版第1刷発行

発行人　古川陽子

発行　株式会社ポニーキャニオン
〒106-8487　東京都港区六本木一丁目5番17号
泉ガーデンANNEX
カスタマーセンター　0570-000-326

装丁　内藤夕利子／石本 遊

編集協力　髙松良次

イラスト　toi8／高野千春

地図制作　arohaJ

組版・校閲　株式会社鷗来堂

印刷・製本　中央精版印刷株式会社

ISBN978-4-86529-306-7　PCZP-95122